中坚代
ZHONG JIAN DAI

新力量原创小说大系

神妈

李师江 ◎ 著

SHEN MA

ARCTIME 时代出版
时代出版传媒股份有限公司
安徽文艺出版社

图书在版编目(CIP)数据

神妈/李师江著. —合肥:安徽文艺出版社,2015.1
(新力量原创小说大系)
ISBN 978-7-5396-5168-2

Ⅰ. ①踀… Ⅱ. ①弋… Ⅲ. ①长篇小说-中国-当代
Ⅳ. ①I247.5

中国版本图书馆 CIP 数据核字(2014)第 251595 号

出 版 人:朱寒冬　　丛书策划:朱寒冬
责任编辑:姜婧婧　　装帧设计:许含章　张诚鑫

出版发行:时代出版传媒股份有限公司　www.press-mart.com
安徽文艺出版社　www.awpub.com
地　　址:合肥市翡翠路 1118 号　邮政编码:230071
营 销 部:(0551) 63533889
印　　制:安徽新华印刷股份有限公司　(0551)65859551

开本:880×1230　1/32　印张:11.25　字数:290 千字
版次:2015 年 1 月第 1 版　2015 年 1 月第 1 次印刷
定价:30.00 元(精装)

李师江，1974年生于福建宁德，1997年毕业于北师大中文系。目前专职写作。

2005年出版长篇小说《逍遥游》，获得2006年华语文学传媒大奖最具潜力新人奖。2007年推出表现闽东乡村的长篇力作《福寿春》（人民文学出版社），获得“全国十大好书”称号。2010年推出自传性长篇小说《中文系》（人民文学出版社），获得《当代》文学奖。另外曾出版《比爱情更假》《肉》《她们都挺棒的》等作品，著有长篇小说《福州传奇》，小说集《老人与酒》，历史长篇传记小说《曹操：我这一辈子》《和珅：帝王心腹》。部分作品被译为英、法、日等多种文字行销海外。

目　录

第一章

“你傻了吧，其实这个世界是由女人主宰的。”

马丁在摊前买了两斤羊肉，仔细地观察羊肉的注水比例，这时一个掠过他身边的长发中年瘦子突然说了这句话。马丁一惊，连羊肉也忘了拿，紧追上前问道：“大哥，你在跟我说话吗？”

“不能主宰的人生就必须忘却自我，你瞎折腾没用。”长发瘦子继续旁若无人道。马丁从侧面看到他面色苍白、喉结突出。

“大哥，你停一下，你是在跟我探讨人生吗？”马丁真诚地问道。

“权力的欲望落在蚂蚁身上，它也能建立一个王国，纵使大象也是臣民。”苍白的瘦子举起他苍白而肮脏的手，配合着语气在空气中有力地挥动，好像对着泱泱听众。

马丁终于赶上他，正面拦住道：“大哥，你刚才的话题我很感兴趣，我们能不能探讨一下？”

瘦子停顿片刻，根本不正眼瞧马丁，伸出长手一拨，把马丁拨开，继续朝前走，道：“我跟人类没有共同语言。”

马丁道："大哥，求求你跟我说句话，就一句！"

"上帝没空的时候，我才管管人类。我很忙。"瘦子摇摇头，坚定快步地往前走，在他面前俨然是一条金光大道，凡人不能阻止。

卖肉的大姐提着羊肉赶过来，看见马丁六神无主的样子，劝道："他不会理你的。他每天都在菜市场穿过，说着谁也不懂的话，傍晚的时候会过来捡剩菜叶吃。"

马丁吐了一口气，遗憾地叹道："哎，我真的很想跟他请教一下。"

"他除了是个疯子，并没有什么过人之处。大兄弟，你有什么难题，还不如问我呢！"大姐笑着，把羊肉递给马丁。

"你说，到底是当人好还是当狗好？"马丁接过羊肉，缓缓问道。

大姐瞬间变了脸色，突然把羊肉抢过来，道："你说这话到底什么意思？"

马丁怔住了，不知道哪里得罪了大姐："我的意思就是，到底是过人的生活好呢还是过狗的生活好？"

大姐脸色略微缓和："你确定不是在讽刺我挂羊头卖狗肉？"

"哦，我怎么敢。况且，你怎么可能会卖狗肉呢，这明明是羊肉嘛！"马丁指天发誓道。他太怕得罪女人了。

大姐微微冷笑。她的狗肉全都抹上了羊肉精，膻味比一般的羊肉要浓，量这个戴眼镜的书呆子是没法看穿的。

“你问我当人好还是当狗好？当然是当人好了，当狗的话，最终是要被人杀掉的！”大姐很自信地分析道。

“不，是那种可以被主人宠爱的，可以安全终老的狗！”马丁解释道。

“如果有这种狗命的话，还是可以考虑的。不过你如果当狗的话，不觉得吃屎很没面子吗？”大姐考虑到尊严这个问题了。

“不用，专门吃狗粮，超市里买的，当然偶尔也吃吃人吃的饭菜。总之，绝对不吃屎。”

“即便不吃屎，当狗也很没面子呀，至少没有尊严。”大姐摊开双手，提出一个上档次的概念，表明自己虽然是卖肉的，考虑的也是知识分子层次的问题。

“尊严是什么？”马丁疑惑地问道。

“啊，你不知道尊严是什么，你是不是知识分子？”大姐比马丁更疑惑了。

“我……还算有知识，有文凭，靠笔杆子吃饭，但真的不知道尊严到底是动物还是植物还是蛋白合成……”

“尊严是一种无色无嗅看不见摸不到的东西。说它是东西，其实不是东西，说起来有点像空气，说有呢它看不见，说没有呢可又不能缺了它……”

“大姐，你这么绕来绕去，把我搞糊涂了。我就问你点通俗易懂的，尊严多少钱一斤？”

“哎，尊严不是论斤卖的，市场上也没有……”

“那你就说说尊严有什么用？”

“要说用处嘛，其实也没什么用处，这年头有尊严的人总是格格不入，没有尊严的人倒是能上能下如鱼得水……”

“大姐，你在向我推销一种既无用又没有价钱的东西，这不是耽误我的时间吗？”马丁严肃道。

“大兄弟，你听我说完，我们可以没有尊严，我们有尊严也是被践踏成屎了。但你不一样，你是知识分子，知识分子还是要讲究点，要不然这个社会……”

“大姐，我们知识分子招谁惹谁啦，大家都不要的东西非要我们揽在身上当宝贝，你当我是傻子，当我是捡垃圾呀，我们也要生活呀！”马丁被激怒了，像个泼妇一样骂骂咧咧起来。

“不，你错了。”大姐用手在空中一挥，斩钉截铁道，“其实，尊严是有价值的，你看，我卖的羊肉就是有尊严的羊肉，一斤三十块，你二十九块我就是不卖，这就是尊严，懂不？！”

“大姐你要是这么说我就要跟你掰扯掰扯了，免得你以为我没文化。这块羊肉已经没有生命了，卖多少钱关它屁事，我倒可以肯定的是这只羊是没有什么尊严，任人宰割。所以，如果要讨论这个话题的话，我们应该讨论羊而不是羊肉。”

大姐愣了半天，点点头道：“你这么说也有道理。不过这只狗……哦不，这只羊的命运问题，好像不是我们所能控制的，因此我更关心的是你的尊严，你不能没有尊严，不能任人宰割，你是知识分子，是这个社会的良心，是我们的希望，所以你一定要明白，你有没有尊严……”

“啊，大姐，饶了我吧，我的脑袋快炸了。关于尊严的问题，我还是回去问问我妈妈吧！你就回答我，撇开尊严不说，当人好还是当狗好？”

大姐盯着马丁道：“你真的想了解这个问题？”

“啊，太需要了，这是当务之急呀！”马丁急切道。

大姐点点头，道：“你过来。”马丁凑过去，大姐从案上取了一把厚实的菜刀，照着马丁的天灵盖就是一下。还好没有一刀劈下来，只是用刀身拍了下马丁的天灵盖。马丁一激灵，顿时觉得开了窍。转头望去，情景大变，只见市场上原来乌泱泱的人群中多出了许多只狗。它们都穿着花花绿绿的衣服，因此这些狗显得不伦不类、滑稽可笑。有些狗正在讨价还价，狗爪子摇来摇去；有的狗推着自行车，车篮子里有买好的菜，正人模狗样地回家；还有一些正在争执吵架的狗，张嘴咆哮，露出獠牙，介于狼与狗之间；有些达成交易的狗，充满媚笑，两眼成一线，更像狐狸。

马丁被这一幕壮观的景象惊呆了，张着嘴巴，眼睛一眨不眨。

大姐又用菜刀往他天灵盖一拍，道：“给你开了天眼，就看上瘾了还！”

马丁被一拍，又一激灵，只一眨眼睛，周围又恢复成人来人往的样子。马丁拼命眨眼睛，那狗来狗往的一幕，还是消失了。

大姐冷笑道:“怎么样,找到答案了吗?”

马丁一瞬间热泪盈眶,使劲地点着头,哽咽道:“嗯,谢谢你,大姐,我将不再感到孤单!”

马丁朝大姐深深鞠了一躬,提着散发着羊膻味的狗肉,茫然地向菜市场深处走去。

这一年马丁刚刚三十,他觉得已经活了太长时间了。

第二章

五十五岁那年，林爱凤干了一件助人为乐的事。同一办公室的小刘小日子过得紧，孩子三岁，下学期就要上幼儿园，每天发愁学费呀、给老师送礼呀，这呀那呀。林爱凤热心肠，就问她还有多少积蓄。她说整个家当就剩一万块。林爱凤道，那你交给我，到九月份孩子上学，给你整到两万。

当时是牛市，林爱凤虽然投资不多，但每日里都噌噌往上涨，赚钱就跟捡豆子一样容易。小刘不懂炒股，但每日里听林爱凤的股经，对她颇有信心。一万块进去，几日便打了鸡血似的可劲儿往上涨，林爱凤每日报喜邀功，一时间在单位“炒”名远扬。

五月份大盘下跌，林爱凤受到挫折，小刘想解套，林爱凤觉得这么做太影响斗志了，斩钉截铁道：“放心，奥运会之前崩盘，政府也不让呀，你不相信我但也不能不相信政府呀！”小刘虽然谨慎，但有政府撑腰，胆儿也肥了，挺住。

小刘的一万块钱最高时涨到一万八，到了六月初只剩下八千，小刘觉得政府好像不太管股票的事，哀求林爱凤把八千割肉出来。林爱凤听从了，但觉得面子丢得很大，又对不起小刘夫妇，加上自己也损失惨重，情绪由亢奋的顶峰啪地跌落，颓了。

林爱凤办了退休手续。本来她还想跟领导请求返聘，但是领导和蔼地道："你看现在编制人员这么多，局长手里还有纸条，九月份要进来一个大学生，还是让年轻人多锻炼，你回去享福吧。"

林爱凤恋恋不舍地告别了她的出纳生涯。

退休回家后，林爱凤一直觉得有一件事未了，像一粒沙子搁在心里，摸不着具体位置。她有时候愣愣地在家里想，白天吃完饭后想，晚上睡不着时也想，想把这粒沙子摸出来。无奈，沙子太细小了，能感觉到，但摸不到，这可真让人着急。有时候她想，要是老伴在就好了，他虽然是寡言的人，但说出的话准当，自己有想不通的事，他那么一沉思，往往迎刃而解。只可惜呀！有时候她发现自己会喃喃自语，其实是在臆想和他说话。他能够听得到吗？

有一天晚上，她看到央视经济频道播出的股市报道，便赶紧转台，因为她现在已经不关心股市了，对自己被套牢的几万块钱也不闻不问，就如对待一个被判了无期徒刑的亲人，多一点消息徒增一点烦恼。在她转台的瞬间，灵光乍现，她突然摸到了那一粒沙子。

第二天，她揣了两千块现金，到单位找到小刘，道："本来想帮你给孩子赚点学费，结果还让你折本，这两千块补差你得拿着,要不然我觉得对不住你们两口子。”小刘噌地站起来,道:“哪有这样的事,炒股本来就是风险投资,愿赌服输,哪能怪你呢。”两人推来推去,像玩太极兼相扑,斗了三五个回合,林爱凤毕竟年纪大,喘着气愤怒道:“告诉你,你得替我想想,这事没了结,我几天都睡不好觉,你忍心让我受折磨吗?”其他同事看见一老一少这么肉搏下去,于心不忍,便劝小刘:“你先拿着,回头再说。”小刘道:“行行,先放我这儿,但绝对不能收的。”

第一轮战罢,占了上风,林爱凤舒了一口气。她在熟悉的各个部室转了一圈,通报了自己此行的目的和战况,得到同事们的激赏,心满意足。出了单位在路上吃了一份五块钱的快餐,米饭和汤可以自助添加,吃得老板几乎没有赚头,欣然回朝。

下班后小刘摸到林爱凤家,死要把两千块钱还了。小刘动情道:“凤姐,你对我好,这我怎么能不知道呢?从我到单位开始,你教我做账,教我跟领导搞好关系,出了问题你来补漏,手头紧你也替我考虑,你这样做我都感激不尽了,哪能再让你替我赔钱。你说,我把两千块钱拿回家,我们两口子睡得着吗?我们花得出去吗?!我们日子是过得拮据,但我们年轻,你们那时候比我们苦多了不是,都能扛过来,我们怎么就不能扛呢?有你这份爱护,我们就够了,比多少钱都值得。”说得林爱凤又满足又伤感。林爱凤抹着泪道:“可是你不要,我老觉得欠着你们一家三口,想着当初是怎么跟你夸下海口的,我不安呀。”小刘道:“真的,你不欠我,要说欠也是上市公司欠我们,您把上市公司的债背在自己身上，那能不累吗？您以后花钱的地方多了，别替我们考虑。”

第一回是肉搏，这第二回是舌战。小刘有备而来，占了上风，临走时通过一番不算激烈的散打，小刘把装着两千块的信封搁在桌子上。小刘出门后，林爱凤抹着泪自语：“这孩子，多懂事，只恨没勇气开口认她做干闺女。”

次日早晨，林爱凤起床后，想起要把这笔钱存进银行，突然发现信封不翼而飞。昨晚搁在桌子上后自己就没动过呀。她心里扑通一声，又把抽屉各处找了找，确信是丢了。她突然一阵慌乱，摸起了电话。

马燕正要出门上班，在手机里听了此事，道：“妈妈，那你再找找，看看有没有塞到什么地方忘了，或者有没有被老鼠拖到哪里去了。等我中午过来看看。”

林爱凤道：“不，我确信是被人拿走了！你马上过来，要不然我心乱糟糟的，老觉得屋里头瘆得慌。”

马燕劝道：“可是我怕迟到呀，你再慢慢找找？”

“你怕迟到，你不怕你妈吓出心脏病吗？我现在心里咚咚咚地发闷！”

马燕只好绕道四站地，把单车停在楼下，急步上楼。毕竟她是教数学的，逻辑比较清晰，看了看周遭情形，问道：“昨晚你这个窗户关了吗？”

林爱凤转头看了阳台的窗户，道：“没关呀，昨晚天儿太热嘛!”

马燕走过去看了看,道:“肯定是遭贼了,你看,这盆花都有动过的痕迹。”

林爱凤住的老干局宿舍有二十年的楼龄了,她住在二楼,楼下有个自行车棚,还有管道之类的设计也不讲究,很适合小偷攀爬。阳台是个大阳台,连通两个房间,小偷爬上来后可以进入任意一个房间,然后再进入客厅。前些年马燕就说要建个防盗护栏,林爱凤怕花钱,说自己住了十几年都没事,花那钱干吗。再说了,晚上睡觉把窗户关上,小偷还敢打破玻璃不成!

马燕给妈妈指出了小偷的进屋路线,道:“跟你说晚上热你就开空调,这空调一年四季都不开,它也会坏呀!”

林爱凤不服气,道:“外面风那么凉快,开什么空调,那呼呼的冷气吹出来都是钱,再说我也不适应空调。这天杀的小偷,怎么知道我家里刚好有两千块钱。我要去报警,我要叫警察抓住他。”

马燕道:“算了算了,还好你睡得熟,破财消灾。你没听说前几天前进小区有个小偷摸进去,还把家里的老头打昏了。”

林爱凤突然伤心起来,道:“要是你爸在,小偷绝不敢这么猖狂。”

母女都伤感起来。马燕看了看手表,着急道:“我得赶紧走,上午有课。钱没了人好好的就算幸运,你看看家里还有没有丢什么东西,回头我还是叫人来装防盗窗。”

马燕走了后，林爱凤又仔细地回想夜里小偷的路径，突然心中升起一股寒意，她下意识地蹲下来，朝老式床底看了看。在起身的时候，她感到腰间一阵酸麻。

下了楼后，她径直去派出所报了案。民警小兀详细而耐心地记录了案情，但她比小兀更有耐心，一直在回忆细节，又跟祥林嫂一样在后悔。小兀终于忍不住了，道："可以了，有线索，我们一定会通知你。"林爱凤恋恋不舍地离开座位，又回头道："如果抓到小偷，一定要让我看看他是什么样子！"

第三章

十月里,林爱凤的病情更重。

在单位的时候,林爱凤是个大忙人,倒不是因为真的有多忙,而是她能把小事办得轰轰烈烈、风生水起。秘书科一张发票报销额度过高,她就会忙活好几天替人解决,这使她的生活显得特别忙碌而充实,而且有成就感。退休之后,她的生活完全被抽空。现在她会在凌晨四点莫名其妙地醒来,再也睡不着。一种恐惧感油然而起,漫长的白天像个空荡荡的监狱。

马燕意识到这个情况,便叫她去参与一些老年人的活动,像什么健身班、书画班。林爱凤摇了摇头,道:“学那些干吗?穷开心,我都想死了。”马燕道:“说什么话,退休了,有时间了,刚好享受生活,您怎么变这么颓废呢?”林爱凤道:“没用了,活着还有什么意思?每天心里乱糟糟的,老是担心贼进来。”马燕道:“防盗窗都装了,不会有贼了。我看你这是闲出来的毛病,多出去活动活动。”

林爱凤就懒得搭腔了。退休后她的话越来越少,以前的同事在路上碰到她，说是判若两人。小刘也听说了她丢钱的事，觉得心中愧疚，又买了些水果过来看望。小刘抱歉道："都是因为我那事把你整得，精神状态这么差，真叫我心疼。"林爱凤摆了摆手，面无表情道："跟你没关系，是我觉得自己没用了，想死了算了。"小刘道："凤姐，工作结束了，但生活还是在继续，可不能这么悲观。你以前工作太投入，现在离开岗位呢，要适应适应，有空回单位去陪我们唠唠嗑，适应一段就好了。"林爱凤叹息道："我年轻时天不怕地不怕，什么苦都吃得津津有味，可是现在一风吹草动，就心惊肉跳的，你说，这活着还有什么劲儿呀？早死早超脱。"车轱辘话说了一大堆，小刘也说疲了，告辞而去，说会常来看她的，不要想不开。

半个月前来的潮红也让她惴惴不安。一般是午后，她的脸就像老橘皮一样出现中老年人不该出现的鲜艳，这让她看起来很滑稽。自卑第一次侵入了林爱凤坚强的心。

那天老王下楼来，嘟嘟囔囔地抱怨自己门前的花盆被谁顺走了。林爱凤觉得自己脸上热辣辣的，她见到老王狐疑地看了一眼自己，确信老王是怀疑自己。她很想发作，但是老王走了，留下一脸的狐疑。林爱凤心中瞬间涌出一股郁闷，郁闷很快开闸而去，心里空荡荡的，悲观的风从宇宙深处吹来，告诉她人本是碎片，早晚回归尘土。她想自己飞起来，随着这悲观的风飘走，离开喧闹的人间。她想爬到走道的窗户上，但是毕竟是身手不灵了，爬了两次没有爬上去。她转头去搬了一张谁暂时搁着的木工用的凳子，先爬上凳子，再上窗台，这样确实容易多了。她呆呆地望着楼下几十年都没有变的景致，很想体验陨落的感觉。

马丁正在北京昆仑饭店参加一个冯小刚的新书发布会。这是他作为《娱乐时报》的记者参加的第二次活动。之前他在一家很小的报社工作，这家报纸因为投资方的资金问题被无限期停刊。在经历了一个多月的失业后，他凭着朋友的推荐进入这家在娱乐界颇能呼风唤雨的周报。

这时他接到姐姐打来的电话。他原来想等发布会结束再打过去，因为他生怕漏过发布会精彩的段落。但是犹豫了一下，他还是走出了会场。

“小丁，你得回来一下。”马燕很严肃道。

“啊，出什么事了？”马丁预感不妙，不论是姐姐还是妈妈，从来都是报喜不报忧的。

“你还是先回来吧，回来就知道了。”

“你不说我没法回来呀，我刚找了份好工作，还在试用期呢。”

“那也没办法，必须请假回来，妈出事了。”

“哦，怎么样？严重吗？”

“电话里说不清楚，你赶快回来，她需要你。”

马丁乘坐夜里航班回来，从机场直接上医院。病房里林爱凤已经睡着，马丁看了一眼，马燕便拉他出来在走廊上说话。

马燕接到邻居电话，赶到现场的时候腿都软了。林爱凤从三楼的走道窗台上跳下来，跌落到车棚雨披上，雨披承受不了重量，她再次跌落在一排自行车上，现场一片狼藉，林爱凤处于半昏迷状态。

“医生说怎么样？”马丁问。

“身上有几处淤伤，问题不大，观察几天看看还有没有骨折的地方。”

“怎么会这样呢？妈妈一向心态很好，上周我跟她通话时，还为我的新工作感到开心呢。”

“她不想让你担心嘛。医生说有抑郁倾向，现在服的就有抗抑郁药。其实之前我就有所觉察，只是没有这方面的知识。”马燕后怕道。

“哎，我以为她退休后更加轻松，没想到会出现这种状况。这次要是从更高的地方跳下来，岂不是……”

姐弟俩说着，不由得相拥流泪。四年前父亲突然脑溢血去世，就让他们措手不及，现在再也伤不起了。

马燕的手机响了，是丈夫林健打来的，说孩子在家闹得凶，吵着要妈妈。马丁道：“那你回去吧，我一个人在这儿守着。”

马燕嘱咐道：“你到里面空病床上休息一会儿。妈念叨着你，醒来后你多跟她聊天交心。”

一周后，林爱凤的病情趋于稳定，但医生建议还要继续住院观察。马丁担心待得时间太长，自己的职位丢了，便跟马燕商量。马燕推托道："你还是跟妈商量吧。"

马丁道："妈，我怕在家待太长，人家把我开了，这个单位还挺好的，好不容易找到。"

马燕走后，马丁悄悄进入病房，看着熟睡的妈妈，有一种陌生又熟悉的感觉。作为儿子，他从来没有这样细细地看过妈妈，细细一看，那些脸上的纹路、那些不知道何时冒出来的浅斑，都是自己未曾注意的，显得那么陌生。有一瞬间，他会觉得这个女人不是自己朝夕相处的妈妈。他的心里微微酸楚了一下。

林爱凤精神趋好，很享受儿子在眼前的生活，自从儿子上了大学后，他们难得能有如此朝夕相处的生活。她咀嚼着皮蛋瘦肉粥，问道："哦，好单位，是铁饭碗吗？"

马丁笑道："妈妈，都什么时代了，哪有什么铁饭碗。我们单位是末位淘汰制，谁干得不好，到年底就开除了，我现在等于还没进去呢。"

林爱凤不屑道："这算什么好？朝不保夕，还不如妈妈呢，想干了积极点，不想干了可以偷懒，现在退休了拿退休金。"

马丁道："哎，不能混为一谈，竞争社会就是这样，你那是老皇历了。"

"什么老皇历，当初叫你考公务员，如果考上，现在不是旱涝保收吗？用得着像现在这么累？"

"哎，那不适合我性格，我就想去大地方闯一闯嘛。"马丁不耐烦提起这些，道，“不说这些了，我只是跟你商量想回北京。”

“你九岁的时候，还抱着妈妈睡觉，妈妈一起床，你就叫怕。”林爱凤幽幽道，“长大了，就越来越不需要妈了。”

“妈，说这些干吗？”

“行，妈没叫你留下来。妈说说你小时候的事还不行吗？”

住院这事，本来是不想让人知道的，又是说不出口的病。但这种事怎么瞒得住，像春风一拂，所有的嫩芽儿都像花朵一样开了。

来探望的人有一半是过来看热闹探个究竟的。吴贵妃也是孀居大妈，比林爱凤大了五岁，两人在扫墓时认识的，会了会关系，两人的老伴早年还同一个单位过。这些都不重要，关键是投缘，住得又不远，所以近年关系直线上升，成为密友。吴贵妃带了一盒花旗参，上面布满了星条旗，生怕让人误认为是土参似的。

林爱凤在床上侧身道：“哎呀，来就来了，买这么贵重的东西干吗？”

吴贵妃道：“什么买呀，我哪里需要买呀。跟你说实话，都是儿子带的，我就是当菜吃，也吃不完。”

话题马上转到她的儿子上，这是吴贵妃的谈话方式。她儿子在美国，从事生物方向的工作，事业颇有起色，去年吴贵妃去探亲一次，回来逢人便很骄傲地抱怨道：“哎哟，就跟在美国蹲了一个月的监狱似的。邻里街坊没有一个人说得上话，电视也看不懂，真不知道美国人的日子是怎么过的。”她儿子有出息，谈及这个，别人无不奉上恭维，因而她更喜欢谈这个话题。爱屋及乌，包括美国总统家里的事，她亦涉猎。病房里，吴贵妃获得满足之后，突然话锋一转，道：“凤妹呀，听我一句实诚话，儿子再有出息，跑得太远，没用。嘴上说多厉害，但什么事也指不着。还不如楼下潘老太，儿子就在街上摆水果，老太太有个冷暖饥饱，儿子就屁颠屁颠地上去应和，每天其乐融融，这玩意儿更实在。”林爱凤道：“你可真这么想？”吴贵妃道：“怎么说呢，每次我见到潘老太，就是这个想法嘛，每次想儿子孙子，从视频上看两眼，那不过瘾呀。你还不能说自己身上这儿痛呀，那儿痛，指不上，又让人瞎着急。”林爱凤道：“以前你可从不这么说。”

吴贵妃急忙道：“哎呀，我们是姐妹，这不是跟你掏心窝子嘛。人生总是这里满足了，那里又不足。我们想一想，把孩子拉扯大，图得是什么，不就图老了病了他能在身边照看一二？不就是图能抱抱孙子吗？你说这个我都没有，其他什么出息不出息不都是空的吗？他去美国，是为了赚钱、买房，人家在这里摆水果，也是一样赚钱、买房嘛，还能三代同堂，互相帮忙。潘老太经常帮儿子看摊位。他儿子呢，知道老太喜欢吃糯米团，经常跑桥头那家最地道的买，老太太吃得可开心了，就跟吃儿子亲手做的似的。”

林爱凤心中一动，握住吴贵妃的手道：“哎，这话都搁我心里好久了，今天居然被你掏出来。去北京，去美国，还不是在地球上工作吗？地球是圆的，搁哪块工作不都一样吗？非得跑远远的。能跑哪里去？跑火星去，那也没多大区别，不都是在球上转吗？我也是到了这年龄，才想到这一点。你说我那小丁，他在北京找的单位呀，工资也不高，稍微干得不好，还要开他，你说在我们这里找找关系，弄个公职的单位，都没那么残酷。”

吴贵妃道："年轻人就不喜欢听老人的，他们非得犯了贱，吃了苦，才会明白老人的话。”

两人话一投机，互相倾诉，早就心连心了。吴贵妃道："妹子，你听我一句，反正咱们现在是没那么多福了，要自己对得起自己。都怪我没早告诉你，你要多出去活动，自己找乐子。对了，跳舞你会吗？广场交际舞，促进身心健康，太给力了，一学会跳舞就不想跳楼了。”

“跳舞？你这开玩笑吧，跟人搂搂抱抱，年轻时我都不好意思，到老了还能赶这趟？”林爱凤质疑道。

“你这就不懂了，现在没有什么年轻人跳，都是老年人跳，快三慢四，伦巴恰恰，我这就走两步给你瞧瞧。”

吴贵妃起身踢踏踢踏地晃来晃去，肥胖的身子如陀螺般轻盈转动。林爱凤看得都不好意思，道："疯了，疯了！”

吴贵妃道："老脸皮了，就怕不能疯，一疯就回到十八岁。”

马丁走后几天，林爱凤就出院了。身体上的伤都没什么，医生告诉马燕，要治疗更年期综合征，需要耐心调养，家人的照顾是关键。

第四章

林健下班时才告诉马燕，自己必须在外面吃饭。

林健在外贸局，刚刚升为主任，一年有三百天不在家吃饭。马燕接到电话，相当不满意，道："不是已经说好了，又变卦，没你这样的。"林健道："我这工作就是这性质，其他可以偷懒，陪领导吃饭不能偷懒，你又不是不知道。你以为我喜欢天天喝得烂醉回来？工作需要呀，要不然将来怎么提拔？"马燕道："那你吃完快点回来，我跟豆豆等你。"

席间，马燕共打了四次电话，每次林健都说马上就回，结果还是到将近十一点才到家。进门一气深呼吸，把一只蚊子喷得跌跌撞撞、半身不遂。这是林健往常回来的正常时间，也是正常状态。但马燕今天无法正常，她躺在床上，突然呜咽道："你索性别回来算了。"

林健虽然酒意颇浓，但逻辑相当清楚，知道马燕话中之话，他大着舌头回击道："怎么搞的？你一点都不理解我，我拼死拼活，工作到大半夜，还不是为了这个家？"

“如果你为这个家，你应该早点回来陪陪孩子，这里才是家。”

“难怪说头发长见识短，我的话你都理解到天边去了？我在单位里不混个一官半职，我能撑起这个家吗？我天天回来陪孩子，别人还巴不得呢，我那位置有的是人来争，人家巴不得我犯个错、得罪个领导，就能把我顶替了。你说是工作重要还是陪孩子重要？这点轻重都分不清楚。”

“我觉得也要陪陪孩子，就算你当到局长，也不能不顾家庭吧！”

“你、你……你，简直没有共同语言。”

“是呀，你是把我的话都当成屁了，所以我打了一整个晚上电话，你都敷衍了事，我连一只狗都不如了。”

“你不懂轻重，无理取闹，我不跟你说了，明早还要开会呢！”

“是呀，即便你在外边干坏事，也都是说为了这个家。”

林健要躺下来，马燕一把推开他，埋怨道：“你索性别回来睡了。”林健没有准备，半个身子跌落床底。他冒起一股怒火，突然揪住马燕的头发，叫道：“靠，你他妈还真的反了！你说，以后还敢不敢？”

马燕扭着头挣扎，并且哭出声来。孩子被吵醒了，张嘴就哭闹。林健这才放了，咬牙道：“告诉你以后别在我面前犯浑，不要敬酒不吃吃罚酒！”说着仰头就睡，片刻响起鼾声。马燕哄着孩子，再也不敢动他。

次日中午，马燕下班吃了快餐，才匆匆来到林爱凤这儿，憋着一肚子话解释道："昨天晚上本来是想吃完了饭，让林健带孩子，我就过来。可他又在外面混，到十一点才醉醺醺回来，我半刻也脱不了身。说他两句呢，他还发脾气，越来越不把我当回事了，没结婚那会儿说的话，现在全抛到天边了。"说着越来越低沉，陷入哀怨之中。

林爱凤躺在床上，打着蒲扇，道："男人嘛，哄你的话千万别当真，他不用哄你的时候话才是真的。不过你爸在的时候，从来都说真话，就是哄也是真话，他都听我的。"停了片刻，接着道，"我这儿没什么事你过来干吗？你不要因为我跟他发生矛盾，我可担当不起。我现在摔着的地方也不痛了，药也在吃，我挺好的，你不用操心。"

"医生告诫我，一定要抽出时间多跟你聊天，不能让你情绪不好。妈你不知道，上次我多后怕，要是你有个三长两短，我这做女儿的，这辈子肯定得活在愧疚里了。以后您要是心里有什么不舒服的，一定要跟我说。再说了，小丁去北京之前，嘱咐我要多担当，他的那份也在我肩上呢。"

"嘿嘿。"林爱凤突然笑了起来，道，"这小子，把妈一个人丢在这空荡荡的房间，嘴上倒是孝顺，没白混呀。"

"哎，妈，弟弟也不容易，他喜欢出去闯荡就让他去，等他有出息了，到时候你享他的福。"

“哼，出息，恐怕我等不到那时候啦。”

马燕似乎听出妈妈的话里有话，焦急道：“妈，你是不是又有什么想法啦？千万又不要想不开呀！”

“不是我有什么想法，我也不想再跳一次让你们遭罪。我是说呀，我要真是有什么三长两短，都来不及见他一面呢。”

“妈，你别这么想，医生说你有悲观的想法就是病情还没有恢复。”

“好了好了，你们别为了操心我，把自己的日子搞乱了。我实在不济，去那边跟你爸过也好。”

马丁和李峥嵘是在一次群访中认识的。当时李峥嵘没有带相机，让马丁给她发几张现场照片，马丁爽快地答应了，发了一堆很精彩的照片过去。李峥嵘做版面时，却忘了署名摄影，后来向马丁道歉，要请他吃饭。一来二去，两人熟识，互有好感，说话越来越投机。李峥嵘是《信报》的记者，出道比马丁早，也比马丁大两岁，马丁在她面前有点自卑感，因此不敢表达，但会跟李峥嵘说心里话。

那次采访后两人到东方银座吃吉野家。李峥嵘看出马丁的情绪不对，她很在意，因为马丁是一个积极、敬业、头脑敏捷、客观冷静的人，一般不轻易在她面前露出负面情绪。

在李峥嵘的追问下，马丁忽然情绪失控，眼泪从眼眶里涌出来，道：“我真的很为难，不知道该怎么办。”然后就哽咽了。李峥嵘握住马丁的手。

好不容易平静下来，马丁道："如果我再回去，很有可能这份工作就要丢了；如果我不回去，我妈妈如果因此有三长两短，恐怕我要后悔一辈子。"

马燕来电话，说妈妈情绪极为不稳定，时而好好的，时而很狂躁，狂躁的时候一直念叨马丁，说马丁不听话，故意离她远远的，其实是想逼她死。

马丁对李峥嵘诉说道："其实上次发生的事，老是一遍遍在我脑海中重现，我妈妈爬上窗台，从窗台上跳下来。虽然我没有见过，但是一次次很清晰。如果不是老天眷顾，我估计就见不到她了，我真害怕这种事再次发生。"

李峥嵘出主意道："你能不能跟你姐姐商量，比如让她搬过来跟你妈妈一起住？这样也能照顾她。"

马丁道："不可能，她有自己的家庭，有三岁的孩子，还是五十来个学生的班主任。即便她想和我妈妈同住，我妈妈也不肯。跟你说白了吧，我妈妈有重男轻女的思想，对我太在意了。"

两个人关于此事聊了许久，后来他们散步到安定门护城河一带时，不知不觉，交心到牵手了。李峥嵘替他做出了决定，道："我觉得你还是回去，帮助妈妈渡过这一困难时期。其实即便现在的报社不要你了，你也会很容易找到其他报社。这一点我可以跟你打包票，北京其他东西不多，就是媒体多。妈妈只有一个，工作会有很多。"

后来他们在一棵开始落叶的柳树下深情地接吻了。这个长吻代表他们突如其来的爱情的开始，也代表他们马上面临的离别。

马丁卷起铺盖离开北京的那一瞬间，心中顿时释然，长久以来在他心中的压力，像泄开一个闸口，奔腾而去。

眼见妈妈的状况好转，他觉得自己的放弃是值得的。

林爱凤接到吴贵妃的电话，叫她七点半去花园广场跳舞。林爱凤道："我不会跳，但可以看你们跳。"吴贵妃道："谁都是从不会到会的。有一句话不是说得好嘛，活到老，学到老。你赶紧学呀！"林爱凤道："好吧好吧，今天天气不太暖和，得多穿衣服。"吴贵妃道："那倒是，多带一件外套，等跳热了再脱掉。"

林爱凤把碗筷收拾好了，对马丁道："我去花园广场走走，你也出去走动走动，吃完饭别老窝在家里。"

马丁正在上网，敷衍道："好的好的，你先走，一会儿同学会叫我出去玩。"

马丁正在 QQ 上跟李峥嵘聊天。

"我妈已经好多了，能主动出去玩儿了。"

"还有负面情绪吗？"

"反正在我面前总体上是乐观的，我想这可能也是我回来陪她的缘故。"

"恭喜。不过关键要观察她的负面情绪，往往她在乐观之后会有很低沉的时刻,这个时候比较危险。"

"好的,谢谢你。"

"客气啥呢。"李峥嵘答道,"有没有想北京?"

"当然。"停了一会儿,马丁补充道,"主要是想你。"

如果不是在网上,马丁肯定不敢这么说,网络增强了他的勇气。

李峥嵘打出一个开心的图像。

马丁回来后,也没有更多的想法,他的目的就是住在家里,直到妈妈好转。生活过得悠闲,偶尔有中学同学叫出去喝酒什么的,城市小有小的好处,人很容易相聚,有人情味。

他站起身来,走了几下,让饱胀的胃疏通一点。在窗台上,他看见妈妈步伐轻松但略显拙笨地走着,从体态中能看出愉悦。他觉得自己的努力卓有成效。

林爱凤走了二十分钟,到花园广场。这是配合周围新开发楼盘的路边公园,完全被中老年人和孩子占据,右边是儿童游乐场,左边是跳舞广场。广场上音乐嘈杂,特别是夏天,这里热闹得很。林爱凤在跳舞的人群中逡巡一周,没有发现吴贵妃,便坐在刚空出来的长椅上,犹豫着要不要打她的电话。刚掏出手机,肩膀就被一拍,听到爽朗的笑声,道:"到了怎么还坐在这儿呢,不上去锻炼锻炼?"

吴贵妃不知何时已在林爱凤身后,她在这里说话特别豪放自信,显得年轻好多,觉得这里好像是她的主场。

“我这不刚到，歇歇嘛。”林爱凤道。

吴贵妃坐在她旁边，两人身材都丰腴，像两只亲密地活了一辈子的老企鹅。舞池，其实就是一块空场地，大多数舞伴都是中老年夫妻。跳得娴熟的在舞池中央，动作有板有眼、有模有样，骄傲而自信，如鱼游其间；刚学的，动作迟缓或者僵硬，一般在舞池旁边，尽量避免与人摩擦；更边上的则是一些单身老年人，似乎在寻找舞伴。

吴贵妃指着一干老男人道：“这些老光棍都是在找伴，脸皮可厚了，待会儿要防着他们。”

林爱凤道：“你教我跳就是，我又不跟他们跳。”

吴贵妃朗声叫道：“嗯，起来吧。”

两个人走到舞池边缘，手把手跳起来。林爱凤没有舞蹈基础，脚步完全不对劲，俩人时不时撞在一起，或者踩着脚面了，像两只毛绒玩具。边上有一个打扮干净清爽的老男人看出端倪，过来搭讪道：“你这样教不行呀，我来吧。”

吴贵妃折腾了一会儿，也累了，喘着气道：“你来教可以，但是别占便宜呀老杜。”

老杜撇撇嘴，讪笑道：“说什么话你这是，我是什么人你还不知道，我纯是助人为乐。”

吴贵妃道：“说得好听，那你怎么不跟老曹他们一起跳去。”

老杜争辩道：“你这不是找茬吗？跳舞本来要男女搭配，欣赏起来才有美感。”

老杜认真地教林爱凤搭手、走步，显然比吴贵妃要高出一筹。林爱凤一辈子都没有跟别的男人这么勾肩搭背过，有点不舒服，甚至都感到脸有点烧。但鸭子被赶上架了，也没有办法。老杜瘦高个，长得算斯文干净，六十来岁，脑子好使，做事也认真，嘴上指挥，脚上走步，一板一眼逻辑清晰节奏适中，很快让林爱凤进入舞蹈状态，因而化解了她尴尬的感觉。

吴贵妃在椅子上歇了会儿，就被老曹邀进舞池了。两人都是舞林高手了，很快便随着音乐进入舞池的中心地带，淹没在人群中。

教会了几个简单的步伐之后，老杜开始和林爱凤边跳边聊。老杜告诉她，自己叫杜可风，是个退休教师，老伴儿也早去了，如今多数时间是跳跳舞，练练书画什么的。他建议林爱凤坚持来跳舞，这个活动不仅有助于身体，而且对精神也大有好处，多交些朋友，可以排解寂寞。林爱凤点头称是。

休息时间，林爱凤和吴贵妃又坐在一块。吴贵妃道："怎么样，没对你动手动脚吧？"林爱凤不好意思道："没有，我觉得他是个实诚人。"吴贵妃笑道："哎哟，还夸上他了，不会被他喂什么迷魂药吃了吧。"

林爱凤道："哎哟，你怎么老往那里想哟。"吴贵妃道："我是为你着想，你真是不识好人心。这些老男人，别看一副正经的样子，实际上谁知道都打什么主意呀。每次跳舞的时候，一个个总是拼命讨好你，问七问八，还要送我回去。要不是我定力深，识破他们的小九九，指不定出什么事呢。”林爱凤道：“可见你老来还有魅力。”吴贵妃哈哈大笑道：“你瞧你瞧，是你不正经了吧。”

两个当地的小青年从长椅后面穿过，听见她们略显放纵的笑声，挑衅地嘀咕道：“老来骚！”吴贵妃听见，站起来冲着小青年道：“嘿，说谁呢！”两个兔崽子见状，哈哈笑着跑开，叫道：“大妈惹不起。”

吴贵妃意犹未尽，继续刚才的话题，道：“妹子，我说句实话，咱们在年轻人眼里算是老人了，但是在这些老光棍眼里，咱们就是闺女！所以呢，要尽量保护自己。别看他们一个个挺老实的，花起来不比年轻人差，今儿跟我说的掏心窝子的话，明儿就讲给另一个女人了，你说可气不可气！”

吴贵妃体态富贵，对自己长相很有自信，在这个群落里，难免如花在群蝶，自有春意。林爱凤对这个话题不感兴趣，道：“你倒是来这儿跳舞健身呢，还是争风吃醋呢？”

吴贵妃道：“嗨，这个社会很复杂，我只是叫你小心点。要不然赶明儿出了什么差错，还不怪我把你带坏了。”

林爱凤道：“都老了，还能坏到哪里去。走走，我再练练，咱们就该撤了。”

回家后，马丁问妈妈感受如何。林爱凤道：“活动活动是好，就是不太适应。你吴阿姨跟个闺女似的，谈什么老光棍占便宜呀什么的，听了我不舒服。”

马丁道：“哎，那是她心态年轻，你要向她学习。”

马丁希望妈妈能从家庭走出来，尽早适应社会，他也就可以尽快回京复出。

林爱凤道："不行不行，她一到花园广场，就跟变了个人似的，一点没有老人家的样子，我还真看不惯她。"

马丁道："妈妈，别人怎么样是她的个性，也是她的自由，你都要尊重和适应，不能看不惯这个，看不惯那个，排斥社会，缩在自己的小世界里。这么多年，你老是在家里和单位两头跑，完全脱离了社会，现在你要慢慢适应。"

林爱凤转头陌生人似的看着马丁道："嘿，小子，这话应该是由我跟你说的，怎么由你跟我说了。"

马丁道："年轻人要向老人学习，老人也要向年轻人学习。妈，你别老以为你那一套是正确的，是唯一的，这个世界是很多元的。"

林爱凤点了点头，道："可是你小子还是要归我管，懂吗?！不管多元不多元，我还是你妈。"

马丁道："我又没说不听你的，只是说要互相尊重。你看，你一叫唤，我就从北京回来了嘛！"

林爱凤嘴角溢出微笑，满足道："这才是做儿子的样子嘛。你吴阿姨她每天吹嘘儿子，可儿子在美国，想教训一下他都没办法。"

马丁道："对了妈，你要是跳舞不适应呢，也可以去打打小麻将，这个挺锻炼脑子的。"

林爱凤摇了摇头，道："亏你想得出来，你不知道打麻将的人素质多低嘛！"

马丁笑了道："嗨，你还跟人比素质，老人家了，大家不都是图个乐呵。"

"你懂什么呀，跟素质低的人在一起，哪有什么乐呵，痛苦都来不及呢。我看你吴阿姨素质就有点问题，我觉得她脑子里有黄色思想。"

"别这样呀，你老给人戴帽子，不好不好。对了妈，你说我什么时候可以回北京？"

林爱凤警惕地一顿，严肃地问道："哦，你想走了？"

马丁观察到她的变化，心中一惊，急道："没有没有。妈，不是我想走，我想问你一下，然后自己做点长远的打算。你看我现在每天这样无所事事地耗着，白天上网，晚上跟同学喝酒，这样下去，人都废了不是，到时候可不能指着你退休金过日子呀。"

林爱凤道："你不就想到报社工作吗？"

马丁道："对对对，当记者是我自小的理想。"

林爱凤自信道："你不用考虑，这个我自有打算。儿子，只要你有本事，就不会无用武之地，你也不是吃我老本那类人。"

马丁舒了一口气，道："好吧，妈，那你也替我考虑一下，其实我蛮爱工作的。"

"这才像你爸爸，一辈子勤勤恳恳，从来就没喊过'累'字。既然在家，你就先休息，养精蓄锐，将来有你累得慌的时候。"

第五章

有了一次，就有了第二次。林爱凤不是迷恋跳舞，但是这里毕竟人多，对女同志也友善，这一点是吸引她的地方。她有时候会跟吴贵妃打电话约好，有时候也不约，就闲庭信步地过来了。

有意无意，她都会碰上老杜，老杜好像成为了她的专职教练。可不是夸口，林爱凤在老杜的指导下，迅速入门，比起那些愚钝的大妈，林爱凤算是悟性很高的。林爱凤往往能得到老杜的夸奖，这使她心里美滋滋的。虽然此刻她也想起吴贵妃提醒的“那些男人的嘴巴很甜，你可要小心”，但她没有这根弦，她不知道小心什么。

老杜初一见面，是个矜持的甚至有点儒雅风度的老人，因为瘦，腰板挺拔，看不出老态。他话不多，甚至往往以微笑表现态度，对任何人或者事处于一种感兴趣与不感兴趣之间。跟他接触多了，或者到了他擅长的领域，他才会把想法说出来。

老杜和林爱凤最早谈论的是工资，他们对政府提高退休人员的工资都抱乐观态度，他们也为自己已经退休了却还能拿着工资感到欣慰，几十年来的工作不白干。接着谈到工作，老杜是语文老师，但涉猎面很广，是个传统的知识分子，对什么都感兴趣。他们对股票市场一致感到悲观。接着谈到工作带来的外延，老杜道："你别看我是一个老师，无权无势的，但我有一个优势，关系很多。"

"你们家有谁是当官的吗？"林爱凤问道。他们俩现在边走边聊慢慢离开花园广场，沿着清溪河走下去，也渐渐远离了喧嚣的音乐，环境更有利于聊天。

"倒不是谁当了官。你可以猜一猜，我为什么关系会比一般人多得多？"老杜饶有兴致地把话题当成谜题，这是这个老知识分子喜欢的说话方式，恨不得把每个话题都用试卷来考你。

"我可猜不出来，要么就是谁当官，要么就是你家里谁特别有钱。"林爱凤也乐于如此探讨，反正闲着也是闲着。

"有钱也不是万能的，你看前几年我们市里最有钱的亨利集团的老总张望才，呼风唤雨，多风光呀。有工厂、有房地产、有商场，走到街上哪里都是亨利集团的广告，电视上每天都有他的新闻，做慈善呀，会见领导呀。后来资金链一断，什么都露出来，非法集资呀，贿赂官员呀，现在还在号子里关着呢。有官呢，也靠不住，当官是高风险职业，你不搞点猫腻呢就没法干下去，你搞猫腻了，万一哪天出事，狼狈得很。我们这边的前任市长，现在不是逃到美国去了吗？在那边日子过得苦呀，倒不是没吃没喝，是没人理他，跟当年前呼后拥相比，心态上没法接受。有家有国不能回，听说现在都得了抑郁症，有时候还打个越洋电话过来跟原来旧部聊天呢，可是谁现在爱沾他呀，原来一个个奉承他还来不及，现在没说两句就挂了电话，生怕惹一身骚……”

“你知道得倒是挺多，可是扯得太远了，你倒是回到你的关系上来呀。”作为女人，林爱凤不爱谈那些跟自己没什么关系的大人物、大事儿。

“对对对。”老杜对自己的高谈阔论有点不好意思，不由悬崖勒马道，“你想想，我教了三十来年的书，桃李满天下，有出息的学生海了去了。而且，我是个很敬业的人，跟学生的感情很好，这里的关系，太多了。所以你别看我没什么能耐，其实我是有资源的。”

林爱凤想了想道：“哎哟，没想到你还有这一手。可是我们毕竟老了，再多关系有什么用。”

老杜道：“哎哟，你可不知道，我那些外甥呀什么的，有个什么事，都是找我，我这叫老有所用。”

老杜在自己面前显摆能耐，这让林爱凤觉得谈话已经没有原来那么有趣味了，她讽刺道：“你要是在吴贵妃面前这么显摆，指不定她说你什么呢。”

“那可不是，她的嘴一向刻薄，不过除此之外，人还是不错，乐观，有精神活力，不知道她这两天怎么没来。”

林爱凤看到自己的方向离家越来越远，道：“打住打住，往回走,要不然等会儿还得坐车回家。”

林爱凤回到家,走得也累了,在沙发上坐下来,叫道:“小丁小丁?”见没有回答,知道马丁肯定出去玩了。家里有个人,这样的日子让她觉得踏实,觉得充满了念想。

她老觉得有一件什么事没办,但想不起来。她想,真是老了,总觉得有什么事牵肠挂肚,但就是想不起来,唉。喘息定了,洗漱完毕,熄灯上床之后,脑子里突然灵光一闪,一拍脑袋,自语道:“难怪我觉得有个什么事呢,原来是这个呀。”

她又起来拉灯,坐在床上,把手机通讯录找出来,找到老杜的号码,拨了过去。

“嘿,老杜呀,听得出来吗?我是林爱凤。”

“知道知道,我手机里有显示。这刚回家,你就打电话过来了,我还以为你拨错了呢。”

“没错,我有事找你呢。你没睡觉吧?”

“洗洗正准备睡,你要是晚打一刻,我就把手机关了。睡眠浅,最怕打扰。你说,你有什么事?”老杜本来是个话少的人,不知什么原因,见到林爱凤,有时候也成了话唠。

“是这样的,你今天不是说你有很多关系嘛,我听了很感慨呀。年纪大了,你还这么有能耐,这不由让我感触很多。心里一直有个疙瘩,好像想问你点什么事,又想不出来是什么事,费了半天劲,躺在床上都要睡觉了……”

“你就说什么事,别太绕,临睡了我脑子乱。”

“哦，你这么着，我就想问问你，有没有什么有能耐的学生在报社当领导的。”

“有呀，机关、媒体、局级单位，都有。”

“什么报社呢?”

“你直接问我我还说不出来，太多了，得查查。我有个本儿，专门记他们的职务呀，电话呀，年年更新。这么着，我明天给你查一查，再告诉你。”

“别，你就现在查，好不?你不查我还睡不着觉。”

“嗨，你这性子怎么跟年轻人似的，急。现在查跟明天查不是一样的，反正跑不了，你就说有什么事。”

“你能肯定有吗?”

“我老杜是什么人你又不是不知道，有一说一，从来反对吹牛、扯淡这一套的。有肯定是有，而且是领导，就是忘了是哪个报社的，这一行业接触得不多，平时没往心里去。”

“是这么着，我儿子呢，本来是在北京一家很大的报社工作，应该是中央级的。干得好好的，不是孝顺嘛，为了我，把工作辞了，跑回来了。我想呢，如果在这里给他找到一家报社，他又能实现他的记者梦，我们又能团聚，岂不是一举两得。”

“行，我知道了，你的忙，我能帮的，不会推辞，明天我查一查再跟你商量。”

“明天什么时候?”

“明天有一整天时间呢，要么明天晚上跳舞的时候再聊?”

“不成不成，我怎么能等到明天晚上呢。这样吧，明天我请你吃饭，咱们专门聊这个事。”

“不用，我们来这一套干什么呢。你这样子倒是给我压力，你就定个时间吧。”

“我想明天都没什么事，越早越好，那就明天早上吧。”

“好吧，依你。”

“我起得早，咱们四点见？”

“四点天都没亮呢，咱们是聊天又不是当小偷。”

“可是我四点就醒了，无所事事呀。要么五点吧，五点天指定亮了，我请你吃早点，好不？”

“吃早点还行，这个压力比较小，那就这么办，现在赶紧睡，我眼皮都打架呢。”

“嗯，五点，小东门早点摊，记住了，别迟到。”

这是林爱凤人生中首次跟一个男人约会。当然，也是老杜人生中的第一次。另外，他们这次的约会有可能创造了一个吉尼斯世界纪录，因为古今中外有文字可考的记载中，似乎还没有如此披星戴月的男女相会。这是林爱凤早醒的习惯导致的，四点多，她就起床了，怕吵醒马丁，像个小偷蹑手蹑脚洗漱完毕，轻轻带上门。太阳离抛头露面还有一段时间，只不过先用一些反光让鸟儿醒来，再让小鸟把世界吵醒。

小东门早点摊上，摊主们刚刚把灶具支开，桌椅摆好。林爱凤转了个圈，在桌子上等到五点多，老杜才赶过来。林爱凤不满道:“第一次约你就迟到这么多。”

老杜笑道:“哎哟,你要是个老板,还不得把我这员工给开除了。”

“做男人,说话要算数,答应五点,你就不能五点半。”

“好吧好吧,这不是来了也没早餐吃嘛。”

老板叫道:“有,来了来了。”

他们点了些包子、豆浆、拌面和茶叶蛋。看来廉颇未老,两人食量还不小。

林爱凤迫不及待地问结果。老杜翻开一个本子,道:“你看,我查了,是《杭城都市报》的主编,叫陆心情,还是个女的呢,更好说话。”

林爱凤看了看,道:“你们平常有联系吗?”

“平时倒是没有联系,有一两次学生聚会的时候见过。这闺女素质很高,极有礼貌的,在我班上的时候,就是语文课代表,她不会忘记我的。”

说话的间隙,两人腾出嘴巴,风卷残云,桌上剩下一片残渣。林爱凤问道:“还想吃吗?”

老杜摸了摸肚皮,道:“再吃下去,恐怕要撑破了。”

老杜要买单,林爱凤止住他,道:“别跟我争,我说过我请客就我来请,我一向说话算数。老杜,你也要算数哟。”

老杜道:“我有过什么事不算数啦?”

“不是不算数,我是强调一下,你说过要帮我这个忙,就一定得帮。”

“哎哟,你这个强调什么呀,还信不过我吗?帮得上帮不上不能打包票,但我肯定是要帮的。”

“不是不信你,这年头说话当面一套背后一套的人越来越多,我相信你不是这种人,是吧?老杜,你这样子,我一看就踏实。”

林爱凤付了钱,四块五,还跟老板道:“你是不是看我请客就多收了?”老板根本没心思跟她交战,道:“你要是嫌多收就吐出来还给我。”林爱凤道:“你看你看,真不文明。”

两人离席,走了几步,林爱凤问道:“现在去哪里?”

这倒是个问题。老杜以为林爱凤变相催促他,便道:“我这就回去,上午就给她打电话,先讲讲马丁的情况。”

林爱凤笑了起来,道:“你这个老杜呀,年纪这么大了,还这么猴急。”

“啊,你这五点就把我叫起来商量事儿,我稍微迟到就怕你说我说话不算数。你着急我才急呀,怎么倒说起我猴急呀。”

“呵呵,老杜呀,有句话叫急事缓做,缓事急做,懂吗?你要是不懂可就是没文化了。”

“这老理儿怎么会没听过,就看你怎么理解了。”

“你想理解呀,我就跟你说道说道。”

街道上开始有车来人往,老杜拽了一把林爱凤,避过一辆三轮车,道:“你小心点,你要说道咱们还是到花园广场去说道。”

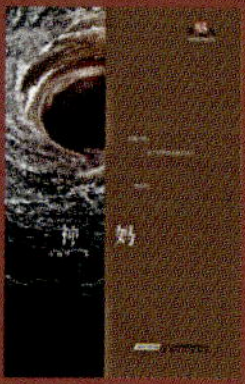

《神妈》

作者：李师江　定价：30.00

《规则人生》

作者：滕肖澜　定价：32.00

《一个人的微湖闸》

作者：魏微　定价：25.00

《旦角》

作者：乔叶　定价：32.00

《跛足之年》

作者：乔叶　定价：32.00

林爱凤警惕地推开老杜，道："你别动手动脚，这儿熟人多，让人看见了还以为咱们俩怎么的了呢。"

老杜笑道："瞧你这多心的，来，走人行道。"

到了人行道，林爱凤继续道："这事儿不能着急，你得把马丁的情况了解清楚，想好了怎么说，是吧。你要着急上火地讲不清楚，被她顶回来，那岂不是白费口舌。"

"我是语文老师，表达能力还可以的，这一点请你相信我。"

"不管可以不可以，你不能电话里说，要当面说，是不是。八字有一撇了，我来请她吃个饭，送点礼什么的。"

"这就不必了。我的面子她肯定给，行的话她肯定给，不行的话那说什么也没辙。吃饭她成天在大酒店里吃，难道咱们还请她吃早餐不成。"

"那就不是了，也得到酒店，搞关系呀都得这样子。我请你吃早餐呢，是把你当自己人。"

"嗯，行了，还是等我打听好消息后再说。"

老杜对亲邻朋友都不错，热心肠是他的特点，特别是退休之后，能发挥余热，他觉得自己还是有价值的。他办事地道，只要他认为值得做的事，都像备课一样认真，不带敷衍的。

他相当谨慎地给陆心情打了电话，试探陆心情的态度。陆心情相当热情，尊师是一大优良传统，平时没有时间去看老师，老师打来电话，那还不得热情一次。问候了半天，老杜才切入主题，说有一件事要登门拜访。陆心情道："杜老师，你有什么事直接说，还劳你亲自来，显得我多不地道。"老杜执拗道："不，这事儿当面才能说得清楚。我又没什么事，走动走动有益健康。"

他坐了五站地，走了两百多米，到达陆心情的办公室。进来的时候，他还视察了整个报社的环境。陆心情看见老杜手上还提着一盒茶叶，道："老师，你看你来看我，还带个东西，以后让同学们怎么说我呢。"

"你们都没忘了老师，老师已经心满意足了。"老杜感叹着，他知道在这办公室陆心情可没什么时间唠嗑，旋即切入主题，道，"是这样的，有个朋友，她儿子呢在北京干过报纸方面的记者，现在她老了，想把儿子调回来，但儿子念念不忘这个工作，所以想在这边找份记者的工作。我这不马上想到你了嘛。他儿子的一些情况呢，我也了解了一些，都写在这纸张上，如果有这个空缺，可以让他自己来说说。"

"对了，这个朋友是你什么样的朋友。"陆心情问道。

"我不是经常去花园广场跳舞嘛，那儿认识的，聊得来，也比较有缘分。"

"老师你倒是热心。好吧，这个我回头问问编辑部，跟他们研究研究，看看需不需要招人。"

"那可不，年纪大了，更要与人为善。小陆，这事你就费心，我等你消息，这上班时间呢，就不耽误你了。"

老杜回来后，就忙着向林爱凤汇报情况。林爱凤道："我听到‘研究’这两个字就头疼，走走走，跳舞去。”

他们在舞池碰到吴贵妃。吴贵妃赞叹道：“有日子没见，你就跳得这么娴熟，是老杜的功劳吧。”

林爱凤道：“那可不是，毕竟他当过老师。”

吴贵妃道：“瞧瞧这个老杜，教起美女就特别细心，是不是？”

林爱凤不好意思道：“你又老不正经呢。”

老杜正色道：“这话可不地道，你问问我教过的人，都是一视同仁，没有哪个是敷衍的。”

吴贵妃道：“我开个玩笑，你们就这么紧张，心里有鬼了吧，哈哈哈。”

林爱凤不想跟吴贵妃开这种有伤风化的玩笑，便把话题岔开，问吴贵妃这些日子上哪里去了。原来吴贵妃参加了一个夕阳红的旅游团，上车时又把手机丢在家里，差点把儿子急死。接着大谈旅游所遇，妙趣横生。

跳舞的时候，林爱凤悄悄对老杜道：“别把给我儿子找工作的事跟吴贵妃说，她是大嘴巴，一会儿全城都知道了。”

老杜道：“晓得，八字都没一撇，我不会说的。”

林爱凤与老杜跳起舞来，这会儿显得特别亲切，好像跟儿子的工作在跳舞。

果然不出林爱凤的所料，老杜反馈的消息令人失望。

老杜低声道:“要不,我请你吃饭,吃大餐?”

林爱凤瓮声瓮气道:“还有心思吃什么大餐,亏你想得出来。”

老杜解释道:“我是怕你觉得请我吃饭吃亏了。”

林爱凤更加生气,道:“你是不是把我看扁了,原来我在你眼里那么小气,吃个四块五的早餐就耿耿于怀,我是这种人吗,你从哪里看出我是这种人?”

老杜精神紧张,更显溃败,道:“不不不,我不是怕你心情不好嘛!”

林爱凤指责道:“以后你少吹牛,说自己有多大能耐多少关系什么的,吹得我对你寄予厚望,现在啪的一声,从天上掉下来,轮到谁都心情不好。”

老杜委屈道:“真的没吹牛,上次我外甥女,从乡下中学调到城里中学,还有我弟弟,要当轻工局的门房保安,都是我找学生的关系,找一个成一个,要不你去问问。”

林爱凤道:“行了行了,这时候还显摆,不是气我吗?我还是回去休息,以后没事别打我手机,把我叫出来就是告诉我这种坏消息,真有你的。”说罢悻悻地走了。

老杜嘴里嘀咕,也不知道自己错在哪里,也悻悻地往学校走。在门房,他发现门卫老刘正在和一个老师下棋,便看了几步。老刘的棋还是那么臭,老是出蠢招,老杜不由自主地指点几下,哪知道老刘不乐意了,坚持认为自己的招数最正确。老杜摇摇头，移步回宿舍，他觉得这个世界的人越来越不可思议了。

六年前建的宿舍楼，还很新，属于集资建房，作为老资格的教师，他挑了楼层最好的三楼，一百三十平米，可惜老伴儿没住多久就去世了。儿子原来还和他住，后来去上海发展，做建材生意发了财，自己在上海买了房，一般过年了才回来。两个女儿，都在本市工作，偶尔打打电话。房子大，灰尘也多，女儿每周要雇个小时工来擦一擦，老杜嫌费钱，坚持自己擦。儿女不来时，他就懒得擦，他觉得有点灰尘不值得大惊小怪。

刚到家没多久，手机响了，看看又是林爱凤的，老杜觉得头皮发麻。他吸了口气，调整了呼吸。

“老杜呀，我这脑瓜子就是不灵，当面想不通问题，回来想了想，这事有蹊跷，还没完呢！”

“您又想到哪一出了？”

“我觉得呢，问题是出在你考虑不周上面。你想想呀，为什么你外甥女啦，你弟弟啦，这事儿都能办得成，而我儿子这事你就办不成呢，因为亲疏有别。你想想，你当时是怎么介绍我们的关系的。”

“我说就是跳舞的时候认识的一个妹子，给她儿子找工作嘛。”

“对呀，跳舞认识的，就属于没什么关系的，她能放心上吗？假如你说是你的儿子，她能够坐视不管吗？怎么说也得见见人，看看能不能用，是不是？”林爱凤已经打好腹稿，有条有理地分析道。

老杜反应过来，道：“你说得也有一定道理。”

“那可不，所以我早就跟你说过，急事缓做，你操之过急了。”林爱凤善于把责任往别人身上推，这是她一贯的作风。

“可是，不管怎么说，陆心情说他们编辑部确实没有新招人的计划呀，多亲的人也挤不进去呀。”

“老杜，你看你这是当教师当迂腐了，根本不了解社会的事。你想想呀，就我那个财务室，人早就满了，领导批了个条子，说要进人，主任还不是乖乖地照办。要是没这种事，我现在也许还返聘呢，我干了几十年业务多熟呀。报社里那么多新闻，多一个少一个记者，哪有准的事呀，关键是看领导给不给办，明白了吧。”

“那……怎么办呢？”老杜像个做错事的孩子。

“怎么办，现在可不能着急了，得想好了再出手。所以我还是要劳你明天再跟我商量，明天早上……”

“哎，你可别再明天早上五点请我吃早饭，现在天气冷了，不宜露天吃饭。”老杜打断了她的话。

“不请你吃饭了，我请你……”

“别别，不要请我吃任何东西，你就说个地点，我们到那里商量去。”

“好，这话干脆，那就百荷公园，那儿安静，还有亭子什么的，有老年证也不用收门票。对了，你办了老年证了吧？”

“早办了，放心。”

马燕相当敬业，也很珍惜教师这份工作，即便带着孩子，该坐班时也坐班，不像其他老师，老是找理由出去。在年轻老师里，她有点刻板。

周五下午，她在办公室收到一份快递。她绝少与外界打交道，颇为疑惑，打开之后，她呼吸困难，脑子瞬间茫然一片。坐在对面的秦老师道：“小马，是不是哪里不舒服?”小马赶紧把东西塞进快递信封内，支支吾吾道：“没……没什么。”

她从来没遇见这种事，就是让她编，她也编不出这种事。在经历过一阵心态的超常反应后，她终于冷静下来，站起身来，觉得还能自由走动。于是她像没事一样，带着略显沉重的脚步，按部就班地去幼儿园接儿子。

到了家里，她实在是没有气力，觉得虚脱，不能像往常一样做饭了。她给林健发了条短信：你回来。林健没有回，她也不带希望，林健根本不会听他的唠叨和抱怨，也不理会家长里短。

但很奇怪，林健很快就回来了。

儿子饭饭在客厅看动画片。马燕叫林健进卧室，在门关上的瞬间，马燕再也控制不住，猛然扑向林健，猝不及防的林健被扑倒在床上。马燕用拳头、枕头等砸在他身上，嘴里大叫：“你怎么能这样对我，你这个没良心的!”双眼通红，眼泪很快就出来了。

林健被打蒙了，抓住她的双手道："你他妈的疯了，到底怎么回事！"

马燕把包里的快件取出来，扔到林健身上，林健狐疑地掏出了里面的东西。

快件里是一些照片和一张纸条，照片是林健和一个年轻女人的照片，或在车里，或者在某商场，或者在路上，显然拍摄者费了些心思。纸条上是印刷体字：你老公和单位的狐狸精好上了。

林健也被照片镇住了，片刻缓过神来，辩解道："这明显是别人陷害我，你这都看不出来？"

马燕道："不管是不是陷害你，你跟这个女人在一起总是事实！我忙里忙外，把家里的事全包揽了，你倒好，跟狐狸精搞上了，你是不是想把我们甩了？！"说着怒火起来，又把鞋子往他身上砸去。

林健控制住她，道："你别胡扯，这些照片能证明什么呀。"

马燕道："这还不能证明，难道非要拍出来你才承认，你他妈的不是人！"

俩人又肉搏在一起。饭饭突然推门而入，叫道："妈妈，肚子饿了。"

像听到了回合结束的铃声，两位肉搏者瞬间停止了战斗，马燕道："饭饭，你先出去，妈妈马上出来给你做饭吃。"

饭饭疑惑地看了看他们，听话地出去了。马燕咬牙切齿道："这事你得跟我解释清楚，要不然我跟你没完，那个女的我知道是你们单位的。”

林健没有了底气，道：“你可别乱来，明摆着人家要把我从主任的位置上搞下来，我会跟你解释清楚的。”

两人出了卧室，马燕觉得心里郁闷而且痛，便让林健带饭饭去外面吃东西。她出去走了走，最后还是不自觉地绕到林爱凤这里。

自从马丁回来后，马燕省了不少心，偶尔给妈妈打打电话就可以。现在她不自觉地漫步回家，家里门却锁着，马丁和林爱凤都不在。她打林爱凤手机，林爱凤兴冲冲道：“你在门口等五分钟，我马上就到家。”

一见面，林爱凤就迫不及待地讲自己与老杜商量对策的事。今天她约了老杜在百荷公园，她思量了一个晚上，认为老杜的关系还是有用的，关键的问题是出在自己和老杜关系不亲近。她又一次举例道：“你说如果马丁是你的孩子，又有文凭，又有北京工作的经验，她不可能一个电话就把你打发了，绝对不可能，那样就太不给老师面子了。除非她是狼心狗肺，否则怎么着都会给个机会实习一段时间，成不成再说，是不是？她报社也不是铁饭碗，好的记者可以进去，不中用的记者可以出来，这些情况我都了解过了。所以，问题的关键是你那天没有思量好，把我们的关系说得太不是关系了。街上随便认识一个人，你都帮他忙，那以后她还帮得过来吗？作为一个领导，她分得清轻重，她觉得拒绝了这件事，也不会让你很难受，以后其他有求于她的事呢，还可以弥补一下。”

“嗯，这个道理我是明白了，可是要怎么说呢，我们本来就是在公园认识的嘛。”

“老杜，你是要真心帮助我还是假意帮助我？”林爱凤正色道。

“瞧你说的，不是真心我能这么一趟又一趟跟你出来，还五点钟说到就到呢？”

“我是这么想，要扭转现在的不利局面呢，必须下狠招，你就说马丁是你儿子。”林爱凤斩钉截铁道。

老杜的头摇得跟拨浪鼓一样，细长脖子眼看就要扭断，道：“你不知道，她对我家的底细门儿清，几个孩子，在哪儿工作，干出什么成绩，都一清二楚，这个骗不了她的。再说了，我姓杜，我儿子叫马丁，那不是明摆着说她白痴嘛！”

“不是她白痴，是你白痴。瞧瞧你，六十来岁人了，一点社会经验都没有。你别打断，是这么个意思。她不是对你门儿清嘛，知道你老伴去世了嘛，你就说我是你新的老伴，那马丁不是就你儿子了吗？有这层关系，不帮就说不过去了吧。”

“哎哟，亏你想得出来，这明摆着是谎言，是骗我学生。你知道我是实诚人，我这辈子可没这么撒过谎。”

“老杜呀，你真是与社会脱节呀。现在出门办事，没有几个说的是老老实实的话，懂吗？都需要包装。就连那些到我手上报销的发票，几千几千的，说是今天招待这个领导，明天给上级部门买礼物，都有猫腻，我都看得一清二楚，但还不是给报销了？整个社会风气是这样，你一个人拧呢，成不了事的。既然你真心帮我，就随社会大流一下，撒个谎你都不肯，我怎么看出你那颗真心呢？”

老杜像是在接受改造，纠结道：“话是这么说，可是这种话我还真说不出口，学生会怎么看我，说我老不正经，以后聚会的时候我这脸恐怕不好搁。”

“嘿，我比你年轻吧，我比你漂亮吧，我还是女的吧，我都不怕丢脸，你一个男人脸皮那么薄干什么。况且我告诉你，你的学生不会认为这是丢脸的事，她的思想比你要开放得多，只会为你祝福，你有喜事，她们高兴都来不及呢。你就说，这工作的事要是办成了，我这个新老伴也就八九不离十了，那学生还不得卖力！”

一阵循循善诱、软硬兼施之后，老杜的态度从反对，到勉强，然后到顺从。林爱凤旗开得胜，对战果相当满意。最后的一个分歧是，林爱凤希望自己和老杜一起再次拜访，买些礼物什么的，让陆心情不接手也得接手。但老杜丢不起这个脸，坚决要自己一个人去，有后续消息了再说。老杜虽然好说话，但对自己坚持的意见，还是比较执拗，最后一搏老杜占了上风。

林爱凤陈述完战果，才发觉马燕并没有随着她的兴奋而兴奋，而是情绪低落，眼睛红肿，这才发觉端倪，忙问究竟。

马燕道：“没什么，妈，我就是心里难受。”

“好好的心里就难受，你更年期呀？”林爱凤正色道。

“妈，我才三十。”

林爱凤削了一个苹果，递给马燕，道：“有什么委屈，你得跟妈说。你三十了，在妈面前也是孩子。你每天出了学校，就是单位，没见过什么世面，遇见沟沟坎坎，难免跌倒爬不起来。你爸去得早，不能给你们姐弟做主，妈得撑起来。妈现在退休了，闲着也是闲着，以后就专管你们姐弟的事，懂不？”

马燕扑到她的怀里，像孩子一样嘤嘤哭了起来。

哭了一气，林爱凤的衣裳肩部都湿了。林爱凤道：“说吧，谁欺负你了。”

马燕哽咽道：“没有……我只是觉得我带着孩子，他什么都不管，每天在外面吃吃喝喝，把家里当旅馆，我好没有安全感。”

林爱凤拍拍她的背，道：“这个嘛，可怪不得他。这年头，当个小公务员呀、小官儿呀，不都得没日没夜地把领导当爹娘侍候，都不容易。你爸在那阵子也是，半夜领导一个电话，可以把老婆孩子都丢下。风气就是这样，我们得适应。”

“可是我真怕他在外面乱来，搞出什么乱子来。”

“嗯，这倒是，现在的男人是比较容易变坏，跟你爸那时候不一样，你爸心里只有我，什么诱惑都不顶用。不过你也不要乱猜疑，要有证据，有证据了咱们就饶不了他。有吗，有什么可疑的地方吗？”

“那……倒是没有，只是他成天不在家，我心里不安。”马燕支支吾吾，她真不想让妈来操心她的这种事。况且现在妈妈的病好了没有，她也没个准。

“你甭担心，如果有把柄，妈妈饶不了他。想当初，我把你交给他的时候，他什么好话都说得出来，我一个字一个字都记得住，不会让他食言的。你心里别难受，赶明儿呢，我去给他敲敲警钟，男人跟小孩子一样，得提醒，不提醒他就走神。”

马燕只是来求安慰，并不想把真实情形告诉妈妈，一是怕增添她的负担，二是现在真实情况如何，自己心里也没底，此刻让妈妈搅和进去，也不是个事儿。马燕是个传统的女人，对丈夫的不忠是不能容忍的，只要一想起来，心里就会阵阵疼痛，好像有人拿个锤子，专门拣她心里难受的地方砸。

这时马丁回来了，母女俩止住了这个话题。马燕问弟弟近况，马丁说自己闲着没事，给一个做广告公司的同学弄创意什么的，帮帮忙。趁马丁进了房间，林爱凤偷偷嘱咐道：“马燕，不可以将替他张罗工作的事告诉他，这孩子自尊心强，决计不肯让妈妈为他这般费心的。”

马丁想吃鸡蛋阳春面。林爱凤问马燕肚子饿不饿，马燕起先痛在心头，忘了饥饿，现在心态有所缓和，饥饿感一下子扑来。林爱凤便到厨房给姐弟俩做面条去了，马丁偷偷把姐姐叫进房间，道：“姐，你跟妈妈闲聊时，打听下到底什么时候让我回北京。”

马燕愣了片刻，道：“不要着急，等妈妈同意了你再去，工作是一辈子的事，不在乎这几个月。”

马丁道：“哎呀，不仅是工作，还有其他事呢。”

马燕正色道：“什么事也不比妈妈的身体要紧，我现在最担心的是妈妈的安全，你看有我们在家，她都好好的，她一个人呢，指不定又出什么事。爸爸早走，家里就你是个男的，你得在家起个男人的作用。”

“道理我懂，妈妈一出事，我这不是回家了嘛。不过也得有个头呀，我总得为将来打算打算，要不然就这么待着，浑浑噩噩，一不小心就当啃老族了。”

马燕给马丁摁了摁肩膀，道：“这我倒不担心，从小你那么勤奋，成绩又好，心气儿又高，什么都比姐姐强，姐姐都不当啃老族，我最不担心你这个。对了，要不就在杭城找一工作先干一干，你看怎么样？”

“这里没什么合适的单位，施展不开。况且我一心想去北京闯闯，那不单是工作的问题，说大点就是想有那一种的人生体验吧。”

马燕一下子觉得马丁也不容易，要是其他人家的孩子，父母亲还巴不得孩子能去外面闯荡一番事业回来呢。她觉得自己也是有愧于这个家庭的。

“我个人是很支持你的。不管怎么说，还是要听妈妈的意见，我们家就这么个情况，大家都得体谅点。妈妈要是说‘行了你走吧，你姐姐照顾我就可以’，那我就巴不得你去；可妈妈要是非要你多留段时间，你也得迁就迁就，毕竟不是小屁孩了。”

“所以嘛，我让你探听探听她的口风。现在她还在吃药，我一提她就着急，我这不是一直憋着嘛。”

“理解理解，我一定帮你探听。”

第六章

马燕和林健处于冷战状态。

林健一直解释，这是他人的陷害，他甚至列出了几个幕后嫌疑黑手。黑手的目的就是让马燕去林健单位里闹，闹出动静，闹到林健职位不保。这个时代，职位竞争越来越激烈，大家使用的手段也越来越卑鄙、赤裸，设陷阱、偷拍、网络转播、舆论造谣等等都成了常用手段，当官是一门高风险的职业。但马燕认为事情没那么简单，苍蝇不叮无缝的蛋，你们如果没有一腿，人家也不会利用这个来做引爆。而林健坚决不承认，坚决认为他们是正常的同事关系，或者只是能谈得来，比普通同事的关系要好些。

马燕想过去单位闹，甚至以此要挟过林健。林健不为所动，说你闹了也就那么回事，也就是让我在单位里出丑而已。说到底，马燕的性格不够暴烈，她无法付诸实践。但不管如何，林健显然收敛了很多，在可以不应酬的场合，也回来吃饭，带带孩子。这一点让马燕聊以自慰。

林爱凤感觉到了马燕的心态，她觉得有必要宏观调控，她做了一次家访。

林健看见林爱凤来了，想是来兴师问罪的，也不知道她到底晓得几分，只好准备以守为主。

“有日子没见你了，啊，我住院那一阵子，看我的人——同事呀，以前你爸的战友呀，街坊呀，包括你爸你妈——来了一批又一批。后来我琢磨着，怎么没见着你呀，我是不是有这么个女婿呀，我都迷糊了。”林爱凤开门见山，亮出一个剑花。

林健没她想到第一招就亮出兵器，猝不及防，只好以退为进，道：“妈，确实对不住，就单位那点破事，忙得我晕头转向。我跟马燕说，哪天她带孩子，我去看看你，没想到你后来就出院了。”

“嗨，忙，男人就一个‘忙’字，万能的借口，是不？也难怪，我也不是你亲妈，也不要求有亲妈的待遇。我今儿过来，不是为这事，就是说吖，你多忙，最终还不是为了这个家吗？女人嫁给你，给你生孩子，还给你带孩子，还要教育孩子，半辈子都耗在这儿了，你倒好，忙呀，什么不管，稍不留神，还在外面耍花花肠子，这个我得提醒提醒你，不能这么干。男人不管事业做得多大，能花点精力顾家的，这才是好男人。让女人泪往肚子里吞，这绝对不行，老天爷都不答应。”

“妈，你说得对，我以前确实对家里照顾不周，今后一定改正。”林健不是这么唯唯诺诺的人，但是一是他心里有亏欠，二是他深知与天斗与地斗不可与大妈斗。

“你要记住你的话就是。你们的日子是你们自己来过，我本来不想掺和你们的事，也没能力掺和。但是呢，马燕是我的女儿，她过得不舒服我也心疼。况且呢，当初你追我们马燕的时候，话说得都很好听，也让我们很放心。我就是过来提醒你，以前的话要记得，做男人一定要记住自己说过的话。”

林健基本上处于缴械状态，把平生所学的好话都掏了出来，以便让林爱凤尽快结束战斗。马燕在一旁边听边抹眼泪。饭饭在一旁，不知道妈妈为什么无缘无故会流泪，便教训道：“妈妈哭鼻子不乖，我不理你了。”让马燕哭笑不得，一边抹着眼皮一边抱着饭饭道：“妈妈不哭，妈妈不哭。”眼泪却流得更厉害了。

林爱凤一顿教训，顺了气了，便对马燕道：“以后你把饭饭带我那去，多跟我玩玩，好让我跟孩子也有感情。以前我上班，没时间陪他，现在我有了，多带来。”马燕道：“他闹得厉害，一去就把家里弄得一片狼藉，带去烦你干什么，况且你身体还不好，他可让人闹心了。”林爱凤道：“没事，我喜欢的事多闹都没关系，是不是饭饭？以后跟爸妈一起多来婆婆家。”

林健连忙答应。

调整战术之后，老杜终于带来了好消息。

老杜觉得自己这辈子最无能的事，就是不懂得如何拒绝人，拒绝是一门学问，有人天生就是这门功课的白痴。但是对于林爱凤的事,老杜虽然有些为难,但总体而言是自愿的。他不知道自己为什么会有种激情为林爱凤去做这种难为情的事。

他怕电话被拒绝,所以不请自到陆心情的办公室,但第一次碰到她出差了,第二次让他候着了。

老杜理了理情绪,道:“上次的事,其实有些利害关系没有跟你说清楚,所以我想当面再说一次,看看能否有转机。老师呢,在你面前又不好意思开口,所以相当为难呀。”

陆心情道:“老师你就别见外,有一说一,在老师面前绝对不含糊。”

“上次说的那事,我说对方是我在公园跳舞认识的,其实有点不确切,或者厚着脸皮说,我跟她还是比较亲密的关系,也有可能那个什么,所以呢,她的儿子呢,也当是我的儿子。这个意思不知道我说明白了没有?”

“哦,明白明白,那要恭喜老师。”

“你不会嘲笑我吧?”

“怎么可能,我等着吃老师喜糖呢,什么时候办呀? 一定要通知我。”

“这个呢,也还没那么准,还要看我们相处的状况。我听说呢,你们报社的记者,是铁打的营盘流水的兵,每年都会增加新的人员,所以老师厚着脸皮,希望你呢特殊对待,酌情考虑,至少给他一个面试实习的机会。到时候呢,能用的话则用,不能用的话,老师也没意见,不知道我这个想法可靠不可靠?”

“哦，老师您不早说，既然有这个利害关系，我必须跟编辑部强调一下，特殊对待，好吗？您还是等我的消息？”

“要是不嫌麻烦的话，要不你现在就跟编辑部打个电话，我好立马回复。你知道我这人简单，一点事搁在心底，吃不好睡不香。”

陆心情连忙跟编辑部主任打了电话，沟通片刻，然后对老杜道：“这样，你让他这两天就来报社，找编辑部的李国强主任面试谈谈，好吗？”

老杜道：“我看还是让他直接找你吧，你跟他聊聊，也让你知道我不是随便糊弄一个人进来，我推荐的是个人才。”

陆心情道：“好好，我也正好跟他交流交流。”

事情有了明显的转机，老杜兴奋之下，一出来就赶紧打手机向林爱凤邀功，并不直接说明情况，直说情况比较复杂，要面谈。林爱凤就跟一只鸟儿急忙回到树林中，破天荒地打了一辆黑出租车和老杜又在百荷公园见面了。老杜这才把实情说了出来，脸上沾沾自喜，意思是自己的关系还是比较强硬的。

林爱凤倒不是没意识到老杜的得意，道：“你看，我说得没错吧，关键是要把关系说密切了，上次就在于你表达有问题。”一副运筹帷幄的样子。

老杜服气道：“所以这次我就豁出去了，差点没把我自己说到脸红。”

林爱凤委婉赞叹道：“没看出你这么勇敢——不过老杜呀，

咱们说的你我的关系都是假的,你可别当真呀。"

老杜倒是不好意思了,道:"我晓得,全是工作需要嘛。不过将来我的学生肯定都问我什么时候吃喜糖,到时候我这老脸可丢得差不多了。"

林爱凤拍拍胸口道:"那倒没什么,你要是想呀,回头我给你介绍一个,真的。"

"不成不成,我根本就没这个意思,你还是把心思花在马丁身上吧。桥我搭好了,路要马丁自己来走。"

"知道知道,老杜,这回可要谢谢你呀,回头可真要请你吃大餐。"

林爱凤亲密地拍了拍老杜的胳膊,这种亲密是发自内心的。他们爽朗有力的笑声在百荷公园里回荡,比任何一种声音都有劲道。他们的兴奋似乎感染到其他行人,引得一些老人侧目,因为他们的样子太像一对服了兴奋剂的年轻人了。

马丁的高中同学叫陈伏棉,做了一间广告工作室,规模小,却什么活儿都接,LOGO 设计、户外广告、宣传册制作、会场布置,就差没有直接做婚纱广告。马丁也算是文艺方面的一把好手,被拿来当免费的劳动力。马丁给他忙活一个下午后,陈伏棉正要叫哥几个去大排档吃酸菜鱼。马丁接到林爱凤的电话,便跟诸位告辞。

陈伏棉不悦道:"你真扫兴,妈一叫就回,跟没断奶似的,你跟她说咱们喝两杯再回嘛。”

马丁道:“我倒是也想喝呀,想想酸菜鱼都流口水呢,但是我妈她精神状态不一样,指不定又有什么事呢。我不依她,回头麻烦大了后悔都来不及。”

陈伏棉道:“那你快回,处理好了再来喝两杯,我们等你吧。”

“这话还算在理。”

马丁回到家,林爱凤已经备好饭菜,尽是马丁爱吃的。林爱凤道:“玉米炖排骨汤,这个要多喝点,有营养;清蒸黄花鱼,这也是外边吃不到的。你说你在北京成天吃快餐,能吃到什么呀,吃得这么瘦,让人揪心,在家得多补补。你吃完了,我有话跟你说。”

马丁吃了几口,道:“妈,您有什么事就说吧,一会儿同学还叫我出去呢。”

“你先吃,吃饱了再说,什么事也比不上身体重要。”林爱凤边吃边说道,她很享受母子俩在饭桌上吧唧吧唧的交响乐。

过了一会儿,林爱凤先忍不住,道:“我是想呀,你不是一直想去北京当记者吗？我想你去那么远,吃穿不方便,妈又不能照顾你,所以我思量着,如果在我们杭城找个报社当记者,岂不是两全其美,又能随你的愿,妈又能照顾到你,你觉得这个主意好不好?”

马丁听罢一愣,摇头道:“妈您不知道,对我来说,当记者什么的，只是因为跟我专业对口，重点是我想去北京，那儿是文化中心，发展空间大。”

“我就知道你不爱听我的话。想想你小的时候，我说，小丁，不要玩了，该回家写作业了，你就乖乖回家；我说，小丁呀，妈妈腰疼，你给妈妈捶捶，哎哟，你就用小拳头砸呀砸，多舒服。现在翅膀硬了，自己有想法了，可以不要妈妈，可以把妈妈的话当耳边风了，我就想着，小时候整天喜欢跟妈妈腻在一起的小丁哪里去了呢？”林爱凤说着，沉浸在悠远的回忆之中，眼睛都泛着泪光了。

“妈，这是两码事。人长大了当然有自己的想法，我也没有完全不听你的意见。很多事情还是尊重个人，你不是也懂得民主吗，是不？如果我老听你的话，那就不叫民主，叫独裁。”马丁决定把自己的思路跟妈妈摊开，沟通沟通，要不然老是有误解，掰扯不清。

“民主？我知道呀，民主不就是讲道理吗，那我跟你说道说道。你说你不论去北京、南京还是东京，不都是在地球上吗，不就是在一个球上玩吗？在一个球的这一头，跟在球的那一头，有什么区别呢，非得要离开妈妈你才叫舒服，不是跟我对着干吗？你说什么发展呀，空间呀，那玩意儿都是虚的，最终你还不是要成家，还不是要娶老婆生孩子，上到总统，下到平民，哪有一个是离开这个生活的。你说你在北京，房价那么高，什么时候能买上房，什么时候能结婚生子？你是不是得让妈妈眼睛等瞎了才能抱上孙子。在杭城就不一样了，妈妈帮你张罗，一步步我都想好了，你等着瞧。这些个道理摆出来，就是民主。”

“妈，我知道你是为了我好，你这么讲也是有道理的，可是这些道理对我不实用。我就是想去闯一闯，虽然辛苦，但我乐在其中，会觉得幸福，这就可以了。”

“行，幸福是吧，那就谈谈幸福。你说吴阿姨，他儿子在美国呢，比你强吧，可又能怎么样，别看她整天到处吹嘘，可不知道她多无聊，这里窜窜，那里窜窜，到舞池广场就跟疯了似的，头疼脑热也没个人问一下，有次夜里发烧，想喝口水都没有人倒，她倒羡慕摆水果摊的老太太。什么叫幸福，一家团聚就是幸福，各奔东西的，那叫什么幸福呀。”

“你那是老观念，你指的是你的感受，妈，你也想想我的感受。”

“是的，依着你的感受，已经有过一次教训，毕业那年不听妈妈的话，不考公务员，现在后悔了吧，当初如果考个公务员，现在就不用这么奔波了吧。现在还不听妈妈的，再折腾几年，你才会懂得妈妈当初是对的了，你这就叫不听老人言，吃亏在眼前。”

“妈，我说不过你。这个事呢，咱们谁都别下定论，先想一想，我站在你的角度想一想，你也站在我的角度想一想。”

“想是可以，但是我可告诉，我已经帮你联系好单位了，费了九牛二虎之力，你得站在我的角度想一想。”

马丁不想把矛盾激化，摁下了话题。他心里不安，饭后就走了出去，到街上散心。街上车水马龙，华灯初上更显热闹。单从生活角度来讲，这座三线城市无疑具有魅力，它没有北京那么大，交通方便，饮食相当精美，而且消费不高，生活舒适。但是，马丁现在还不想这些，他只是觉得对这个城市太熟悉，他喜欢到陌生的大地方去，那里有未知的生活和充满幻想的未来。

后来陈伏棉叫他过去，他陪他们喝了两杯，顺带把妈妈的意思告诉他们。陈伏棉道："其实你妈妈说得有道理，你跟我们这儿干，赚点钱当个土财主，也好呀，去哪儿混不是混。"也有的赞同马丁出去闯荡的想法。这些意见让马丁感受到一个道理：世界上没有哪条路最好，但只有一条自己最喜欢的路。

马丁最后还是想去跟马燕聊一聊，只有马燕才可以当调停的中间人。所以他次日一早就去学校找马燕。马燕心里一惊，没想到林爱凤这么早就摊牌，这让她很为难。通过两次的交流，她对马丁的理解更甚于林爱凤。马丁的为难感染了她，而且马丁要她去劝服妈妈，这个任务实在是太艰巨，简直是不可能完成的任务。

马燕左右为难，她只好对马丁道："这段时间呢，我觉得你还是要迁就妈妈一下，以免她老病复发。要是有机会，我肯定会帮你说服她的。一定要记住，千万不能激怒她。"马丁叹气地点头。

她觉得弟弟好可怜。

老杜到了花园广场，就觉得老家伙们用异样的眼光看着自己，有种被孤立的感觉。老杜是老好人，以前大伙对他挺友善的，现在不对味。老杜走近老曹，道："老曹，今天大伙都怎么搞的？"老曹道："哎哟，你可成为这里的新闻人物了。"老杜道："扯淡，我又没干什么坏事，怎么成新闻了。"老曹道："你去问吴贵妃。"

吴贵妃是此地领袖式的人物，也是各种消息的起源。老杜走近吴贵妃，叫："吴贵妃。吴贵妃。"吴贵妃故意听不见，没搭理他，这让老杜觉得怪怪的。老杜还是很执着地靠近，拍了拍吴贵妃的肩膀提醒她，问道："吴贵妃呀，到底怎么回事呀你们？"

吴贵妃故作惊愕地转头，拂了拂被老杜拍过的地方，好似老杜是个带菌生物，道："你个老杜，动手动脚的干什么，真是的，作风这么不良，谁敢跟你一块玩儿。"老杜问道："怎么回事呀，大伙儿传我什么了？"

吴贵妃反问道："你是装傻还是真不知道呀？"老杜无辜道："我真是一头雾水。"

吴贵妃叹气道："哎哟，这种事非得要我说出来嘛，你跟林爱凤勾搭上了，这事传得满城风雨，我们都不好跟你搭话呀，是不是。我们大伙清清白白地交往，哪知道你花花肠子那么多。"

老杜叫苦不迭，道："哪有的事呀，哎哟，真是学雷锋还挨闷棍。"

吴贵妃道："这又不是我说的，是人家亲眼看见的，你要不承认，只会口碑更差，明一套，暗一套。"

老杜不知道这种事情怎么就传得满天飞，真是小道消息横行的时代，他情急之下，就把怎么帮助林爱凤的事儿说了出去，并且朝天发誓道："纯属助人为乐，完全没有半点私心，我的人品你要是不相信，回头去我单位查一查档案？"

吴贵妃看老杜着急的样子，窃笑道："不做亏心事，半夜不怕鬼敲门，看你急成这个样子，没有私心是不可能的。要不然我们认识这么久，你没有帮我跑过腿，跟林爱凤认识没两天，这么重要的事都操心上了。哎哟。老杜，没关系，你要是承认了，我们祝福你，如果还是鬼鬼祟祟的，我们都鄙视你。"

老曹他们都围过来，笑了，好像一次有组织的对老杜的鄙视行动。

"我是身正不怕影子斜。"老杜指着广场上的红旗发誓道，"你等着看吧，我是跟她一点儿关系都没有。吴贵妃，你是这里的传话筒，可得替我辟谣。"

吴贵妃嘿嘿笑道："好呀，看你表现了。"

在花园广场的中老年中，吴贵妃的气场是不二的女王。又因口才了得，声音洪亮，对于散布谣言和辟谣，她具有举足轻重的作用。吴贵妃已经习惯了别人绕着她转，在她的潜意识中，是不允许这些人分心的。

音乐响起，老杜讨好地邀请吴贵妃跳舞，吴贵妃施恩一般，不太情愿地搭上老杜的肩膀，问道："今天林爱凤怎么没来呀？"

老杜道："我估计她忙着做她儿子的工作了，都不容易呀。"

吴贵妃道:“你看你看,还说没关系,她一点小事你都门儿清。”

老杜委屈道:“我不是热心肠嘛,谁家的事都知道一点。不怕您笑话,为了跑这事,我还跟林爱凤真的冒充老两口,这样子我学生才会帮我,但林爱凤马上跟我强调,不能当真 ,这绝对是逢场作戏。话都说都这份上,你说能有什么关系嘛。”

吴贵妃撇嘴道:“你们真是的,还说我老不正经,你们才是真正老不正经。这城市才多大呀,这要是传出去,你们俩不弄假成真才怪呢。你是不是真的看上她了?”

老杜哀求道:“哎哟,你要我说一百遍才会相信吗?我真的没有这个想法,哎,如果当初不是我爱吹牛,说我学生怎么了得,估计今天也没这事。”

吴贵妃冷笑道:“你们男人就爱吹牛,也不知道图什么,真是贱哪!”

蒙此不白之冤,老杜真怕毁了一世英名,不由把洗刷勾搭之名的希望寄托在吴贵妃身上。

第七章

马丁走进杭城都市报的大楼，这里散发出来的职业气息，让他倍感亲切。他径直进了执行总编陆心情的办公室，宽敞豁亮的套间，豪华的真皮沙发，办公室里还有午间休息的卧室，真是大开眼界。这让马丁觉得真是小瞧了地方报社，从办公条件来说，比起北京的报社有过之而无不及。

陆心情让秘书给马丁泡了杯茶，在沙发上寒暄一阵，了解了一些个人经历之后，话题转到报纸上。既然马丁在北京媒体待过，陆心情很想听听外来的消息。

“做过哪些口的记者?”陆心情问道。

“跑过图书文化口，后来在《娱乐时尚报》，主要跑娱乐口，自己也喜欢这个口，热闹。”

“我们也有娱乐版块，而且这一版块吸引广告的比重越来越大，你觉得是什么原因?”

“主要这是个娱乐时代，娱乐圈噱头最大，最能吸引观众的眼球。一桩重大的社会事件，远远比不上一桩娱乐丑闻的传播速度，况且它的当事人一般是明星，就更具轰动效应，能满足观众潜在的窥私癖。报纸作为一种快餐媒体，本身遵行的就是娱乐至死的原则，这在西方已经是个传统了。”

“嗯。”陆心情沉吟道，“我们也是想这么做，但是又涉及一个导向的问题，又不敢做得太大，一直在找平衡点。你觉得平衡点在哪里？”

“哦，我们一般不考虑这个问题，我们只是想把一个轰动性的选题做到最大、最深，发挥其最大的吸引眼球的功能。当然，也有导向这个问题，如果太夸大一种负面价值，读者也会打电话进来抗议，但是避免负面导向并非把选题做小，而是取决于作者的报道倾向。比如，一桩艳照门事件，在报道中，你可以增加一篇评论文章，这个评论的价值导向是正面的，它可以平衡你报道本身带来的吸引眼球的负面作用，这样既能最大限度地娱乐读者，又能引导他的价值角度，一般不会引起不良情绪。”

陆心情点点头，道：“你的观点给我启发很大，我们在政治正确的压力下，确实只想到以篇幅大小来控制。我把编辑部秦主任叫来，让他也来沟通沟通，顺便谈谈你入职的事。”

“不不不。”马丁连忙制止道，“陆总，今天我来的目的不是入职，而是来求您帮忙的。”

马丁便把自己家里发生的事说了一遍，抱歉道：“如果我想在本市找份工作，我是非常渴望非常荣幸能进入这个报社，这也是我梦寐以求的工作。但是我现在确实想去北京，我喜欢那里的气氛,而且我的女朋友还在那边等我。这个您能理解吗?”

陆心情点头道:“完全可以理解,如果年轻时不能遂愿,将来会耿耿于怀。”

马丁继续道:“所以我希望您能以我面试不合格的理由拒绝我,让我妈死了这条心。”

“嗯,没问题。万一累了,想回来了,也可以到我们这边来,我们报纸一直需要有想法的年轻人来补充血液。”

“谢谢陆总,真是麻烦您了。”

马丁下来后心情愉快,当然也有点纠结,他想如果自己不是那么想去北京,这家报社环境真的不错。

就在他来报社之前,还在苦恼之中,他只好打个电话给李峥嵘。到底还是旁观者清,李峥嵘反应很快,道:“你可以去报社面试,然后让领导说面试你不合格呀,不就得了。”马丁恍然大悟。他不得不佩服李峥嵘脑子比自己好使。

林爱凤得知马丁反馈的消息,脑子转了转,狐疑道:“你没有耍我吧?”马丁发誓道:“我耍谁也不能耍你呀。”林爱凤点点头,鼻孔喷出一股急速气流,道:“老杜呀老杜,你跟我玩踢皮球。还说你实诚,原来社会上那一套学得挺全的。”马丁想要解释,但已经来不及,林爱凤像一只展翅的公鸡,嗖地从门口飞了出去。

老杜接到林爱凤的电话,口气好似要他出去单挑。老杜为难道:“妹子,咱们再单独见面不合适,现在满城风雨,多难听的话都有，我这辈子没有被人这样议论过。”林爱凤还不知道这回事，讽刺道：“噢，这是你想好的借口吧，你想逃避我。”老杜只好百般解释，把吴贵妃的话转告她，她这才有点半信半疑。林爱凤道：“什么满城风雨呀，这个等秋后算账，现在我没有心思理会，现在我要理会的是我儿子的事。你找个地方，我们要当面对质。”老杜道：“见面是可以，但得找个没人的地方。”林爱凤道：“没问题，地点你挑。”

老杜脑子里启动搜索引擎，整个城市，除了下水道，哪里还有没人的地方呢？没有答案。情急之下，老杜道：“要不这样，我们楼下小旅馆可以开小时房，很便宜的，我开个房间，你过来。”林爱凤反应过来，道：“哦，原来你真的是流氓！”

老杜不知道自己做错了什么，谣言说他是以跳舞名义勾引林爱凤的老流氓，现在林爱凤也说他是流氓，他觉得自己的晚年正在陷入一个万劫不复的境地。

争议之下，林爱凤想出了一个地点，老杜叫道：“好地方！”

二路车开往郊区，前一年说这路车闹鬼，加上此地迷信气氛很浓，因此传得连有些司机都信了。现在虽然是白天，但空荡荡的车上，一前一后上来两个老人，似乎熟识，但又互相不语，司机都觉得瘆得慌。到了皇城公墓这一站，两人相对无言，一起下了车。司机一溜烟赶紧把车开走。

林爱凤领着老杜，沿着林荫道走向公墓群，道：“这里没有人看见，只有鬼，放心了吧。”老杜瞻前顾后，点着头。林爱凤道：

“马丁呢，是个在中央媒体待过的，是个合格的记者，要文凭有文凭，要能力也有能力，到了这里，刚一面试，就被踢了，这不是存心的吗？这就相当于，一个人可以当国家主席，却不能当市长，不合理呀！所以呢，我觉得吧，不是你和你学生在故意踢皮球，就是你学生故意敷衍，这个对我或者对马丁，都是一种伤害，一种侮辱，你说是吧老杜？”

“你说得有点太严重了吧？！”

“不，恰如其分，这件事伤害到他的未来了，对他的影响将会非常深远。”

“说实话，具体呢，我也不知道是怎么回事，但是呢，人家小陆肯定有小陆的看法。每个位置都有合适的人物，太高了太低了都不行，你也许合适当个国家总统，但是看大门却未必适合你，你说是不是这个理儿？”

林爱凤走到老马的墓碑前，突然俯身拍碑而哭道：“老马呀，你醒醒吧，你看你的宝贝儿子被人埋汰到什么地步啦，我真是不想活了。”

老杜没想到这一出，慌忙扶起她道：“哎呀，你看多大的事呀，你把老马给惊动了干什么。”

林爱凤道：“他走了，他儿子被人小瞧，我能不告诉他吗？”

“哎，那你就直说，该怎么办。”老杜似乎怕老马突然现身，不敢再辩论，只求林爱凤开出条件。

“我看这么着。”林爱凤抹掉眼泪，又是一副干爽利落的样子，道，“你现在就在老马面前，给陆心情打电话，我听着，老马也听着，看马丁怎么不行。到底是马丁不行呢，还是我没有打点好，你直接问。”

老杜环顾四周，没有一个外人，而那种气氛却好似周围鬼魂林立，都在侧耳倾听，今天要是不遵嘱行事，看来是回不去了。老马无奈地拿出手机。

“小陆呀，还要麻烦跟你说几句话，你现在千万不要撂了老师的电话。”老杜拨通手机，还摁了免提功能，战战兢兢道。

“怎么可能呢，有什么事您慢慢说。”那一头的陆心情能感受到老杜战抖的心，便耐心安抚道。

“就是那个马丁，我们都觉得马丁的条件很好，很适合在你们那边工作的，怎么就不行呢，你跟我说道说道。”

“哦，这个嘛，他的条件是很不错，但不合适的原因有很多，主要就是互相觉得不对口吧。”

“是不是要弄个红包什么给一些部门打点打点？”

“老师，真的不是这个原因，我们记者是公开招聘的，不占编制，全看能力。”

“那你得给我说清楚呀，要不然我过不了这一关。你知道的，这关系到我自己的一些私事。”

“老师呀，你周围没人吧？”

“没有，连鬼都没有。”

“我实话告诉你吧，他呢，有经验，也有想法，我还挺满意的，是他自己不干，他想去北京，不想在地方工作。这种事呢，我也不知道怎么周旋，只好老实告诉你，但他们的矛盾还要他们自己解决。”

“哦，好好好，我知道了，我就知道我的学生没那么绝情。”老杜雀跃欣喜道。

林爱凤愣住了，有点不信自己的耳朵。老杜乐呵呵道：“你这人呀，什么事就往别人身上推，从来不反省自己，也该自我批评哟。”

林爱凤脸色铁青，似乎被气得双腿发抖，身子发软，扶住墓碑，冷冷道：“你落井下石。”老杜瞬间冷却，刚燃起一点骄傲意识也彻底飞了。他觉得自己跟林爱凤在一块，越来越像一只老鼠跟猫在一块，一点放松的机会都没有。他想，还好不是老伴，要真是和这种女人生活在一起，自己绝对不会老死，而会紧张死。

林爱凤一口气进去，差点一口气没出来，她有点神晕目眩，静止了片刻之后，一口气才呼出来。老杜惊了，看着周围林立的墓碑，像一张张无表情的面孔，叫道：“哎，你怎么啦？千万别出什么事。”林爱凤吞吐两口气后，叫道：“把我手提袋里的手机拿出来。”

马丁深为自己的这段爱情感到侥幸。他从小是个听话的孩子，从中学开始就有女孩子主动示好，但是他深受林爱凤的教诲，早恋是不可能的。林爱凤认为，大学恋情也属于早恋的范畴，所以马丁在大学里也没有恋爱。因为没有恋爱的经历，所以在情感这种事情上，马丁比同龄人要更加害羞和内敛。他在报社的时候，见到有的年轻同事逢人便叫介绍女朋友，如同小贩到宿舍兜售袜子内裤，觉得不可思议。他觉得爱情是唯美的，是可遇不可求的，绝对不是靠关系靠攀缘靠中介弄来的。对于和李峥嵘的这段情缘，他觉得是神来之笔。他喜欢这种成熟的、有智慧的女孩子，甚至他觉得自己配不上她，因此对这段天赐之缘倍感珍惜。他屈指数来，竟然发现这是自己严格意义上的初恋。回想起那仅有的一次肌肤相亲，唇齿拥吻，柔情渗入他的内心，他觉得自己的心是甜的。同时，期待再次见面的煎熬也像微微甘苦的汁水，倒进心田。噢，这又苦又甜的，正是人间情爱的正宗滋味，弥漫在他们的花样年华。

马丁也为自己处理此事的分寸颇感得意。总体而言，比较妥帖，既不得罪陆心情，又轻轻化解了矛盾。他觉得自己正一步步迈向成熟，很快就会成为一个沉稳的中年人的样子，处世游刃有余，可以掌握自己的生活，当然，包括自己的爱情。他甚至觉得自己的成熟是被李峥嵘感染的，她确实有种见怪不怪、举重若轻的能力，也许跟她数年的记者生涯有关。可笑的是，有时候马丁竟然会把妈妈和李峥嵘的形象混淆，觉得她们有某些重合的部分。但是，一个是老大妈了，一个是女生，怎么可能有重合的部分呢，想到此处他不禁莞尔。

他每天都跟李峥嵘发短信，或者说已经迷恋上短信恋爱，并觉得这是一件妙不可言的事。此刻，他的例行短信还没有发完，手机就响了。

“妈。”他叫道。

手机那一头没有声音，他心里一惊：“妈，出什么事了？”

缓缓地舒了一口气，手机那头传来林爱凤有气无力的声音：“你还会叫妈，妈给你气得快死了。”

马丁心里咯噔一声，预感到埋藏在生活深处的地雷被拉响了。他低声问道：“你在哪里？”

“我就在你爸这里，我决定一头在这里撞死，跟你爸一起去那边过。”

“妈，不要这样，有话好商量，我求求你。”

马丁打了一辆车，飞速过来。远远地，林爱凤就看见马丁下了车，像一只麻雀扑棱棱地往这边飞，身影渐渐大了，像一只老鹰，一只深爱母亲的老鹰。

林爱凤见马丁到了跟前，叫道：“既然你到了，我就死给你看。”一侧头撞上墓碑。

老杜在身边措手不及，大叫道：“嗨，你、你、你来真的呀！”

马丁抱住她，道：“妈你不要这样，我错了行吗？！”呜呜地哭了起来，显然这一出把他吓得够呛。

林爱凤头发乱了，被撞得头皮有点出血。她喃喃道：“妈妈从小教育你不要撒谎，不要骗人，你以前做得很好，可是到头来，还是骗到妈妈身上。我活着还有意思吗?”

马丁哭道:“我错了,我们回去再说吧。”

林爱凤道:“你先跟你爸说你错了。”

马丁在墓碑前鞠躬道:“爸,我错了,我不该骗妈妈。”

老杜劝道:“这孩子,这么听话,你也没必要再演下去,回家商量去。”

林爱凤指着头皮道:“老杜你说什么话,我这是演吗?”

老杜心里窃道,那只是说明你演得好。嘴上却附和道:“哦,我也错了,不是演,是真的。”

一老一少俩男人扶着林爱凤,从林立的墓碑中走了出来。

到家后马丁觉得自己搞不定局面,打电话叫了马燕,马燕从学校赶了回来。清楚了前因后果后,马燕把马丁骂了一顿,说你这孩子,真不明白妈的用心,边骂边偷偷拉了拉马丁的衣角,以示这是苦肉计。马丁服服帖帖,观察着林爱凤。林爱凤歇了半晌,睁开眼睛道:“我刚才真的看见你爸了,这个家需要他管一管了。”

马燕很迟才回家,马丁送她出门。姐弟俩下了楼梯,在长长的幽暗的巷道里,默默地走着,似乎谁都想说话,但谁也没有出口。终于走出了巷子,大街上灯火辉煌,眼前一亮。马燕道:“你回去吧。”

马丁没有回头,继续跟着姐姐的步伐,突然道:“姐,我谈恋爱了。”

“哦,哪里的?”

“她在北京。”

马燕瞬间就明白了很多事,但明白越多也越无力,她根本无法解决妈妈与弟弟的矛盾。她停了下来,两手抓住马丁的胳膊,问道:“你心很痛,是吗?”

马丁点了点头。马燕叹道:“我也是,不知道是不是基因的原因,怎么我们对情感的体验都这么深切。”

马丁问道:“你怎么啦?”

“你先别管我的事。你的事呢,我也无能为力,姐姐只能告诉你,爱情很伤人的,你要勇敢一点。”

不知道这句话中的哪个字触动了马丁的神经,他的眼睛突然溢出泪水。马燕拥了拥弟弟,道:“你是家里唯一的男人,要像个男人样。”马丁点了点头。

马燕很想说服自己,和林健的冷战就到此为止,只要他承诺以后不再重犯。但是,林健和女子的合影,总是在她眼前挥之不去,只要闭上眼睛,在深思迷离的瞬间,那副图像就会闪电般出现。这幅图像化成一粒沙子,硌在她眼皮底下,接着不知不觉地滑入她的心,不经意之间,她的心就会痛一下。有时候她也自责,何以如此敏感,搞得自己难受,唉,或者是当初把婚姻想得太理想了。

以数学老师的逻辑,有一天她鬼使神差地到电信大楼,调出林健最近的手机通话记录。通过筛选,发觉与一个号码通话比较频繁，而且大多发生在下班之后，有一次发生在七点半，通话达到半个小时之久。当然，这有可能是某个业务联系者，马燕这样安慰自己。

马燕很快发觉，她的理智控制不了情感，理智像一个帝王，希望自己疆域之内和谐安康，但情感时不时想要揭竿而起，以一场战争来解决内在矛盾。两者在她体内冲突，搞得马燕憔悴不堪，有一天她照了照镜子，发觉自己已快赶上妈妈的轮廓，一种比妈妈更加苍老的气质呼之欲出。

她多么想找到一个答案，让理智与情感言归于好。她联系到一个公安局的同学，让他查一下那个手机号码的机主。反馈来的消息更加令人不安，那个机主叫侯红，正是林健单位的招聘业务员，也是林健的手下。

她再也不想和林健闹下去了，长此以往，她感觉自己的五脏六腑会爆破而出，身心分离而死。做好决定以后，她感觉一下子平静下来。啊，平静是一件多么幸福的事呀。有的人想过的就是平静的生活，为何这么低的要求还不能如愿呢？

林健很迟才回。屋里静悄悄的，马燕和饭饭都已经睡了，他蹑手蹑脚地进卧室，准备脱衣而睡。黑暗中，马燕道：“离婚吧。”

林健像胸口遭了一锤子，道：“为……为什么？”

马燕打开台灯，把一张手机通话清单甩过去，道：“不用我多解释了吧。你去沙发睡，我不想再看到你，明天告诉我什么时候去民政局。”

林健拿着清单退出来，在马燕放出分手的话后，陷入了长思。

第八章

从小到现在，马丁路子走得比较顺，一方面有林爱凤的筹划，另一方面他是聪明的不算叛逆的孩子，一直在预料的轨迹上发展。除了大学时因为考公务员，母子有过一次小小的争执。第一，想在几千个考生里脱颖而出，录取率几百分之一，这个难度可想而知；第二，自小看着爸爸妈妈都是在公务员单位里低声下气地走过来，马丁不想重复爸妈的生活轨迹，既然自己没有这个意愿，自然没有什么动力去备考了。因为这两点，让林爱凤看到概率很小，终于被说服。但是现在，马丁陷入了人生中最纠结的阶段。

半夜他在被窝里给李峥嵘发短信："我想偷偷离家出走，什么也不想顾了。"

爱情的煎熬和自由的渴望，使他的心渐渐冷酷，于是他发出放手一搏的信号。

许久，李峥嵘才回短信："如果你想好了，我就支持你。"

过了片刻，李峥嵘又补充了一条："你心太软，会把你妈惯坏的。”

马丁在她的鼓励下，回复道：“嗯，我想清楚了，我必须反叛，我的毛病就是不会反叛，这次我一定要让自己主宰自己的生活。”

这个夜里下定的决心，使得马丁豪情万丈，像个第一次出征的斯巴达勇士，热血沸腾。黑暗中他恍惚看到千军万马整装待命。

黄金海岸酒店，是本地吃海鲜的一流场所，迎接嘉宾胜地。在龙宫厅，马丁很局促地坐着，终于他鼓起勇气，举了杯酒敬道：“陆总，真是太感谢你了，对你有说不出的惭愧。”陆心情道：“不必客气，你的纠结也是建立在孝顺的基础上，这让我更能了解你的为人。”马丁道：“你不会怪我没有诚意吧。”陆心情道：“这不关我个人感受，我们引进人才遵循报社的规矩，第一，唯才是举，第二，来去自由。不过既然到了这里，就要踏实干，不管是干一年半载，还是干三年五年。”马丁一饮而尽，呼出一口气，道：“那是自然。”接着又敬了编辑部秦主任，秦主任是个四十来岁的中年汉子，老实沉稳，没有太多想法，靠着勤勉肯干、听领导的话，一步步坐到主任位置上，基本上不会与人发生摩擦。然后是其他同事。一圈下来，马丁的头已经晕了。

马丁的酒量，跟同学喝点小酒还凑合，上了应酬场合，则有点吃力。但是林爱凤有吩咐，地方上工作，工作不是最重要，最重要的是跟领导搞好关系，不尊重点不行，不喝不敬是说不过去的。马丁依言行事，回到家晕乎乎的，林爱凤已经上床，赶忙起来给他弄点糖水解酒，又问七问八，殷勤得很。马丁道："妈，我没事，你去睡觉吧。"林爱凤道："嗯，看到你这样适应环境，我就满意了，这样的生活多好，有什么事妈妈可以伺候你。"

林健算是官二代，虽然他父亲不是多大的官，在区委以正处退休，但由于为官多年，人脉交往颇广，林家在此地也算是有头有脸的家族。要不是林健资质平平，前程应该比现在要好些。

林健这小子也算是好命，上大学是靠走了关系上的，分配工作也是父亲做了安排。至于找女朋友，则是他有一天在学校打篮球，看见了马燕，马燕长相周正姣好，当姑娘时也有气质，正是一朵花的年龄。林健就回去跟爸妈说："老马家的姑娘很不错。"他老妈陈幼兰权衡了一下，老马家虽然家境一般，但也算小知识分子家庭，门户悬殊不大，况且马燕这孩子也拿得出手，便道："既然有意思，老林，你就去老马家说道说道。"老马道："这样太唐突了，还是叫个媒人去问问。"陈幼兰道："哎，你跟老马有交往，先问问有什么不好，也许他看见我们这样的门第，笑得合不拢嘴了。你要是什么也不打招呼，叫个媒人去，万一说得不靠谱，回头叫我们热脸去贴他冷屁股，那面子可就丢大了。"老林觉得也是，他跟老马有点头之交，于是拜访了老马。老马和林爱凤觉得这门亲事不错，便让马燕与林健交往。马燕的人生也是在父母的计划下平淡运行，于是这门亲事就顺水而成。

林健在其并无传奇与激情的三十多年里，完成了人生的主要步骤，拥有不错的职务，娇妻幼儿，陈幼兰对此颇为满意，只是仍经常嘱咐道："健呀，以后的路就靠你自己走，要给林家争点面子呀。"

"离婚"这两个字，对林健来说，还是有杀伤力的。林家应该不允许有这样的事情发生。

经过一夜考虑之后，面对马燕的通牒，林健一改之前高傲的抵触的态度，转而彻底投降。他承认，自己跟侯红确实比普通同事要暧昧一些，但是还没有发展到肉体关系，而且在这个关系当中，侯红是主动的，大概是巴结领导想获得好处的意思。自从偷拍事件后，自己也一直在婉拒她，想跟她撇清关系。另外，他还有一种怀疑，侯红也许是他的敌人故意设下的美人计，他也想通过侯红搞清楚敌人的底细。总之，不管如何，他发誓，以后不再跟侯红有任何工作之外的交往，以保全自己的家庭与职务。

在林健一番近乎悬疑的分析与颇具诚意的忏悔之后，马燕没有回应，她擦了擦湿润的眼睛，出门上班去了。林健不知道她葫芦里卖的是什么药，忐忑地在单位里待了一天，有时甚至往窗户外看看，看看马燕有没有杀到单位来，这是他最担忧的。甚至，楼道中偶尔的一些人声喧哗，也使他神经紧张，不得不探头查看。下班后，他推却了应酬，径直回家。马燕已经接了饭饭，在街边打包了一碗拌面，正在喂他先充饥。

林健坐在沙发上，看着母子俩。待喂食完毕，饭饭专注于看电视时，林健终于忍不住道："该说的我都说了，你给个意见。"

"你说的，我能相信吗？"

"你要怎样才能相信，其实很多事情说不清楚，很多事情跳进黄河也洗不清。我只能跟你说，我很珍惜你，和这个家庭，以后不会再出现这种事了。"

"那敢写保证书吗？"

"那怎么不敢。"

林健马上取出纸笔，这要比写公文容易得多。他写下诸如永远忠于家庭，不犯婚外情之类。马燕看了看，问道："有如再发生这类事情，该怎么办？"林健道："你怎么处置都行。"马燕道："行，你把这句话写进去。"林健依言写就，讨好道："这样可以放心了吧？我可是活了这么多年第一次给人写保证书。"

马燕突然眼泪迸射出来，抱住林健道："你早这样跟我保证不就行了嘛，你不知道我心里多难受呀！"她号啕大哭，瘫作一团缩在林健怀里。饭饭转头惊异地看着父母，他分不清楚爸爸和妈妈到底在演戏还是在吵架。

马燕心中的那一粒沙子，终于像盐粒一样溶化。整个人陡然轻松。

那一夜，他们像新婚一样激情四溢。自从生完孩子后，他们就没有很愉悦的鱼水之欢了。

花园广场的舞池根据类型，自发地分为两拨人马，一拨是夫妻，他们很少与人交换舞伴，他们跳的是一种恩爱与团结。另一拨是老寡妇、老鳏夫们，他们自然地聚在一起，选择舞蹈配对，形成一个圈子。

早先，吴贵妃来到花园广场，有一种天后君临的感觉，老鳏夫们争相向她示好，邀请她搭伴跳舞。她陶醉其中，并且不把他们放在眼里。只有心情大好时遇上看得顺眼的，才赏脸跟他们跳一曲。后来带来了林爱凤之后，她感觉虽然林爱凤没有她那样霸气，但是还是把风头抢走了，不对，不是风头，而是把老鳏夫们的注意力吸引了一部分。这使她内心隐隐不快，有种引狼入室的感觉。

但吴贵妃到了广场，见了林爱凤，还是很热情。两个老大妈跟失散多年似的，亲热地问候，互相责怪对方为何许久不联系，又都说很忙。但两人都不再像从前那样掏心窝子了。

两人分开，吴贵妃很快搭上老杜摇进舞池，一个矮胖，一个高瘦，但步伐都娴熟，似乎一对组合陀螺，游刃有余。

“林爱凤把她儿子留下来了，是吗?”吴贵妃问道。

由于音乐嘈杂，老杜需要稍稍俯身，凑近她的脸颊，才能听得清她说话，远看颇为亲热。

“你说什么?”老杜问道。

“我说，林爱凤诡计得逞，把她儿子留下来了吗?”

“噢，留下来了，已经到我学生那儿去上班了。”

“啧啧啧，她呀，可真不是人。”

“什么，不是人，可别这么说她，她人还是不错的。”

“我说，她太神了，什么事都能干得出来。”

“那倒是，她法子多。”

“你说我要是像她，能把我儿子从美国叫回来不？”

“那倒也有可能，你可以请教她。”

“我的心可没她那么狠，儿子有他的事业，我可不能那么自私。”

“她有苦衷，一个人孤单，又得过抑郁，需要儿子。”

“谁不孤单，我也跟儿子抱怨孤单呀，头疼脑热没人照顾呀，你猜他怎么说，他说我可以去找个伴。”

“哎哟，你儿子想得真开。”

“是呀，我说我哪舍得这个面，他说这在美国很正常。”

“其实在国内也正常，你没看电视上的《夕阳红》栏目，都有夕阳红娘呢，只不过我们这边的人比较保守一点。”

“哦，原来你早就注意到这个了，是不是看上哪个了？”

“瞧你说的，我一个糟老头，能那么自作多情嘛，呵呵呵。”

“哎，你可不能这么埋汰自己，这里的老头，我就看你还清爽。”

“哎哟，你可高看我了，谢谢，谢谢。”

本来老杜是林爱凤的御用舞伴，现在林爱凤只能找老曹了。老曹的舞步不太优美，即便已经是跳了多年，步法娴熟，但依然拙笨，说明没有这种美感的细胞。

“你这是第一次跟我跳哟，以前你老是跟老杜跳。”老曹道。

“跟谁跳不都一样吗？”

“嘿，你说得轻巧，如果不是老杜给吴贵妃叫去，我看你也不会跟我跳。”

“瞧你说的，对了，你们这些老男人是不是都喜欢跟吴贵妃跳？”

“我倒随便，我舞跳得不好，谁跟我跳都是赏脸。”

“这话说得假，我不爱听。吴贵妃一来，你们都围上去，跟见了娘似的。不承认是吧？”

“哎哟，要是认真追究起来，那倒也是。吴贵妃她活跃，能聚人气，这一点你不能不承认。”

“我看，如果不是她说话嗲声嗲气，还化点妆，把自己捯饬捯饬，你们也不会蜂拥而上吧。”

“哈哈，男人嘛，总是对看得舒服的女人有好感。你看看，吴贵妃皮肤多细腻，根本不像上了年纪的，而且有活力。像陈细妹，整天冷冰冰的，就像我们欠她似的，就没那么有人气了。”

“承认了吧，你们这些男人，狗改不了吃屎。她皮肤好，也不知道她儿子在美国给她买了什么玩意儿，全指着钱来保养。”

林爱凤跳了一阵，不到时间便悻悻返回。她总觉得自己又有一件什么事没做，是什么事呢？一下子又想不起来。哎，以前的记性多好，哪怕一笔小账，或者谁上个月报销出的差错，到了这个月来补账，她都记得一清二楚。她忘记的事，只要谁一提醒，立马全盘复活。现在这个健忘的毛病，是不是衰老的象征？想到此处，她猛然间觉得有点心慌，虽已退休，但是她明白自己内心深处是不服老的。

细细思索，她感觉此事与马丁有关。跟马丁有关的，又是什么事呢？现在，马丁已经到杭城都市报上班了，天天下班能够回家，能够和她聊聊报社里的人和事。她能把这些事作为谈资，与亲朋好友交流，再妙不过。这是她理想的生活。虽然她可以看出，马丁是不乐意的，但是她想，时间会让他乐意的。

马丁觉得自己像一根优柔寡断的水草，现在正被生活的旋涡卷入、拉扯，几欲断裂。他感觉，在自己并不漫长的人生中，有一门功课极度缺乏，甚至从未涉及，那就是决断。他翻了翻书，那些历史上卓有成就者，未必在专业上有过人才能，而几乎都是拥有对错综复杂的局势的判断力，并能力行实践。这些事件，在文字里能看得很懂，但真正落到自己手上，自己抽起刀的勇气都没有。或者，真的在母亲的襁褓里待太久了。

马丁决定写封邮件向李峥嵘陈述复杂的状况，这种状况通过手机或者短信都说不清楚，甚至会适得其反。他不得不把这些日子发生的事情在脑子里捋一遍。

是的，在漆黑的夜里，一个被自由和爱情强烈刺激的夜里，他已经下定决心，叛逃，不管不顾，去过自己的生活。到了清晨，天色大亮，窗外嘈杂的声音涌进家里，接着是林爱凤的不容置疑的声音，道："我这剩下的小半辈子，不是跟你过，就是跟你爸去过，你看着办！"

马丁积蓄的勇气土崩瓦解。他很快发现，自己建立的，不过是沙上的城堡，或者是海市蜃楼。并且猛然间，发现自己处理现实的能力，简直不堪一击。

再次走向陆心情的办公室，他是不抱什么希望的。报社又不是公厕，你想来就来想走就走。出乎意料的是陆心情知道了原委，并未拒绝，也许是看在老师的面子，也许真是看中马丁的能力，同意他进入试用阶段。

这一切他都没有告诉李峥嵘，李峥嵘正在等待他的出走。他想起那一晚在短信里对李峥嵘的承诺，无法启齿。惭愧、焦灼、矛盾，种种情绪撕咬他的内心。

把详情发在李峥嵘的 QQ 上。一连几天，马丁上 QQ 后都没有收到回复。可想而知，李峥嵘收到之后，肯定不愉快，如果她立即回复的话，也不是什么好听的话。所以，暂时没有回复，也是预料之中。

数日之后，马丁按捺不住，给李峥嵘发了一条短信："看了我的长文了吗？"

过了大概三四分钟，李峥嵘回了一条短信："我们分手吧。"

马丁的心顿时凉了半截，那一刻他能感觉到自己的脸色一定发白了。他战抖着手，给李峥嵘打电话，对方没有接就挂了。再拨一次，还是一样，显然李峥嵘已经下定决心，不愿意再多费口舌了。此刻马丁在家，身上一阵发凉，汗珠从额头渗出。这种惊慌痛心，马丁只有在另一种场合有过类似感觉，那就是考试时间一到题还没有答完的时候。

马丁走出房间，倒了一杯开水，他积蓄热量，然后移动着战抖的双腿回房。在客厅看健康栏目的林爱凤发觉异样，问道："怎么啦，不舒服？"马丁没有回答，他不想跟任何人说话。林爱凤又问了一遍，马丁突然吼道："你别管了。"声音把两个人都吓了一跳。

马丁又发了好几条短信，诸如"原谅我，我会回北京的""我错了，再给一次机会"，等等，慌张得简直有点语无伦次。但是李峥嵘始终没有回。

这个夜里马丁几乎没有睡觉，痛心、绝望、看破，又不甘、期望、回忆、后悔。一个初恋的人遭遇的酸甜苦辣，他都尝一遍，然后再尝一遍，天就亮了。

次日马丁几乎是闭着眼睛去上班。《都市报》的娱乐是采编一体，本地新闻比较少，外地的新闻多是由驻京兼职记者发回，他大多时间编版就可以。他在办公桌上瞌睡了一个上午，后来被一条短信惊醒，是李峥嵘的回复，他如同发现黄金宝藏，打开，短信曰："还是跟你说下分手的理由吧。记得以前有个新闻，说有个年轻人结婚了，却不跟妻子睡觉还跟妈妈一起睡觉，我看了很恶心。虽然你不至于如此，但我想，你跟这个男人是一个类型，原谅我不能接受你。再见。"

至此，绝望。马丁非常清楚，李峥嵘是个理性而决断的女生，不是矫情型的。

林爱凤终于想起窝在她心里的是什么事了，是关于马丁的事，但跟马丁又没什么关系。林爱凤认为，马丁的事是老杜一手弄成的，按照当地的礼俗，怎么着也得给老杜乃至陆心情送点礼，要不然不地道，说出去也不好听。

老杜爱喝茶，她家里有几袋品质不错的茶叶，她准备送些茶叶过去，然后再和老杜商量送陆心情什么礼物合适。她打老杜手机，响了很久，老杜也没有接。她突然冒出一个念头：会不会老杜和吴贵妃在一起，故意不接我的电话。一下子，她的脸色变得很难看。

老杜沿着河岸公园，走得离家很远。河叫清溪河，本来是一条穿过城郊的野河，前些年政府花了三个亿，把两岸修葺一新，"顺带"倒了一任市长和一窝人马。付出如此代价，两岸或者石条，或者木头水榭，石壁刻着文人墨宝，下游用橡皮坝一拦，满满的一河绿水，缓缓流动。绿化带延续很长，是情侣们的亲密胜地。老杜走到一座小松林间，草丛里一个白胖胖的大概有四十来岁的妇女压着声音叫道："大哥，搞一搞不？"老杜没有搭理，环顾了四周。妇女过来拉着老杜的手，道："来来，今天给你打折。"老杜道："别拉我，有没有隐蔽的地儿？"妇女道："有，前面有帐篷，隐形的。"老杜跟着妇女走了。

可能是身体比较硬朗的原因，老杜发现自己六十出头，性欲居然还颇为强烈。这一问题让他难以启齿。他发觉跳舞或者下棋能够吸引注意力，使他尽量不去理会体内的这头怪兽。但是这头怪兽仍然在不经意间不屈地抬起头，驱使老杜为它觅食。作为一个人民教师，作为一个温文尔雅的知识分子老头，老杜在妻子在世的漫长人生中，从来不曾意料到自己会沦为嫖客，就是想也没想过。但是，长久的孤寂和煎熬，那种滴水穿石的力量，终于使得老杜脱去了面具，他带着无限的惭愧去尝试了一次。尝试之后，身体是通畅了，但是内心却煎熬得很。回到家，脑子一清醒，他羞愧得哭了，觉得对不起死去的妻子，对不起自己的身份。他甚至想到，若九泉之下的妻子有灵，得知自己干过这样的事，可能会再死一次。

他整夜地向妻子忏悔。

他觉得这一生毁了。

第二次的时候，他就没那么紧张了，他先在心里向妻子保证，再去一次就不去了。后来他再向妻子保证，以后到了天堂，妻子怎么惩罚他都行。

当然，老杜是个体面的人，也能克制自己。现在他已经掌握了规律，大概一个月一次就可以，就可以使自己身心通畅。而且，他纯粹把这当成解释一个生理问题，就像身体不舒服了，去打一针一样。他在心里也是这么跟妻子说的。他相信，在他长久与妻子的心神交流中，妻子也理解他的理念了。

作为一个知识分子嫖客，老杜唯一能把自己和民工以及其他老头区别开来的举措是，他很注意卫生，宁可多花五块钱。

在行事过程中，老杜的手机响了，他没有理会，专注地把那件事情做完，以便让自己的二十块钱物有所值。后来他整理好衣裳，漫步在河边，清了清嗓子，把手机回拨过去，道："爱凤妹子呀，刚才你打过来了？"

过了二十来分钟才回过来，莫不是刚才跟吴贵妃在磨叽什么？林爱凤没好气地嘲笑道："没时间接手机是吧，是不是跟什么不正经的女人在一起？"

老杜大吃一惊，语无伦次道："啊……啊，你怎么知道……哦，怎么乱说呀。"

林爱凤得理不饶人道："我怎么知道，我是什么人呀，别看你表面斯文的，你心里那点小九九我还看不出来，看女人皮肤好一点，恨不得带个显微镜瞧呢。"

老杜完全溃败，道："哎，这可不能乱说……乱说出去哟，我还帮过你的忙是不是？"

林爱凤道："是呀，你没帮我的忙我会打你手机吗？我这里有些好茶，今天太迟了，明天送你家去。"

老杜道："哎呀我不是那意思。"

"我不管你什么意思，明天我送你茶叶，还有事跟你商量，明天可别不接我手机。"

通话完毕，老杜的手机差点滑溜出去，手心里都是汗。

次日林爱凤提着一盒茶叶，到了老杜家。看看老杜的宿舍崭新而且敞亮，林爱凤稍微了解了产权、价格之类的问题，不由夸道："老杜呀，你是有房有车的单身男人呀，再年轻几岁，用个时髦叫法就叫什么，钻石王老五。"

老杜不好意思道："这房子赶上好时候，算是捡着了。不过我哪有什么车？"

"你不是有台电动车吗？"

"哎哟，原来你笑话我，人家说有车都是指四轮的。"

老杜给林爱凤泡了一杯茶，坐定，他心里有鬼，不由问道："昨天你跟我手机通话的时候，人在哪里呀？"

"我能在哪里，在家呀。"

"哦，那你怎么说我跟不正经的女人在一起，这话可不能乱说哟。"

"看你这么紧张，是不是被我说中了？"

"哪有的事，我的生活圈子里怎么会有不正经的女人呢。"

"那谁，吴贵妃，老说些荤话，你觉得她正经吗？"

老杜舒了一口气，笑道："你说的是她呀，哎，真是的……"

"你昨天是跟她在一起？"

"没有的事，我昨天在清溪河边走走，活动活动筋骨来着。"

"不过你最近跟她走得比较近，这一点你承认吧？可得小心呢，她是花心大婶，你别被她搞得五迷三道。"

"哎，你们女人，就喜欢表面亲热得不得了，背地里互相说道。这不好，大家都是朋友，要心平气和。”

“我不跟你说这无聊的事了。我就问你，要送点什么给你那学生，陆心情，是吧？帮了这么大的忙，不送显得我们小家子气。”

“我跟你说过多少遍了，不用，就我的面子，还需要什么礼数。再说了，事办成了就行了，再折腾就多此一举了。”

“我知道，全是卖你的面子。但从我的角度来讲，或者从马丁的角度来讲，不是礼数不周吧，人家会说，把你事办好了，没有个表示感谢的意思，人家怎么看你，是吧。”

“哎，送什么合适呢，大的礼我们送不起，小的礼也不好意思送，我看就免了，回头我跟陆心情表达下你的意思，也就够了。”

两个人扯了半天，也说不出究竟。老杜道：“其实你可以请马丁当面谢谢陆心情，吃个饭呀或者什么的，他们现在是同事了，走得更近，免得我们两个老人掺在中间不尴不尬的。”

林爱凤也觉得这个主意好。

老杜问道：“有一件事不知道该不该说。最近呢，我们这个跳舞的圈子里，老有人开我们两个的玩笑，说什么我教你跳舞呀，替马丁跑工作呀，目的就是为了你，就是别有用心，说我是老花心，总之，什么难听的话都有。所以呢，我现在也不敢随意跟你接触，你可得多担当。”

“是嘛，我倒是没听说，但你这么一说我倒是有所警觉，怪不得有些人对我低声议论。你说，这到底是谁传的谣言。”

“谁传的也不知道，倒是吴贵妃好心告诉我，要不然我现在也蒙在鼓里。”

“哦，这样呀，她未必是什么好心。”

老杜要留林爱凤吃饭。林爱凤倒也不客气，看老杜家房子这么干净亮堂，倒愿意多待一会儿。她说要给老杜瞧瞧自己的手艺，把冰箱里的菜拿出来，自己在厨房忙活开来。老杜倒乐得自在。

第八章

关于艳照门，马丁约了一个资深娱评人写了评论。秦主任想去问问评论到了没有。他看到马丁伏在桌前，便想，年轻人夜生活太多，上班都犯困，这个问题不知道该不该提醒。他叫道："马丁，马丁。"马丁没有回答。他想拍拍马丁的肩膀，却看到一条蚯蚓一样的血流在桌面上蜿蜒。

那段时间，媒体上最大的新闻是艳照门，而报社里最大的新闻就是马丁的自杀门。但是没有人能说清楚马丁自杀的理由。

血流得不多，从他左腕流出，在桌子上流了一尺多长。主要是马丁在血泊中睡着了。被同事们拖往医院后，马丁一直否认自己是自杀。马丁在医院待了两天，期间谁也不敢提为何自杀的事。

回家休息后，马燕、林健夫妇带着饭饭过来看望。林爱凤看见林健与马燕的关系好转，是一安慰，而马丁这样，又是一忧愁。她想，生活就像跷跷板。

林爱凤指示马燕进去，跟马丁谈谈。

马燕悄悄进屋，关上门。她抚了抚弟弟的肩膀，道："说一下，怎么会这样？你这样妈怎么办？"

"姐，我真的不是想自杀。"

"那刀不是真的吗，那血不是你的吗？难道有别人逼你。"

"我……我只是心里很痛，我就用小刀试一试，身体痛了，就会减少心痛，然后我就睡过去了。"

"是不是因为北京那个女朋友？"

"嗯，我们已经断了，但是，我的心控制不住……痛。"

在遭到拒绝后，他想，以他的意志，要扭转李峥嵘的意志，是不可能的。马丁下定决心忘掉这份感情。确实，他也做到了，一身轻松。但是，很快，恋爱的场景一点一滴在脑海中闪现，每闪现一次，马丁的心就像被虫子咬一口。特别是到了夜里，临睡的时候，曾经甜蜜的感觉，女子急促的呼吸，发间淡淡的清香，一帧一帧地播映。他对自己说，哦，我不要再想了，我要忘记，我要重新开始生活。但是意念似乎被感染了病毒，不由自己控制。后来他发觉，身体的疼痛，能让心痛减弱，他尝试着拧自己的肌肉，扎自己的手臂。身体的突然痛感，到痛感消失的过程，是舒服的无限放松的过程。

马燕抓着马丁的手，姐弟连心，对于弟弟的感受，她历历在目，但无能为力，她认真说道："我跟你说过，爱情很会伤人，你要勇敢一点，是吗？"

马丁点了点头。其实在辗转反侧的夜里，他多次想起姐姐的这句话，但这句话只是一种预见，并非一味良药。

“答应我，不要再这样，为了妈妈，为了我，好吗？”马燕盯着马丁的眼睛，诚挚请求道。

马丁坚定地点了点头。现在，马燕和他心连心，他终于可以把痛感移除一部分，放在马燕的心里。

姐弟俩握着手，沉默了好一会儿，马燕盯着马丁纱布包扎的左腕，道：“如果身体没问题，还是出去走走，多跟朋友们接触、聊天。”

马丁道：“我明天就去上班。”

马燕走了出来。林爱凤正在逗弄饭饭，她把饭饭交给林健，把马燕拉到自己房间里，打听细节。

林爱凤不知道自己下的这盘棋，哪一招弄错了，竟会自相残杀。当然，凡是有脑子的人都能猜测出，是自己妨碍了马丁的自由，让他产生了短见。因此，她觉得让马燕去探听马丁的心思，再合适不过。

“怎么回事？”林爱凤道。

“他失恋了，想不开。”马燕道。

“啧啧啧，就这能耐，我以为跟我有关呢。”

“有一定关系。他女朋友在北京，他现在不是去不了北京了嘛，女孩子就跟他断了，他心痛。”

“为了一个女孩子就干这事，也不知道他把我放在心里的哪一块？”林爱凤哀怨道。

“妈，你看弟弟从小就敏感内向，又听你话，没见过什么世面，遇到这种痛心的事，自己化不开，也情有可原。你知道了，不要跟他提这个，他现在知道自己错了，让他自己慢慢消化吧。”

“早不说，不就是要女孩子嘛，我来介绍呀。俗话说，大丈夫何患无妻。真是的，这出息。”

“妈，感情的事，不是那么回事。你不要再刺激他，他自己扛过去，就会成熟了。”

“我懂我懂，我只是觉得心酸，为了一个女孩子，连我连这个家都可以不要，我辛苦把他拉扯大有什么用。”

“妈，他只是一时想不开。他要是心里没有你，现在能待这儿吗？换做任何一个男孩子，早就不管不顾跑北京去了，现在哪有几个人能像他那样迁就家里的。”

饭饭要妈妈，想敲门而入。马燕打开门道：“林健，你带他出去玩玩，我跟妈再聊会儿。”林健道：“饭饭，爸爸带你下去买玩具。”抱起饭饭就走。马燕吩咐道：“不要带他买玩具，养成坏习惯，去下面坐坐摇摇车就可以了。”林健道：“好咧，坐摇摇车去。”

林爱凤道：“林健现在可听话了？”

“上回跟他闹了一次，要他写保证书，现在好点，能多点时间回家。”

“男人跟孩子一样，就需要管教管教，不管教就野了。”林爱凤道，“你弟弟呢，心性太弱，你想想，这种事情，如果发生在北京，万一身边没人有什么意外，我们还不得急得魂都飞了。所以，我把他留下来是正确的。”

“妈，不就是因为你留他在家，他才失恋吗？”

“嗤，你这看问题看得太浅。如果他在北京，好，暂时不失恋，但感情的事谁能打包票，你能保证他永远不失恋吗？现在年轻人分分合合不是很平常吗？一失恋就自杀，这要发生在外地，你看我们怎么办。”

马燕一听也有道理，道：“嗨，就怪他过于敏感，没经历过什么事。妈，以后别什么事你都替他拿主意，让他自己有个锻炼的机会，要不然也长不成真正的男人。”

“只要他肯待在家，我什么都可以依。你想想，就他这么脆弱，还出去闯荡，不得叫我成天提心吊胆嘛！”

自杀事件之后，马丁与林爱凤关系更显微妙，母子之间变得有些客气，交往谨慎。

比方说，以前林爱凤在手机里会叫道：“小丁，晚上回来吃饭，妈妈做你饭了。”现在会问：“回来吃饭吗？”

比方说，以前小丁很迟回来，她就会问跟谁一起吃饭啦，打听细节，理所当然。现在只会道，回来啦，并不打听究竟。

马丁决定约陆心情和秦主任吃饭。自杀事件之前，他请了一次，但是陆心情说没有时间一直拖延。陆心情这次答应了，也许她觉得马丁不仅仅是吃饭，有话要说。

饭局很简单，就在离报社不远的小吃城，择一张靠窗的玻璃台，倒是清爽洁净。马丁对本地的小吃情有独钟，用料讲究，做法细腻，很体现南方的小吃特点，在北京吃不到。他们点了肉丸子、千层饼、糯米糕等几样特色点心，以及几样精致小菜，叫了一瓶白葡萄。秦主任要审校样，迟些再过来。

碰了碰杯后，马丁思量着怎样开口。陆心情看他欲言又止的样子，笑道："有什么话就说，别当我是领导。"

"陆总，我是一直想表达一下，一是很感谢你，有机会让我进入这个团队，二呢，我想说的是，如果你觉得我不适合这个团队，随时可以让我走人。"这句话马丁已经在心里酝酿多时，现在终于完整表达出来了。

"为什么会说第二点呢？"陆心情摇着高脚杯，微笑着面对马丁。她比马丁刚好大一轮，既有优雅的气质，又有成熟干练的一面，马丁不免有点紧张。

"我是想，我进来才几个月，自己的事就闹得沸沸扬扬，影响非常不好，在你心目中肯定觉得这人太麻烦了。"

"这个问题嘛，我是这么理解的，每个人都有自己的一些私事，偶尔会干扰到工作，这是可以理解的。比如这个报社女人的事就特别多。一般情况下，报社不便干涉个人的事，也不会因此否定个人的能力。但是对于一些特殊的情况，也有必要了解一下，会不会影响到长期的工作。你既然提到这件事，那我也很想知道，这件事到底是什么原因，会不会发展成一个常态？"陆心情娓娓道来。

“虽然难以启齿，但你如果不嫌啰唆，我可以告诉你前因后果。”马丁道，“首先肯定一点的是，我不是自杀。”

马丁把自己和李峥嵘的瓜葛说了一遍。

陆心情微笑道：“没想到你是这么纯情的人，真是少见。”

马丁不好意思道：“我自己也在想，怎么会这么脆弱，但我想以后不会再发生这种事了。”

陆心情问道：“你是什么血型？”

“A 型。”

“难怪，你的性格里有 A 型血的特质。”

“陆总原来对血型有研究？”

“也不算。只是去参加一个中层干部培训班时，有一个同学告诉我，血型和星座在一定程度上能反应一个人的性格，对管理和用人有一定的参考作用，因此我了解了些这方面的知识。”

“我是不是很不适合这方面的工作。”

“未必，A 型的人比较情绪化，但也很有创意。你是什么星座？”

“巨蟹。”

“难怪那么顾家。你的一切行为都符合你的星座血型呀。”

秦主任打来电话，说审稿忙不过来，不出来吃饭了，等下打包点饭菜回去给他就好。

两个人又东聊西扯了一会儿，解去了马丁的心结。走的时候，陆心情道："其实以后有关情感方面的纠葛，要多跟人沟通，把结打开就好了。当然，有必要的时候，也可以找我聊，我是国家二级心理咨询师。"马丁没想到陆心情还有这些才能，不由得刮目相看，赞道："没想到你懂得的玩意儿这么多，跟你一比我倒像个老头。"陆心情道："你还懂得这么夸人。其实我就爱跟比我年轻的人交流，从他们身上能学到新鲜的东西。"

春夏之交，报社组织了一次龙虎山的旅游，马丁发现陆心情登山时健步如飞，自己要是不加把劲还跟不上她。他很奇怪陆心情有这样充沛的体力。陆心情告诉他，平时周末，自己经常去爬南山，所以登山毫不吃力。

南山是杭城市区的一座山，风景绝佳。拾级而上，山中有溪流瀑布相伴，苍翠林木相拥。六七年前，有个投资商看中这个地方的旅游资源，买下经营权，收取门票。结果游客稀少，入不敷出。几经权衡，如今这里又变成市民登山健身的免费场所。

马丁自嘲道，现在自己体力还跟不上陆总，看来也有必要锻炼了。陆心情道，那好，爬山有人一起聊天，会不觉得累。

马丁觉得每次跟陆心情交流，都能吸收到正面的能量。她乐观、自信，胸有成竹，有主见，一方面能兼顾全局，另一方面我行我素。马丁想成为的，就是这样的人。

马丁也喜欢去爬南山了。林爱凤见马丁的精神面貌有所改观，相当满意，并认为马丁爬山是开始积极向上生活的表现。她主动请缨，要求和马丁一起爬山。马丁笑道：“你那速度，跟不上我，我要是迁就你，就爬不出感觉。你还是去找同龄人去玩吧。”

马丁偶尔会碰上陆心情，有一种莫名其妙的激动，陆心情就好像一片不可多见的风景。后来马丁摸清了陆心情来爬山的时间规律，碰到的次数更多了。他们聊得更多，马丁也渐渐了解了陆心情的生活。他觉得陆心情更像是一个朋友，不像一个领导，或者说，领导的形象在他心中渐渐淡去。

马丁相信，是由于受到陆心情潜移默化的影响，坚强、果断的气质渗入他的内心，他终于能够正常地面对李峥嵘了。之前，他在 QQ 上一看到李峥嵘的号，心中便会一阵酸楚。手机里看一看到李峥嵘的短信，心尖儿就战抖得厉害，不得不把短信全部删除。现在，他能平静地面对她的 QQ，甚至忍不住给她发一条平淡的留言：最近好吗？

没想到李峥嵘上线的时候，回道：挺好的，你呢？

对于双方来说，这个信号都意味着，双方都扛过来了，可以坦然面对分手状态了。马丁虽然心中微微战抖，但觉得已经进步，内心强大许多了。他觉得自己已然能够掌控自己，这是令人相当激动的成长步骤。

“我挺好，这里待得蛮舒服的，有机会可以到杭城走走呀。”马丁这样在 QQ 上说道。

“好呀，我正要休年假，想出去走走，你可要给我当导游。”李峥嵘是北方女孩，一方面机敏，一方面又直肠子，不矫情。

李峥嵘的这个回复可真让马丁又凌乱了，他刚刚建筑完毕的堤坝又似乎发现蚁巢。他敏感的心又开始猜测：会不会李峥嵘说的分手只是气话？会不会她是来继续前缘？

夜里，他又难受得哭了。

李峥嵘说来就来了。马丁给她定了报社定点的宾馆，忐忑不安地到机场接机。在看到李峥嵘的瞬间，他的心跳了一下，整个身子差点被心给击倒。李峥嵘笑吟吟的，只是像个普通的游客，像见到一个熟识的朋友。对比之下，马丁的心在呐喊：天哪，我还是那么不成熟。

马燕白天给林健打了电话，说，马丁有个朋友从北京过来，你安排个饭辙。林健答应了，吩咐办公室秘书，安排在锦江饭店，开了个小包厢。晚餐，李峥嵘被马丁带来，看见马燕一家三口、林爱凤都在，颇为吃惊。林健招呼大伙入席，举杯道："小李，我们这里就是好客，你别客气，就跟在家一样。"李峥嵘很快适应了这里的气氛，稍微寒暄之后，专心饕餮海鲜去了。

马丁得知李峥嵘要来的消息，心中忐忑，跟马燕通了气。马燕得知弟弟心里踌躇，便问道："她来是什么意思？"马丁也一头雾水，道："我只是随口叫她来玩玩，没想到她真的来了，也许只当是普通的旅游吧。"马燕问："那你是不是还忘不了她？"马丁纠结得很，道："我已经忘记了，可是心里又期待奇迹。"马燕便告诫马丁内心不要轻举妄动，权且当她是来观光的，热情接待就是。

李峥嵘作风务实大方，举止间有北方女孩的爽朗，不像本地女子的扭捏。让她喝酒她就喝酒，几杯下来脸已酡红。林爱凤不时瞟瞟李峥嵘，也不知道心里想什么。李峥嵘专心吃了一会儿，说吃饱了，想要回宾馆休息。林健让马丁送她回宾馆。又问明天要不要派车送他们去旅游地。马丁嫌麻烦，说还是自己打车去。

送到酒店，李峥嵘道："点那么多海鲜，让你姐姐太破费了，以后不要这样。"马丁道："哎，那是我姐夫安排的，用不着他们自己花钱。我也不喜欢，明天我们还是吃大排档小吃。"两人聊了一会儿，马丁试探道："你想休息的话，我就先走，明天早点去青山岛。"李峥嵘道："嗯，我赶紧洗洗睡，好累了。"马丁走到门口，踌躇了片刻道："需要我多陪你聊会儿天？"李峥嵘道："不用了，明天多的是时间。"马丁带上门，犹豫不决地走下楼。到了大堂，又打了个房间的电话，道："需不需要我买什么？"李峥嵘正要洗漱，道："不用了，我马上睡觉，你赶紧回去睡觉吧。"马丁道："哦，那你回头把电话线拔了，免得晚上有骚扰电话。"挂了手机，马丁怅然若失。

次日一早，他俩从市内坐公交车到渡口，从渡口坐快艇，十来分钟就达到青山岛。岛上巨石千奇百怪，曲径通幽。岛屿四围惊涛拍岸，其上的人行栈道有惊无险，海上风光一览无余。两人登上山顶，站在巨石之上，海上船只点点，宛如蓝幕碎花，海风吹拂，心神飞扬。

“你找新男朋友了吗?”马丁也只有借助海的豁达，才敢装作漫不经心地这样问。

“没呢。你呢?”李峥嵘也轻松反问道。

“我怎么可能。”马丁幽幽道。

“你恨我吗?”李峥嵘还是微笑着。

“不可能，我刚学会爱，还没有学会恨。”确实如此，见了李峥嵘，他根本没想过恨。

“那就好，我觉得我们做普通朋友更好，这样的感觉很放松。”

“普通朋友?”马丁重复了一遍。心里恨死这四个字。

林爱凤来了电话，叫马丁晚上带李峥嵘回家吃饭。马丁拒绝道：“妈，我们在路上吃点就行了。”林爱凤道：“这孩子，人家远道而来，不回家吃顿饭说不过去。我都准备好了，做了一桌子菜，你要不回来我全部倒给猪吃。”

拗不过，马丁只好答应，并征求李峥嵘的意见，李峥嵘道：“客随主便，听你的吧，反正我也不太懂礼节。你看这么客气，我来时也没给你们带什么礼物。”马丁道：“免了，你能来我就很高兴了。”李峥嵘调皮道：“我们都分手了你高兴什么呀?”马丁道：“分手了也是朋友嘛。”李峥嵘赞道：“你真成熟了。”马丁暗暗叫痛，心里骂道：成熟个头。

两人风尘仆仆回到家，林爱凤果然备了一桌子的好菜，黄荤与绿素一色，山珍与海味齐飞。李峥嵘客气了几句，扑上去就撕咬起来。林爱凤看了很高兴，问这道菜怎么样，那道菜行不行，李峥嵘好词都不够用了。林爱凤好像自己的答卷得到老师的肯定，问道："小李，好吃你就多吃点，阿姨我还有绝活。"

李峥嵘道："阿姨，你不要客气，明天你别给我们准备饭菜了，太麻烦。"

林爱凤道："那不行，外面都是地沟油，很多饭店用死鱼死虾，太不卫生。我呢，也没事干，做菜我拿手。小丁你一定要把小李带回来吃。对了，你得多待几天，多尝尝我的手艺。"

"阿姨，我后天就得走了，你真的不必为我忙。"

"什么后天呀，既然来了，多待些日子，尝尝我的手艺，多看看风景。我们这个地方不比北京差的，也有小故宫，也有小长城，还有白宫呢。小丁呀，这些地方你都得带她玩过，到时候也许你会喜欢长住这里呢。"

李峥嵘客气道："这个地方确实不错，空气很湿润，难怪女人的皮肤这么光滑。"

林爱凤道："如果你在这里待上一两年，保证皮肤更水嫩了。还有呀，这里的水质，也很适合女人。你不是喜欢吃海鲜吗，这里离码头近，鱼虾贝类都多，新鲜的，别处买不到。你要是那么快走，我也不高兴，玩得尽兴了再说。"

"阿姨，可是我要上班呀。"

"哪里上班不都一样，马丁不是北京工作辞了，这里照样找到工作。不是我吹牛,北京的事我管不着,这里的事,只要我想办,还没有办不到的。”

马丁看见林爱凤吹牛吹到不像样了,阻止道:“妈,你说到哪儿去了,还没有办不到的。就是市长,也没有这么说的。”

林爱凤道:“你小孩哪里知道,这社会,有关系比什么市长呀董事长呀有用得多,我关系多着呢。”

马丁道:“瞧你吹得。还有呀,你不要给峥嵘夹菜,多不卫生。”

林爱凤道:“什么不卫生,一家子人的,是不是小李,一见面我就把你当闺女看了。”

李峥嵘道:“谢谢阿姨,您太客气了我反而不自在,我自己来。”

李峥嵘吃完,去卫生间了。林爱凤对马丁小声道:“要留住,知道不?”马丁摇摇头自我解嘲。

林爱凤坐在沙发上,翻弄着李峥嵘的手提袋,边喃喃道:“大城市的姑娘就是不一样,这包还真别致。”

马丁吃掉一个螃蟹钳子,腾出嘴巴道:“妈,别乱翻人东西,讲究点素质。”

林爱凤道:“瞧你这孩子,在家还讲究什么素质,何况都是自己人。”

吃完晚饭,马丁便送李峥嵘回宾馆。林爱凤吩咐道:“慢慢玩,多玩几个地方,明天还回来吃。”

晚上马丁回来时，林爱凤听见开门声，起床强调道："如果你喜欢她，就要留住她，懂不？"

马丁不满道："妈，我们已经分手了，现在是普通朋友。"

"普通朋友怎么还会来这儿玩，还会来家吃饭，还一口一个亲热地叫阿姨？我看八成是回心转意了，你得给人台阶。"

"我觉得不是那么回事。人家北方人，实在，谈恋爱归谈恋爱，玩归玩，一码归一码，不沾的。"

"感情这种事不分东西南北，如果对你没感情了就不会跟你联系。听妈的话，妈吃过的盐巴比你吃过的米饭多，好好争取，我看这姑娘不错，最好能让她留在杭城。"

"怎么可能，人家来玩玩还想把人留下来，异想天开吧。"

"你这孩子，非要我举例嘛。吴贵妃阿姨，你知道吧，以前就是上山下乡的女知青，到农村去插队，结果跟当地农村的小教员谈恋爱，就留在农村了，还是农户呢。后来要不是她家里死乞白赖地搞关系调动回城，估计现在还在养猪呢。"

"哎，妈，那是多早的事啦，时代不一样了。"

"哎哟，你才几岁，就跟我谈时代。告诉你，不论到了哪个时代，表面看进步了，时髦了，实际上都没变，管用的还是那一套。妈也是农村出身，小时候就看学校的白墙壁上刷的几个字：'世上无难事，只要有心人。'记住这句话，没有办不到的事，要不然妈怎么能进城呢。"

"好了，妈，睡觉吧，明天还玩一天呢。"

“把我的话记住再睡，懂不？别让人家走了又在家觅死觅活的，没出息。”

第二天，他们出宾馆时经过机票代售点。李峥嵘道：“还是把机票买了吧。”

马丁道：“你确定明天要走？我妈意思是你多玩几天。”

李峥嵘道：“嗨，再待就不好意思了，再说假期也就那么几天，回去休息两天也就上班了。”

就在李峥嵘买票的时候，却突然发现身份证没了。两人返回宾馆，遍搜柜头床尾，终无踪影。两人回忆走过的地方，要么在路上丢了，要么在马丁家里丢了。马丁赶忙打电话让林爱凤找一找。林爱凤听罢，倒是乐了，道：“这不是天要留人嘛，你叫她别急，趁机多待几天。”

“妈，都火上眉毛了你还幸灾乐祸，快把家里都找找。”

出门在外，身份证掉了，就相当于路塌桥断，况且李峥嵘其他证件都没带，不免踌躇不安。马丁安慰道：“有些东西，也许你不找它的时候，它就冒出来，不如踏实地玩，等晚上再说。”李峥嵘是个乐观的人，听了也有道理，便一心去玩了。

到了晚上，李峥嵘再也没有心思回来吃饭，在街边吃了点东西便回宾馆休息。林爱凤又准备了好多菜，一桌花里胡哨的。见只有马丁一人回来，大怒道：“你这孩子怎么搞的，一点都不懂我心思。”马丁道：“人家累，吃点东西想休息了，我也拉不回来。我还得帮她找找身份证呢。”见林爱凤生气的样子，马丁有点怵，便联系马燕，叫他们一家三口过来把饭菜吃了，免得林爱凤回头要吃一星期剩菜。

马燕也正想打听一下马丁与李峥嵘的事儿如何，便拉上林健一块过来，边吃边问究竟。马丁便把接触的具体细节讲了一遍，马燕道："林健，你觉得这女孩到底是什么意思。"林健愣了一下，道："女孩的心思我哪里懂，真是好笑。"马燕道："不是你接触过的女孩多吗？没吃过猪肉总见过猪跑。"林健急道："那我跟她们接触都是工作关系，情感上的事哪里懂，况且现在年轻的这一代，心思更多样。这件事还是马丁自己判断吧。"

一家老小研究了一个晚上的情感功课，也没得出什么结论。临走时，马燕悄悄吩咐马丁道："你索性直接问她有没有可能，没有可能你就忘掉，当普通朋友。情感这事一闹心，人生都要完蛋。"马丁点了点头。

林爱凤收拾好碗筷，把马丁叫到跟前，刚才她一直欲言又止，肯定是有话憋在心里。她叹道："你姐姐和姐夫在这里，我也不好意思开口。就是说，一个大姑娘，你那么爱过她的，来到你这里了，每天陪她玩，机会这么好，你居然跟没事一样，每天还回来睡觉，我真不知道怎么开口说你。我们那时候上山下乡，多少女同志都是想着回城，最后还不是留在农村，为什么会死心塌地地跟农民在一块儿，就是十个字：世上无难事，只怕有心人。"

马丁道："别扯那么多了，我没那本事。她现在身份证丢了，还真回不去了呢。"

“是呀，机会都给你了，你再不花点心思，就是你的问题了。告诉你，明天带她回来吃饭，让妈来做做她的工作。”

次日，两人在宾馆里商量到底怎么办。李峥嵘心情转而不好，道：“还是去看看有没有火车票。”两人到火车票售票点，已经没有当天发北京的票了，后来在售票员小姐的提示下，马丁独自到火车站退票处，候着一张退票，时间也紧。李峥嵘赶紧收拾行囊，从宾馆打车飞奔到火车站。在候车室，李峥嵘道：“你看走得这么匆忙，也没跟你妈告别，要不现在打个电话给她？”马丁道：“算了，别打了，她要是知道你现在走，说不定还会过来劫持你呢，她都准备好晚上给我们做饭了。”

李峥嵘过意不去，道：“她对我这样好，我心里真是过意不去。”

马丁想了想道：“其实我妈让你回去吃饭呢，她是想问一件事情，就是你和我还有没有可能……重归于好。”

李峥嵘低下头，低声道：“其实，我的理由在 QQ 上已经跟你说清楚了，我是个简单的人，怎么想就怎么做，不会话里有话，这点你也知道。这次来呢，真的就是旅游，把你当一般朋友，就想我们刚认识的那种感觉，这种感觉最好。”

马丁点点头附和道：“嗯，我想也是这样，我会转告她的。”

气氛变得有点微妙，马丁的心里荡起一波波忧伤。旅客开始进站了，马丁拖着行李，默默地跟在李峥嵘后面。上车以后，马丁把行李放好，竟然有一种不知进退不知所措的感觉。李峥嵘道："你回去吧。"马丁点了点头，他确实也无心在此盘桓，毕竟不是情侣，做不出眷恋的情态。李峥嵘送他到车厢门口，告别时，突然道："其实我这次来也有一个小小的心思，就是想告诉你我也不是那么决绝，我也难受了很久。我也很担心你是不是深受打击，现在看到你的状态，我也放心了。"马丁苦笑了一下，挥起手来跟李峥嵘告别，手腕上露出一道疤痕。李峥嵘没有发觉，她微笑着，还算满意地挥手告别。马丁没有等火车启动就转身离开，下了台阶，到了地下通道，他突然扶着墙，身体抽搐，忍不住爆发出一声怪兽般的嘶叫，然后抽噎起来。

一个好心的路人疑惑地过来，搭讪道："怎么啦，需要帮助吗？"

马丁摆摆手，涕泪交加喘着气道："你走开，让我哭一会儿。"

第十章

马丁光着上身，斜卧在床上，内心忐忑而激动，时不时有一种几乎要呛到窒息的情绪涌来。因为没有开电视，浴室里的水声相当清晰，细细听来，确实有“大珠小珠落玉盘、间关莺语花底滑”的味道。猛然间，“冰泉冷涩弦凝绝”，寂静构成了最摄人心魄的最后一个音符。

陆心情披着浴巾出来，走到马丁面前展开，精致的两只乳房像白鸽一样扑腾。马丁抱住她，两个人开始长长的深吻。

马丁闻到了一种类似于桂花与百合结合的略带苦涩的体香，这应该是中年女人特有的气息。陆心情保养得当，不细看身体和皮肤与少女没有区别，但气息是岁月的年轮，绝对诚实。他也记得李峥嵘身上的气息，是那种水蜜桃般甜蜜的芳香。

陆心情引导着马丁，在熟悉了彼此的身体和动作之后，他们进入猛烈的状态。马丁闭着眼睛，脑海里突然浮现出李峥嵘的面孔，为了驱散，他睁开眼睛。但是他一投入，眼睛就闭上，李峥嵘又浮现，不可驱散。后来他不管了，李峥嵘与陆心情交替浮现,甚至重合在一起。

战斗持续了近一个小时,在射出来的同时,马丁突然咯咯咯地笑起来。陆心情喘着气问道:“笑什么?”马丁继续笑着,道:“开心,就是发自内心的开心,似乎一辈子都没有这么开心过。”陆心情道:“小屁孩!”

陆心情斜靠床头,点了一根烟,递给马丁。马丁摇头。陆心情道:“拿着,抽根烟,才像个男人。”马丁接过,吐出一口烟圈。陆心情也吐出一口更标准的烟圈,两个烟圈在空气中交缠着。

吐了一会儿烟圈,两人从高潮后的空虚中回过神来。

陆心情把烟蒂掐掉,轻轻地亲了一口马丁的脖子,调皮地笑着问道:“感觉怎么样?”

马丁摇了摇头。

“刚才不是说开心吗,现在怎么啦?”

“不知道,突然心里有点难受,很矛盾,好像有一种犯罪的感觉。”

陆心情笑了笑,道:“小屁孩。”

马丁道:“怎么,你没有吗?”

陆心情又点了根烟,道:“有,以前有。”

“现在呢?”

“现在,”她叹了一口气,道,“现在只有完全解放自己,才有真正的快乐。”

“那我怎么办?”

陆心情刮了下他的鼻梁，道："问我怎么办？你是男人好不好，还要我对你负责不成。将来你自己会明白的，你的纠结完全是心态的问题，懂吗？你想想，为什么会喜欢我呢？"

马丁理了理思路，道："我想要一个人爱我。"

"嗯，一个渴望爱的男孩，刚好碰上我？"

马丁点了点头。

"撒谎。如果不是我漂亮，你会喜欢我吗？"陆心情自信道。

"那你为什么会喜欢我呢？"

"你纯情。"陆心情拿起马丁的手腕，吻了吻他的伤疤，道，"这是纯情的标记。因为我已经不是纯情的阶段了，所以更喜欢纯情的人，就像喜欢玻璃器皿，一碰就碎的那种。"

接着他们的话题由伤疤聊到李峥嵘，陆心情对他们的事略知一二。

"打算放弃了吗？"陆心情问道。

"没有办法，一厢情愿只能徒增痛苦。"

"不是来看你了吗？如果换作是我，就会穷追猛打，把她拿下。"

"我不行，我妈倒是这么做来着，徒劳无功。"马丁把林爱凤的举动告诉陆心情，陆心情哈哈大笑。

马丁在火车站送走李峥嵘。回到家，林爱凤正在准备饭菜，还有正要实施的怀柔政策，一听说李峥嵘跑了，大为震怒，骂马丁没出息，煮熟的鸭子都飞了。马丁心尖儿痛楚，嘴里却笑道：

“哪里煮熟了?”林爱凤举着菜刀吼道:“今天没走我就要煮熟了!”

三天后,林爱凤拿出一张李峥嵘的身份证,道:“这是我今天在角落找到的,还给她吧。”马丁先是震惊,然后是怀疑,最后是确信,与林爱凤大吵了一通。马丁怪她手段太猥琐了,林爱凤绝不承认。

陆心情道:“你要是继承你妈一半的本事,没有女孩追不来的。”

马丁道:“我不认为爱情是能追到的,这东西靠缘分,缘到自然成。”

“缘分只是懦弱的一种借口。”

“不,我相信缘分,这是你我认识上的区别吧。”

“傻瓜,过几年你就会知道,你还没等到缘分,你喜欢的姑娘都被人抢光了。这个世界已经不再矜持了。”

马丁不语,像个负责的车间工人,默默地开始工作。这次时间更长,陆心情也更加疯狂,恣意叫喊。在结束的瞬间,马丁又发出一阵来自内心的笑声。

陆心情脸上冒起细汗,浑身湿漉漉的。她俯在马丁身上,长发遮住整个面部,她在高潮时声嘶力竭地叫了起来,一阵喘息之后,她低声哭了起来。

“怎么啦?”马丁捧起她的脸。

“好久没有这么……舒服了。”她噙着泪道。

“哦?”

“我老公他不行,一直有障碍。”

马丁见过她老公一次,是社科院的一个业务领导,谈吐优雅、气宇轩昂,有一种不怒自威的成熟气质。

马丁疲倦地笑道:“你哭的时候最好看。”

“我没想到开心的时候也会哭。”

他们闭着眼睛,时而睡去,时而又聊几句。不知过了多时,两人渐渐又抱在一起,亲昵的感觉如潮汐涌来,他们打起精神,再做了一次,麻木而漫长,如发配到西伯利亚的犯人在下意识地垦荒,把刑期打发过去。这次马丁再也没有一个子儿射出。一阵抽搐之后,他无比空虚,再也无法在不伦的空间里待下去,他起来快速地洗了澡,告别了陆心情,满心惆怅地回家。林爱凤关切问道:“干吗去了,这么累?”马丁道:“加班了。”然后默默地走进房间,把自己轻飘飘的身子搁在床上,眼皮自动滑了下来。很快,灵魂就飘起来了。

这是马丁与陆心情的第一次关系,发生在李峥嵘走后整整一个月,而且发生得相当突然。

缘由是,那天马丁与陆心情一起登山,由于兴致颇高,一路登上山顶,超过平时一半的路程。在山顶远眺,马丁升起无比的豪情,一扫郁闷。陆心情也像个孩子一样天真起来。下山途中,天色已晚,陆心情在青苔石阶上滑了一跤,走起来一瘸一拐的,马丁扶着她下山。到一块石阶上休息的时候,他们不由自主地吻在一起。马丁感受到成熟女人特有的风韵，内心的激情像突然遇见一道闸门敞开，纵身投入。在想进一步动作的时候，被陆心情挡住，她轻轻地道："等我约你。"马丁带着翻江倒海般无比复杂的心情回家，洗澡时发现大腿根湿漉漉的。

三天后的周末，陆心情给他发了一个短信：到成龙国际酒店1806房。

就这样，不由自主地，马丁走进一座神秘、幽深、不知潜伏着什么危险的森林。

林爱凤把泡好的莲子、薏米和芡实洗净，放入陶罐后，又加了少许蜂蜜，打开文火慢炖。她调好闹钟，躺在沙发上闭目养神。但是，她的脑子并不能真正做到闭目养神的状态，她的思绪在飞。有一刻她像一个诗人一般感受到，就这样静静地扛到死的那一天，还是很漫长的。是的，她觉得，要扛到闹钟响的那一刻，已经很漫长了。因此，她不得不在闹钟响之前，几次用勺子搅动薏米粥，打发等待中的空虚。

退休之前，作为出纳，通过报销与做账的环节，她在单位里掌握着一条经济命脉。通过这个命脉，她能监控和感受到整个单位的全局。她秉公执法，力求严谨，一个严谨的环节上的苛求，就足以让职务比她高得多的人赔着笑脸。一瞬间她觉得自己很有力量：自己抓的只是一根细线，但风筝的命运全由它掌握。

退休的时候，她一下子觉得线断了，那只风筝再也找不到了。她跌到空虚的谷底。现在她的状态已经好转，医生已经告诉她不用吃药了。而且，如她所愿，现在马丁已经回到她身边了，但她内心有隐隐的担忧，迟早有一天马丁会自己扇一扇翅膀又飞走了。就像自己的内心还是空的一样，她总觉得手上也还是空空的。

闹钟响了，整整一个小时，薏米粥可以出锅了。她尝了尝，口感不错，这是从老年节目中得到的食谱，可以抗老去皱。她很相信电视。吃了一小碗后，她能感觉这些食物的元素已经开始在皮肤上工作，她相当满意。

她觉得必须开始工作了，她有了新的想法，又拿起手机，拨了老杜的号码。

老杜很忙。他必须忙，不忙这日子就没法过。他不喜欢待在自己宽敞的家里，特别是白天，那些安静的桌椅家具，甚至灶台碗筷，都像一个个有感情有生命的家伙，只是不会说话。待在这么多不会说话的家伙中间，老杜更觉得不是味道。他没有想到自己老了，还有一种沉静中的躁性。是的，每个人都只看见他沉静的一面，却无法看见他的躁性。身体健康，儿女不必为他忧心，无所事事，有时候手机一响，他都会心中一动，世界又开始召唤他了。

确实，是手机响了，而且不是诈骗和保险电话。他乐呵呵地接了手机，脸上洒满阳光，然后穿上运动鞋，矫健的姿态就像一个学生要去踏青。

在门口敲了敲，吴贵妃开了门，头未探出，笑意已经扑了出来，爽朗道：“敲敲敲，我还以为是强盗呢，也不懂摁门铃。”

老杜不好意思道：“哪里有门铃？噢，那么小，我怎么能看见。”他这才看见吴贵妃家的门上有个小红色的按钮，而且比他的个头还要高，可能是怕小孩子乱摁。

“进来进来，从没到我屋里头过吧！”

“是哟。”老杜换鞋进来，环顾四周啧啧道，“哎哟，这家伙不得了，豪华。”

吴贵妃家的装修走的是繁复厚重的路线，暗红色调，彰显富豪风范，这让老杜赞叹不已。

吴贵妃走进书房，乐呵呵道：“过来过来，赶紧过来看。”

吴贵妃把一张光碟放进 DVD 机，片刻，电视上就出现了老年人跳舞的画面。

老杜目不转睛地看着，连声叫奇，道：“哎哟，好家伙，这算是我第一次见到自己上电视呀。”

吴贵妃笑道：“你还别说，这么些个老头，就你看得还顺眼。”

“哎哟，过奖过奖，你也出色呀，电视里全是你的声音，说实话，你本人比画面上还耐看些。”

“你是说我不上镜？”

“不是，上镜了效果也很好，舞姿也很优美，但是你本人没有电视上那么胖，你看到没有。”

“哎，你不懂，上电视了都要胖点儿的。我侄女跟我说，下次呢，要化点妆，让脸显瘦点，就不会像一只熊猫一样晃来晃去了。”

“哎哟，你可真讲究。”老杜呵呵乐道。

“审美，那是必须讲究。”

吴贵妃在侄女的建议下，拍摄了老人们舞蹈的视频，刻成光盘，留下美好的回忆。此举使得吴贵妃成为众人瞩目的焦点。

“林爱凤，别看她出师晚，跳得还真不错，不比你差。”老杜客观地评价道。

“她呀，可算是你的爱徒呀。”吴贵妃揶揄道，“你教她那么用心，人家能不进步嘛。你是不是对她有点意思?”

“哎，瞧你说到哪儿去了，我是干一行爱一行的人。学呢，也认真，教呢，也认真，对谁都一样。”

“我看你是教一个爱一个吧，你个老花心。”

说曹操曹操到，老杜的手机响了。他把手机从裤兜里颤巍巍地抽出来，一看是林爱凤打来的，条件反射般一激灵，赶紧站起来，不由自主地走进书房，把门带上，边听边不自然地回答。

这一举动激起吴贵妃的兴趣，她蹑手蹑脚地来到门边，侧耳窃听。为了窃听得更清楚些，她把耳朵都凑到门缝，恨不得变成一幅画贴在门上。后来老杜一开门，她一头差点栽进去，埋怨道:“你把门开得那么猛干什么!”

老杜抱歉地笑道:“哎,谁想到你在这偷听呢。”

“哦,在我自己家也算偷听,真是没天理了。”吴贵妃撇嘴道,“是谁呀,神秘兮兮的,难怪人好奇。”

“哦……是我一亲戚,托我办点事。”老杜敷衍道。

“喊,鬼才信呢,是你亲戚你需要撒谎吗?”

“没……没撒谎呀,我需要撒什么谎。”

“没撒谎,人家是问你在哪儿吧,你居然回答在亲戚家,我是你亲戚? 咱们还没那么亲吧?”

“哎,瞧你偷听也这么仔细,那我就没辙了。人家不是求我办事嘛,我不是想推掉嘛,就找了个借口……”

“林爱凤找你办事你怎么不推掉哟,还给人家儿子找了份报社的工作,这工作可是花几万块也买不到的哟。”

“嗨,嗨……嗨。”老杜且战且退,想把话题转移,道,“你怎么跟林爱凤一样,得理不饶人,我觉得你们俩就是一个模子刻出来的。”

“啊,你把我跟她比? 我多么宽容,哎哟,老杜,我这人最大的特点就是宽容,你还没看出来。好了,我不计较这件事,可以了吧,是不是很宽容?”

老杜赶紧夸赞道:“哎,这件事还真的比较宽容。”

两人重新归座,继续欣赏参差不齐的舞姿。

吴贵妃继续夸奖自己道:“我这人最大的特点就是宰相肚里能撑船,什么事说一说,但是不放心上,谁跟我相处久了,都懂得我的雅量。对了,‘雅量’这个词你懂吗?”

“懂,一般人懂不了,但我是语文老师怎么不懂。‘雅量’这个词真的跟你很配。”

“那当然,我现在越来越讲究语言美、心灵美,还有外在的美,达到里外和谐的地步。”吴贵妃对自己一番夸耀之后,话题一转,道,“有件事想请你参谋参谋。我儿子不是一直劝我再找个老伴嘛,你说我该不该找呢?”

老杜睁大眼睛,道:“啊,你真的有这个想法吗?”

“我儿子是美国的自由开放的思想,我这个当妈的也受了点影响。目前这个想法呢,还只是萌芽,这不是请你研究研究嘛。”

“这种事还是你自己决定,觉得该找就找,也碍不着什么人,毕竟社会在进步,是吧?”

“我就是想,该找什么人嘛,宁缺毋滥。”

“多走走,多溜溜,多留心,瞅准了就出手。”

“这个不是买菜,看一看就知行不行。要能相处,要有素质,得长期考察,你得多替我费心。”

“那没问题,你的事,就是我的事。”

老杜要走,吴贵妃要留吃饭,说好久家里没来人吃饭了,今天这个机会不放过。老杜说下午还有事要办,着急得很。吴贵妃说你刚才不是推掉了嘛。老杜说,推托只是时间上推托,帮还是要帮的,这是他的原则。

吴贵妃又起疑惑,像猎犬一样警觉起来,判断道:“你一定有什么事瞒着我。”

老杜赶紧现学现用，道：“瞧瞧，你又不宽容了。”

老杜答应改天专程来吃饭，尝尝她的手艺。吴贵妃为了保持宽容的形象，这才把老杜放过，老杜像一只侥幸逃脱笼子的鸟，扑棱一声跌跌撞撞飞了出来。在路口叫了一辆非法运营的摩的，小伙子怕老杜坐不牢，道：“你坐好了吗？抱紧我。”老杜道：“你开吧，我掉不下来。”

老杜进了门口，来不及喘气，就给林爱凤电话，道：“我到家了，你过来吧。”

林爱凤提着保温杯，进门后故作神秘，兴冲冲道：“瞧我给你带了什么。”

老杜客气道：“哎，你每次来都给我带东西，让我……”

林爱凤像到了自家一样，把保温瓶的内胆取出来，放在桌子上，道：“这是薏米粥，里面有薏米、莲子、芡实和蜂蜜，防止衰老，抗出皱纹，延年益寿。你尝尝。”

林爱凤把勺子塞到老杜手里，老杜被逼无奈，品尝了一口，道：“味道不错，我在老年健康节目上有看过介绍，有好些个功能，但好像是属于女同志吃的吧？”

林爱凤道：“你这书呆子，女同志能吃的，男同志就更能吃了，这点常识还不懂。”好像在说人能吃牲口更能吃一样。

老杜吃了两口，道：“那什么，你找我什么事说一说。”

林爱凤像教训孩子一样道：“你吃完，吃完了我跟你说。我告诉你呀，这个保温杯，以前老马住院时我就用这个给他带饭，多少年都没用了。”

老杜道：“也好，也好，折腾半天也饿了。”

吃完后，林爱凤开始审讯了，转为较为严肃的口气，道：“我觉得你最近有点不对劲。给你打电话，不是没接，就是有事，你是不是有什么事瞒着我？”

老杜一惊，觉得女人的直觉简直像闪电，冷不丁想劈你就劈你。

老杜解释道：“没有，绝对碰巧。”

林爱凤顺着自己的逻辑走下去，道：“是不是跟什么女人好上了？”

老杜觉得被雷劈中了，摆摆手几乎说不出话来，道：“你宽容点，学学那个谁……雷锋。”

“哎，老杜我跟你说，如果有什么坏女人勾引你，我一定要管一管，对你负责。现在骗钱骗色的人很多，你这房子这么漂亮，指不定谁盯着呢，你得看紧点。”

林爱凤打来电话时，他撒了个谎；吴贵妃质问谁时，他也撒了个谎。倘若没有这两个谎，他就得被两个女人的伶牙俐齿撕咬得粉碎。他不得不佩服自己的直觉。

“嗯，多谢你提醒。你今天来就是说这事吗？”老杜问道。

“不，我是想请你帮帮忙，看看能不能帮忙找个对象。”林爱凤道。

老杜这回真的被闪电劈了。怎么回事呀，这两个老娘们这么磕上了，发情的时间也一样。

“什么？你是想那个什么，黄昏恋？”

“你想到哪里去了，我是想给马丁找个对象。”

“哦，你得说清楚呀，要不然我以为现在女人都吃了什么药了。”

“上次他原来那个女朋友，我是准备把她扣下来，生米煮成熟饭再说。这孩子心软，把她给放回去了。结果呢，自己又闷闷不乐，情绪不稳定，真怕再闹出什么事。我想给他再找个对象，男孩子嘛，成家了，就心定了。”

“呵呵，可是找我有什么用，我接触的都是你们这些中老年妇女。”

“不，不是叫你找中老年妇女，你得换个思路。”林爱凤胸有成竹，娓娓道来，“你有很多关系，你利用这些关系打听，哪个家有女孩待嫁的，门当户对的，这不就成了嘛。”

“哦，打听呀，那成，回头电话问问。”老杜醒悟过来道，“那么，你需要什么条件的。”

“有工作，有文凭，有相貌。你看我们马丁不错吧，长得不错，工作也不错，现在有房子住，要是谈朋友了，我就得给他张罗新房了。就这条件，你看看，有对应的没有。”

议题谈论完毕，林爱凤再次细细欣赏了老杜的房子，临走时告诉老杜晚上再去跳舞，一定要陪她跳，跟其他人跳她都达不到锻炼的效果。老杜委婉地提醒她，关于他们的流言很多，还是以不接触为好。

林爱凤道："走自己的路，让别人去说呗！"

经过菜市场，林爱凤买了半斤野生胖头虾，回家。等到马丁回来了，便问道："小丁，给你买了虾，还活蹦乱跳呢，你想怎么做呀？"马丁没有什么精神，急道："妈，以后这种事别问我，我随便吃什么。"林爱凤热脸贴了冷屁股，道："这孩子，不是为你营养考虑嘛，工作那么累，看你那脸色。"

吃饭的时候，马丁手机响了，似乎怕林爱凤听着，特意起身到房间里接。是陆心情来的，叫马丁晚上一见。马丁为难道："还是不见了吧。"陆心情笑道："又不会吃你，就当是给你心理咨询吧，左海公园门口见。"马丁道："噢，好吧，左海公园大门口七点，可以吧。"

下午，陆心情在 QQ 里向他问候，他有一种前所未有的反感，没有回应。陆心情觉得他有点异常，随后又问什么情况。马丁最后只回答了一句：我很难受。就匆匆下线了。

现在他只要一见到陆心情的信息，听见陆心情的声音，都有一种胃酸过多的呛人的感觉。

陆心情颇为不安，确实，一个有过自杀经历的大男孩，跟谁有一腿谁都不安。

马丁吃完饭，把碗筷一搁，说要出去。林爱凤道："这么累了还出去，不是去加班吧？”马丁道：“不是，就出去遛遛。”林爱凤道：“没有加班就在家休息呗，非得出去折腾什么呀。”马丁不耐烦道：“妈，你别管我这么细，我都多大了。”林爱凤道：“多大也没用，我都是你妈，你都是我的孩子。除非你结了婚，我把你交到另一个女人手里，让她管着，我才放心。”

马丁走到楼下，彷徨了片刻，看了看表，打了一辆车直奔左海公园。

左海公园是一座水域宽广、林木茂盛的城市公园。空气很好，有甜丝丝的味儿，晨练的人喜欢来这里吸免费空气，也是夏夜纳凉的好场所。现在天气转冷，人没有那么多了，但是依然有人喜欢这里幽暗狭长的林荫道，它好像忙乱的城市中一条思想的隧道。

马丁等了一会儿，就听见熟悉的叫声，陆心情已经在门口了。两人并肩步入公园，经过一个宽阔的花坛广场，步入幽深的、颇有凉意的林荫道中。

“你又哪儿受伤了？”陆心情笑着问道。

“没什么。”

“说吧，别忘了我是个心理咨询师。况且作为你的上司，也有义务给你答疑解惑，为了你能好好工作。”

“我说了希望你不要介意。就是说，现在见到你，我都会有一种特别不舒服的感觉，好像心被剖开，撒进了盐巴。”

“嗯，我不会介意，我能理解这种感觉。”

“哦，为什么呢？我倒想听一听。”

“你告诉过我，你特别想得到爱，你相当饥渴，但跟我发生关系之后，你发觉这不是你需要的爱，是性，或者是一种不伦的情感。在你这种年龄，不伦的情感能产生负面情绪，而现在，我变成了你的负面情绪的导火索。”

“有道理。现在我还没明白过来，我为什么会有勇气去赴这么惊心动魄的约。而且，之前我对你，真的喜欢，甚至还依赖。”

“你对爱饥渴，你饥不择食，对异性的好感都会认为是你需要的爱。就是一个口渴的人，扑到水里喝了一口，才发现是海水——现在你就一个字：齁。是吧？”

“对，太齁了。这是我几天来一听到你的声音、一见到你的人，甚至一看到你 QQ 头像都觉得无法平静面对的原因。你就没有一点儿我这种感觉吗？”

“我是过来人了，吃一道菜之前，都已经知道味道了，齁不着。”

“那么，你对我，是不是只有性的关系？”

“我喜欢性，因为我缺。但也不完全是，我说过我喜欢你，喜欢你的纯情，这是真的，不是建立在喜欢上的性，我也不要。我知道你也喜欢我，因为我是有魅力的女人。虽然我知道这种喜欢是没有结果的，我只享受过程。”

“但现在我的感觉是如此排斥你，你一点都不介意吗？”

“当然介意，每个女人都希望被男人喜欢，都不希望被男人排斥，但是我能靠理智平衡——而且我断定，你的齁劲儿过后，就不会排斥我了。况且，喜欢我的男人很多，都排队呢。”

“我有一个问题，也许非常愚蠢——你没有道德上的负罪感吗？”

“有，人都是从纠结中一步步走过来，走了很多路之后，你就发觉，其他都不重要，重要的是自己内心的需求。我凭什么要在压抑中度过一生呢？我符合世俗伦理成忠贞女楷模死后立个牌匾有意义吗？也许过了十年，你就会比我更坏，因为你找到了自己，找到了自己与世俗对立的部分，你明白了有些人可以符合规范过完一生，而另一些人必须走内心，如果你不幸是后一种，那么你必须在你内心建立一套自己的秩序。”

“我现在还没那么多需求，我倒是想找个爱的姑娘，踏踏实实过小日子。如果以后我的家庭出现你的这种状况，我真的不知道如何面对，虽然我的能力貌似还可以。”

“呵呵，你别想一劳永逸，以后你们经历的事儿还多着呢。我想即便我老公能力没问题，我也会出轨——我就是这么一个人。”

“你老公发现过吗？”

“你说呢？”

“如果是我，我应该能够察觉。”

“好吧，如果你愿意听的话，我可以跟你讲讲我们的故事，也许对你以后的人生大有裨益。有一次，我被我老公发现过……”

“等等，怎么被发现，我想听听细节。”

“窥私癖？”

“作为记者，这是必须的。”

“好吧。你知道我有点洁癖，每次都喜欢自己带很多毛巾。有次回家后，用过的毛巾放在我的包里，到了早上，包里的手机响了，我还没有起床，我老公帮我去拿手机，然后事发，毛巾上还沾着东西呢……”

“后来呢？”

“像所有的家庭一样，闹离婚呗。闹了半个多月，都要去民政局了，他突然反悔，跪下来求我别离婚，说我出轨的原因是他造成的。我们深谈了一次，彼此了解互相需要怎样的生活，有了共识，所以婚没有离成，但我们的关系却比以前更好了。”

“他允许你出轨？”

“不能叫允许。他理解了，爱我，就是爱我所爱。现在呢，我们不会细究对方的私生活，包括我知道他有一些女学生很喜欢他，我不会细究他们究竟干了什么，没有意义，那是他的自由。只是我们在家庭生活里，会互相承担彼此需要的那一块。”

“不可理解。”

“这种关系主要建立在认识上，我们都认识到，夫妻，并不能满足对方生活的全部，我们全部的需求不会寄托在一张证书上。我们过着不算道德但完全和谐的生活。我能感受到他更爱我了，他也能感受到我更爱他，而且我们也拥有很体面的家庭。”

“像你们这样生活的多吗？是不是表面完美的家庭都隐藏着类似的风暴?”

“不知道,我想百分之八十的家庭遇到我们这种事都会离婚吧。离婚了也好,如果观念不同,互相约束、猜疑、看管着,互相成为牢房,生不如死,那离婚应当是明智的选择。”

“给我讲这么多,你为什么这么信任我。”

“相信你的脆弱——脆弱的人不会伤害别人的。”

分别时,陆心情道:“我来就是想解开你心结的,好点了吗?”

“嗯,好多了,明白怎么回事了!”

“没那么反感我了吧?”

“是的,不是你的问题,是我的问题。”

两人拥抱了一下,告别。马丁再次闻到她身上薄荷的苦涩的香味,心中酸涩涌来,身体条件反射般地弹开。

分别时,时间还早,回去睡觉也睡不着,马丁给陈伏棉打了电话,看看有没有在哪里耍。陈伏棉还在加班,听说马丁郁闷,便道,正要收工,出去喝两杯。在南门大排档,陈伏棉带着女朋友谢秋萍过来。谢秋萍原来是陈伏棉招聘的员工,后来觉得当女朋友也合适,于是白天带着女朋友在公司没命地干,晚上带回家里干,特别实惠。

喝了两杯啤酒下去,陈伏棉见马丁当灯泡,颇为落寞,道:“秋萍,你回头给马丁介绍一女的,免得他老不安心在这里待下去。”

秋萍寻思道：“应该有吧，我的女伴里应该有没男朋友的吧，我得想想。”

马丁阻止道：“哎，不忙，这东西靠缘分，哪能这么搞，又不是招聘员工。”

陈伏棉道：“你说对了，秋萍就是我面试员工的时候，看她长得还不错，就招进来了。是吧，秋萍？”

秋萍佯怒道：“放屁！”

陈伏棉道：“马丁，我可告诉你，这是真的，缘分最不靠谱。这是抢人的时代，爱情什么的都得主动争取。”

马丁若有所思，道：“难道，我对李峥嵘不够主动？”

陈伏棉道：“如果你真的爱她，就得下功夫，只要功夫深，没有什么做不到的。就像有些客户，根本一点都不理睬我们，我们一点一滴地做，当孙子，投其所好，最后成了，当初都想不到。”

马丁叹道：“你越说我越乱了。”

三个人把五瓶啤酒消灭掉，便散了。马丁回到家，撒了泡尿，抹了一把脸，仰头倒在床上，闭上眼睛，乱糟糟的心境和微微上头的醉意使得双眼迷离，幻觉丛生，似乎有一个幽灵朝自己慢慢地靠近，但他丝毫没有恐怖的感觉。

“马丁，你睡了吗？”突然间，“幽灵”一声问候，把他从迷蒙状态一棍子打回现实，他从床上弹起。

“妈。你怎么进来也不打声招呼，都快被你吓出心脏病了。”

“你看，对妈也这么有戒备心。”林爱凤坐在床边，也不打开灯，问道，“本来呢，妈也不想打扰你，但是有一件事，不问清楚，妈睡不着。”

“什么事，你说吧。”

“你今晚干吗去了？”

“我，跟同学喝酒了。”

“别骗妈，你是去左海公园，左海公园只有水，哪有什么酒喝。”

马丁一激灵，真是神了，什么事都知道。转念一想，哦，可能是自己接手机的时候，有说到“左海公园”，被她听见了。

“哦，喝酒之前去左海公园散步，那时候不是刚吃晚饭嘛，饭后百步走，消化消化。”

“跟谁散步呢？”林爱凤步步紧逼，如同一个经验丰富的老侦探。

“跟同学呀，就是陈伏棉，做广告公司那个。”

“瞧你，骗妈了不是，看来我的担心是不无道理。老实点，告诉我，跟谁？”

马丁出了一身冷汗。她真的是一个幽灵呀。

“妈，你知道什么，你就说吧。”

“妈全知道，但是要你说。跟你散步的不是男的，是女的，你接着说。”

马丁这次真的心快跳出来了：难道自己跟陆心情的事，全被一双眼睛看到眼里，林爱凤心知肚明？

世上真有这么神奇的妈？刚刚褪去的犯罪感再一次侵袭他的脑海，无边无际的恐惧感包围着他，他猛然间想起一个词：白色恐怖。

一阵不知所措之后，他调了一下思路，回到一个被双规的干部的处境上来：把柄肯定是被抓住了，完全抵赖是不可能的，但不能全部吐出来，能少吐一点是一点。

"是女的，怎么啦，你不是经常希望我能交个女朋友吗？"

"她是你女朋友吗？你还真干出大逆不道的事来了？"林爱凤似乎一切尽在掌握，带着哭声开始发作了。

看来她知道是谁了。那么，她是如何知道的呢，又知道多少呢？

"妈，你有什么问题，你直接告诉我，别这样对我，我又没干杀人放火的事。"

"你以为我不知道她是谁吗？啊！你说，你到底跟她怎么啦？"

马丁想起来了，林爱凤曾经提着一盒茶叶还是什么玩意儿，让老杜带着，去感谢陆心情。这事是后来陆心情告诉他的。也就是说，她认得陆心情。

"是我同事，怎么啦，我跟同事散散步，有什么问题吗？"

马丁想起，自己跟陆心情散步，并无过分的举动。甚至，陆心情有时靠近,他还特意离开点儿,避免那种苦味的清香。也就是说,仅从公园散步来看,并不能推定两者有亲密关系,你可以认为是一对情侣,也可以认为是一对普通朋友。

马丁最担心的事是关于开房间的把柄,有没有被林爱凤知晓。除非有人已经在酒店里安装了摄像头,并让林爱凤看了视频。而林爱凤有这个能耐吗?现在她在马丁心中,已经是一个神秘莫测、鬼神不能及的妈了。

“哼,你承认了。你不说我也可以告诉你,她就是陆心情,比你大一轮。”

“是呀,怎么啦?”

“你不约一个小姑娘去散步,约一个已婚女人去散步,什么意思?你让我面子往哪儿搁?”

“你爱怎么想就怎么想,我想睡觉了。”马丁想逃走。

“不行,问题不搞清楚,这觉不睡了!”林爱凤斩钉截铁道。

马丁突然翻身跃起,像一只着了火的松鼠蹿了出去,直接往楼下奔。窗户里传来林爱凤的声音:“你走呀,想要我死呀!”

马丁冲到街上,他刚才太压抑了,心脏遭到巨大的压迫,如果不出来透透气,在林爱凤的步步紧逼下,心脏会像暴晒的轮胎一样炸掉。在舒出几口气之后,一个问题摆在马丁面前:是去延安呢,还是回国统区?

“你走呀,想要我死呀!”林爱凤的声音此刻清晰地回想。

马丁回头,悄悄地开门进去,重新躺到自己床上。也许是林爱凤听到了他开门的声音，隔壁传来了她的哭声。这下子轮到马丁无法睡觉了。他做了最坏的打算：好吧，如果林爱凤知道了有关他和陆心情的一切，那么就跟她解释，那只不过是一次不经意的一夜情，绝对与爱情或者婚姻是两码事。如果林爱凤不相信，自己就像陈伏棉一样，找个姑娘，让她相信……

他推开林爱凤房间的门，林爱凤坐在床上，哭声更大了。马丁道："妈，你到底怎么啦？"林爱凤哭诉道："你跑嘛，你跑得远远的，你爸抛下我，你也抛下我，你爱跟什么女人就跟什么女人去。"

由于跑了一趟，马丁现在已经很镇定了，像个已经有斗争经验的贪腐干部，道："我就跟人家散散步，聊聊天，你想哪儿去了？"

"那你们聊什么了？"

"是这样的。"马丁咽了咽口水，灵机一动，道，"陆总编想给我介绍女朋友，问我想要什么样的，我不是一时半会儿说不清楚，就去交流交流嘛！"

"你不早说！"林爱凤道，"害得我以为你哪根神经坏了！"

马丁暗暗舒了一口气。本来准备来一场世界大战的，没想到一句话就让对方偃旗息鼓。

林爱凤像个受了委屈的女孩一样擦擦眼泪，道："这是好事，你干吗瞒着我呢？我也正张罗这事呢，怕你又要耍小脾气，所以先警告你，无论是谁介绍的，都要经过妈的同意，知道吗？不听老人言,吃亏在眼前……"

马丁唯唯诺诺,和她闲聊一阵,有一刻突然嗅到林爱凤身上那种薄荷的苦涩气息,他像一台自杀式战斗机一样突然掉头向卫生间奔去,扑到马桶里,腹内翻江倒海。

林爱凤站在门边,道:"瞧你,没有酒量也乱喝,以后得掂量着点儿。要不要给你弄点糖开水?"

马丁缓过一口气,道:"妈,你睡觉去,我吐下就好了。"

林爱凤回了房间。马丁抱着马桶,喘着气,心中有一个谜团还没有散去,但另一种绝望在心中升起:这辈子,大概不会再想做爱这种事了。

第十一章

空虚是人生最主要的敌人。

林爱凤不明白自己为什么现在才明白这个道理。是的，以前工作巨大的成就感和控制感，像个活塞塞进她的内部，任何一点鸡毛蒜皮，她都认为是大事，弄得风生水起，忙得不可开交。现在，这个活塞瞬间抽空，她必须不断地加进其他物质。

但是，已经没有任何物质可以代替这个活塞了。即便把马丁、马燕的事都揽过来，也无法填满。中午她习惯在床上打个盹，很短很浅的睡眠，每每能做一个离现实很近的梦境，比如跟鱼贩子讨价还价，比如跟一个不认识的女人厮打，自己精力充沛，手脚灵活，梦醒之后有时候自己都笑了。每到午后醒来，她就进入百无聊赖的时间，有时候她不由自主地拨老杜的手机号码，拨了之后发现根本没事要说，迅速掐了。她发现这已经演变成一种下意识的行动。

这次她拨了之后，条件反射地想要掐掉，但是她想起这次真的有事要说，于是她心安理得地等待老杜的声音。

把老杜约到花园广场之后，林爱凤就毫不犹豫地把老杜据为己有，一边跳舞一边谈心。

“知道那天为什么失约吗？”林爱凤想吊起老杜的胃口。

“我可猜不出，你肯定有什么大事吧？”

“哎，我现在的大事，也是马丁的事了。”林爱凤叹道，“那天吃饭的时候，我听他接了个手机，鬼鬼祟祟的，还到房间里去接。我这不是好奇嘛，就偷听去了，应该是个女的，说是要到左海公园门口见面。”

“你的耳朵真好使，他在房间里说你也听得到？”

“我也是偷偷凑到门边才听到的。想知道点儿子的事，不搞点侦察手段还真不行。我想，莫不是他找到女朋友了？你知道这孩子现在什么事都瞒着我，问也问不出来。等他吃晚饭一撂下碗筷出去，我想，有戏了。赶紧跟你通电话，取消我们的约会，我必须跟踪了。我出去的时候他已经不见影子了，我想，这难不倒我，不就是在左海公园门口吗？赶紧叫了一辆摩的过去……”

“哎哟，你这笨手笨脚的，坐摩的很危险的。”

“咱们干革命，不危险点行吗？摩的多灵活，要快就快，要慢就慢，到哪儿停就哪儿停，侦察的最好工具。果不其然，到公园门口就被我逮住了。我确实见他跟一女的往公园里走，可是你知道是谁吗？”

“这我哪猜得出来，应该是他新女朋友，如果能够自由恋爱的话，那应该比我们给他相亲要好呀。”

“你继续猜，那女的我们俩都认识的。”

“我们都认识的年轻姑娘，没有吧？”

“我叫你想破脑壳也想不透，那女的是陆心情！”

“哦，那就不是恋爱，是谈工作应该。”

“不，我看他们俩并肩走路，还蛮亲密的样子，我就起了疑心了，怎么会这样呢？你知道这年头什么事都能发生，我怀疑这孩子是不是失恋后脑子坏了。”

“那你不上去问问？”

“老杜，这种事只能智取，不能强攻。我跟踪他们大半天，觉得他们不像是同事的关系，特别是领导与下属的关系。疑惑不定时，便有想上去问个究竟的冲动，但我还是克制住了。冲动是魔鬼呀老杜，我把魔鬼摁住，心想还是回来逼供马丁。”

“那是，不管什么问题，陆心情呢毕竟是领导，发生冲突了就不好办了。”

“晚上呢，我是软硬兼施，要马丁吐露情况，最后他才把谜底告诉我，原来是陆心情想给他介绍女朋友，他们那天在公园要了解情况。”

“哎，瞧你多心的。陆心情是我学生中修养最高，品质最好的，她做事您放心。”

“当时我是心里一块石头落定，心想多一个人介绍多一条路子。但是后来想想，又起了疑心，你说他们了解情况干吗要到左海公园去，办公室不更好吗？而且他们的举止，据我的细腻观察，确实有超越同事的嫌疑。”

“哎哟，你肯定是电视里乱七八糟的东西看多了吧。”

“老杜，你要相信我的直觉。以前在单位，凡是一笔账，我直觉有猫腻的，事后一打听，都有猫腻。你不接我电话，我直觉你有事瞒着我，就一定瞒着我，我只是不深究罢了。马丁的事我不能不深究呀。”

老杜听了一激灵，道：“啧啧啧，你的直觉真可怕。那你决定怎么办？”

“怎么办，快刀斩乱麻，现在要全靠你，迅速给他介绍对象，以免节外生枝。”

老杜一看把重担落到自己肩上，紧张起来，舞步都僵了，道：“这事急不来呀，是不是？况且，我活了这么一大把年纪，还是第一次给人干这事，责任大，没经验，陌生领域呀。”

林爱凤看见压力像一座山把老杜压得颤颤巍巍，一改态度道：“我没有催，相反，这件事我们要作为大工程，不能急，我要提醒你慎重，有慎重的要求。”

“愿闻其详。”

“第一，你要把马丁的事当成你自己儿子的事一样，切身感受，不滥竽充数。”

“那是一定的。”

“第二呢，你先从背景好的家庭里挑选，看看人家有没有尚未出售的，不，尚未出嫁的女儿，只要家庭背景好，其他都差不了，你说是吧。”

“有道理，第三呢？”

“没有第三了，只要有了慎重，其他都好说。”

吴贵妃看见了自己不愿看见的一幕。休息间隙，她笑吟吟地上去道：“哎哟，老杜舞跳得好，可真抢手呀。”林爱凤道：“可不是，跟他跳，能起到锻炼身体的目的。给你用一用。”吴贵妃道：“你这什么话，把老杜当工具呀。”老杜夹在两个女人之间，傻乎乎地笑着，谁也不能得罪。

吴贵妃到美国游历过，又受儿子潜移默化的影响，对生活自然有比他人更多的创新勇气。她在儿子的多次怂恿下，再找个老伴，这个念头在她心中像一粒种子慢慢破土而出，迎风成长。诸多老男人在心中走马一遍，老杜以无可争议的优势先拔头筹。他轻健矍铄、反应灵敏、脾气好，呼来唤去都不生气。与之相比，老曹反应迟钝、身材臃肿、老态毕露，尽管老曹已经算是第二人选。吴贵妃心中不曾有这么焦躁过。

老杜现在忙得无暇去清溪河畔了。他接到吴贵妃的通知，请他去家里吃饭，老杜的心里就一阵莫名的慌乱。他以直觉明白自己现在是双面胶。生活总是这么不讲道理，旱就旱死，涝就涝死。

但他心里明白，自己只是女人之间博弈的一颗棋子，棋子本身并无价值，只是博弈让他显得重要起来，所以他依然有一颗谦卑的心。在吴贵妃家里，吴贵妃把菜夹到他碗里，他不认为这是自己魅力使然，一定是吴贵妃有求于己。

“这只黄花鱼是野生的，你瞧怎么来的？我那个侄女婿去钓鱼，到外海去，你猜他站在哪里钓，居然跑到人家钻井平台上，那儿才有真正的野生黄花鱼，中央首长下来才有得吃的。”吴贵妃对着一头半个巴掌大的清蒸黄花鱼侃侃而谈。

老杜的筷子本来夹了过去，但被这只黄花鱼的尊贵出身吓了一跳，赶紧收回来道：“哎哟，这么贵重的东西，怎么下得了口，不行不行。”

吴贵妃毫不犹豫地把鱼夹到老杜的碗里，道：“跟我这儿不准客气，就跟自家一样，鱼多尊贵也比不上人，是不是？你今天是客人，比鱼要尊贵。”

“你托我那事呀，我真还是不知道怎么下手，找老伴这事，就跟找野生黄花鱼一样，太难了。”

“那个且慢，我们吃完再细谈，我又有新的主意了。”

吴贵妃特意开了一小瓶劲酒给老杜喝，老杜以前也能喝那么二两小白，这些年一个人吃喝，都省了。吴贵妃认为，老年人喝点劲酒会有劲，老杜喝了一口，就被药味冲得不行，为避免拂了吴贵妃的热情与兴致，他还是表现出畅快状道：“有劲，有劲！”林爱凤道：“有劲就再来一瓶。”老杜皱着眉头，如挨了一颗子弹般，痛苦阻止道：“再来一瓶就回不去了。”

吴贵妃很久没有在饭桌上享受过这样的乐趣了，像姑娘一样兴奋，把老杜像鸭子一样使劲儿填。最后老杜一声饱嗝，一口酒气呼出，道："饱了，晕了。"

随即，他们在茶几上进入正式的议题。

"我寻思着，找来找去，太高标准也找不到，是不是，就像你说的，野生的黄花鱼，可遇不可求。主要还有呢，要给我儿子交差，所以我觉得只能降低标准，就以你为标准，就可以了。"吴贵妃委婉道。

"以我为标准会不会太低呢？"老杜谦虚地质疑道。

"不低不低，已经很高了。"

"如果是这个标准的话，你看上谁了，我帮你说去。"

"我的意见呢，我年纪也不小，青春不多啦，也不能花太多时间在找上面，找着找着，都成剩女了，是吧？如果你不介意的话，就你得了，都一样。"吴贵妃鼓起勇气，终于把话说了出来。

"啊！"老杜吃了一惊，道，"你的条件很好，不能太草率呀。"

"你是不同意吗？"吴贵妃豁出去了。

"不，不是不同意？"

"那就是同意？"

"也不是同意。"

"那是什么意思？"

"太突然，太突然，一点思想准备都没有。"老杜紧张地站起来，如身上爬满了蚂蚁，道，"我之前一点这个想法都没有，你现在突然这么一下，我反应不及呀。"

"好，那我给你十分钟反应，好吧，我去上一趟洗手间。"

吴贵妃在卫生间里照了照镜子，一片如少女般的绯红挂在腮上。这皮肤亦是自己身体上最自信的部分。她满怀期待地出去。

“怎么样，考虑好了吗？”吴贵妃故作轻松道。

老杜踌躇且谨慎道：“哎哟，这个是大事，不光是我，也要考虑儿女的感受，不能说定了就定，是吧，我们实话实说，又不是十八岁的青年。”

“嗯，也是，还是你比较沉稳。”吴贵妃脸上堆着笑，内心苦涩道。

老杜出门之后，吴贵妃用最后一丝笑意与之道别，关上门的一瞬间，她再也不能忍住，表情一抽搐，眼泪就刷啦啦地下来。从小到大，都是别人喜欢她，从来没有肯这么拉下脸去表达一份自己的追求。鼓起了多大的勇气，厚起脸皮，得到的却是一份模棱两可的答案，怎不叫来万般委屈。

委屈带来了失落，带来了独居的落寞。以往老伴在世，什么大事由他撑着，不用自己动脑筋，自己想的全是鸡毛蒜皮，游刃有余。后来，儿子也很有出息，也成了家里的主心骨。现在，孤零零的自己，要独撑局面，既要当姑娘，又要当媒人，这辈子哪里干过这么难为情的事呀。委屈成了倾盆大雨，把自己浇透，吴贵妃看着湿淋淋的如落汤鸡的自己，脆弱难堪，才发现以往的大大咧咧、装腔作势全是虚的。

如果人生如一局棋的话，马丁发现自己正在下一招苦手。

不论是多么高明的大师，纠结的长考之后，往往给自己带来一步勺子。对于棋手来说，这也许是将来输棋的关键所在，当然，对于高明的棋手来说，也许将来可以借着勺子的余味做出文章。

马丁终于忍不住，在李峥嵘的 QQ 上留下一句话：我开始恨你了。

李峥嵘有点摸不着头脑，不是对恨摸不着头脑，这是在李峥嵘的意料之中，是对恨的时间摸不着头脑。这就相当于，两个人做完爱后，洗洗澡，抽抽烟开始聊点形而上的问题时，一个人说：我开始有点感觉了。

李峥嵘问道：为什么？

马丁回答：你让我深陷饥渴，但我喝进一口海水。

不知所云，李峥嵘回答：也好，有恨就代表着可以淡忘。

大概不到一个月后，马丁认识了沈小牧，他完全没有感觉。一个经历了一场惨痛之爱的人对异性是没有感觉的。他还处于低谷，完全没有恢复过来。

沈小牧是谢秋萍的大学同学，在省城艺专学的设计，现在在广告公司上班。大概是初入这一行业的原因，对工作相当尽职而且热情，经常一边吃饭一边想着设计，把筷子伸进别人的碗里，并以此为荣。

是陈伏棉撮合的局，也没有特别说是介绍男女朋友，只是拉来认识认识。饭毕，陈伏棉问马丁有没有感觉。马丁摇了摇头。陈伏棉道："认识认识，多交流，我也不是要你马上搬她到床上。"马丁道："其实我现在对男人更有感觉。"陈伏棉不解，马丁道："男人还可以说点心里话。"

沈小牧应该对马丁印象不错。他相貌堂堂，人也沉稳，做媒体的，见闻颇广，不说话的时候很安静，一到他话题的时候也能侃侃而谈、引人入胜。这应该是做男朋友的最佳类型。每次谢秋萍叫上沈小牧，她必到。混得熟了，开玩笑时也把马丁和沈小牧撮合成一对，他们俩也不接受，也不大反对，一切都淡然。有一天晚上，沈小牧醉了，他们叫马丁送回去，马丁便打车送她到楼底下，看她浑身发软，又搀扶到楼上。沈小牧醉得想吐，马丁根据妈妈的经验，给她泡了一杯糖开水。沈小牧接过杯子的时候，笑着抱了下马丁，调皮道："你真好。"

马丁道："我走了。"

"你就不能陪我一个晚上吗？"沈小牧眨着眼睛问道。

马丁点了点头，淡定地跟林爱凤挂了个电话，道："妈，我今晚不回家了，你别等我。没事，没有喝醉。"

沈小牧说困了，马丁便扶起她，搬到卧室床上，翻身带上门出来，坐在沙发上看电视。本地都市频道在播一个成功学大师的励志演讲，讲得相当生动，每个人听了半个小时之后，都会认为自己离成功只差一步了。马丁入神地听着，在沙发上睡着了，并做了一个鲜活的梦。

对于这样的一个夜晚,马丁不必听着林爱凤的唠叨入梦,已觉得相当神奇。

凌晨的时候,沈小牧醒来,大概是口渴,到厨房去喝水。她穿着睡衣,在晨曦带来的有限的光线中幽灵般地走动,蹑手蹑脚,但已经把马丁惊醒了。马丁在沙发上翻了个身,假装自己没醒,只是在睡梦中被惊动而已。沈小牧走到沙发前,看着马丁睡觉的样子,并用手指拂了拂他的眼睫毛。马丁睁开眼睛,他开始发现沈小牧有着儿童的心性。

沈小牧坐了下来,道:“你对我一点感觉都没有?”

马丁迷迷糊糊,道:“不,我对谁都没感觉。”

沈小牧道:“抱抱我。”

马丁坐起来,张开双臂向沈小牧拥了过来。那一刻,他闻到一股甘甜的如清泉的少女气息。马丁后来想起,就是这一刻他和沈小牧的关系才确立起来。

他们相拥了十几秒,沈小牧道:“谢谢你,我去睡觉了。”

马丁继续在沙发上闭上眼睛,但直到去上班,再也没有睡着过。

马丁的夜不归宿让林爱凤颇为兴奋。她像姑娘一样躁动不安,似乎应了母子连心的老话,儿子的情愫感染到她了。儿子虽然在身边,在这个城市,他就像一支迫不得已投降的部队,并未心服。这一点她心里清楚得很。如果这个城市,他有一个对象,就可以把他的心拴住了。

晚上,林爱凤给马丁做了夜宵,海鲜面,一大碗,端上来,叫道:"吃,吃完它。"

马丁抱怨道:"晚上吃这么多,要我发胖呀。"

"怕胖,将来有你瘦的时候。"林爱凤慈爱地看着马丁稀里哗啦地吃,很有成就感,好像他吃的是她的心,接着她开始了有预谋的探测:"是不是陆心情介绍的?"

"哦?"马丁很快明白了妈妈的敏锐的嗅觉,懒得隐瞒,道,"是陈伏棉女朋友介绍的。"

"带回来让妈看看?"

"妈,八字都没一撇呢。"

"正因为八字没一撇,所以我要考察,把把关。你等生米造成熟饭了,妈才知道是什么样的人,那不成呀。要不这样,你先给妈讲讲她的简历,家庭背景什么的。"

"我真的不太了解她这方面的情况。感情的事,最好让我自己来。"

"哎,这孩子,感情的事,大概是世界上最危险的事,不了解就交往,乱了步骤,将来一辈子吃亏,后悔都来不及。"林爱凤悠悠道,"当年妈妈就差一点走错路。"

"哦?"马丁很是奇怪,在他印象中,妈妈是个理性而世故的妇女,她这代人不可能有过真正的情感生活。

大概是为了现身说法，林爱凤不惜抖出多年的隐私，道：“其实这件事你爸也不知道，要不是想给你一个教训，我都把它忘了，忘得一干二净。因为什么呢，记在心里呢，就对不起你爸。”

“妈，没有那么微妙，谁没有一些过去的事。即便爸爸在世，听了也会付之一笑。”

“是你了解你爸还是我了解你爸？我告诉你，其实你爸是个很爱吃醋的人。以前有什么男同事来家呀，别看他礼貌客套，一副大度的样子，到了晚上，都会细细打听，人怎么对你家这么熟呀，你们说话的时候我怎么看得不对劲呀。你爸爱吃醋，是因为他在乎我。”

“行，你恨不得每个人都是为你而活着。不如言归正传。”马丁想引开关于自己恋爱的话题。

“那时候我还是个姑娘，下乡到一个邑坂的村庄，条件很苦。虽然妈妈也是农村长大的，什么苦都吃得了，但是没有一个人的生活经验。别说要下地劳动，连喝水都困难。单说晚上睡觉时，一听见响动，就吓得哆嗦。一呢，是听说那个地方有野兽，夜里会下山吃鸡；二是夜里男人会来骚扰女知青。村里有个青年，是村支书的侄子，叫什么来着，名字怪有特点的，对了，叫天来，一听到他的名字我就想起下雨，姓什么倒是忘了。他对我特别照顾，让我特别感动的是，他听说晚上我害怕，就守在门外，直到我睡着了，他才走。即便我醒来，我也认为他在门外守着。我为什么不告诉你爸呢，就是这个细节，你爸绝对吃醋，绝对跟我闹。”

“爸不是那种人,你看他与世无争的样子,哪会吃醋,是你太爱他了,想出来的。”

“妈没有吹牛,妈怎么会吹牛呢。就跟天来在我门口守着,我也没要求他,他纯属自愿。你还甭说,妈那时候,长得还怪讨人喜欢的。”

“妈,你就是现在,跟同龄人比,也还不差,还好着呢。”马丁觉得从来没有跟妈妈这样轻松地聊过,也许一聊到那个时代,林爱凤也恢复了些姑娘时的性情。

“你就这样夸着妈妈,好让我一辈子给你做海鲜面吃吗?”林爱凤疼爱地看着儿子,眼里都闪着泪花了,道,“说实话,你回来这一阵子,是妈妈最幸福的时光。晚上给你做点心,世上没有比这让妈更喜欢做的事了。”

“你就说说后来跟天来怎么啦,其实如果你们成一对,我觉得倒挺感人的,像电影里的故事。”

“瞎说,这话要是让你爸听见,他还不得从盒子里跳出来。”林爱凤有点因害羞而生的紧张,好像老马的灵魂真的在空气中静静倾听。

马丁吃了大半碗,要撂下碗筷,林爱凤拦住,道:“吃完,听我慢慢给你说道,别浪费粮食。”

马丁摸了摸肚皮,为难道:“妈,晚上吃太多消化不了,这点知识你应该懂吧。”

“谁说的,老头子这么说还情有可原,你这年龄,就是石头吃下去也能消化。”

“妈，你看，工作你也管我，恋爱也管我，连吃个夜宵你都管我，我都觉得自己不像个男人。”马丁站起来摇了摇腰部，好像食物尽快往下走。

“哦，有妈管你你还不满意了？你爸现在管不了你了，你满意了？”

“妈，不是这个意思，我是说，有些事我自己来，你忙自己的去。总不能一辈子你都手把手教我，那也不像话是吧？”

“妈只是引导你，懂吗？妈什么都不能给你，能给你的只有人生的经验，这是一笔财富。有些经验，可以让你少走几年弯路，少浪费几年青春，多少钱都比不上。年轻人，以为自己有的是时间，有的是精力，什么都可以乱来，等人到中年，没什么劲折腾，才发觉走了不少冤枉路，甚至还在原地踏步。重新来过，已经没有闯劲了，只能将就着，等下半辈子过去吧。妈这么苦口婆心，就是想等你人到中年了，发觉自己走过的路是正确的，到时候你才会感谢妈。”

“妈，我从来没发现你还有这么多人生感悟，一瞬间像个老师。”

“你是笑你妈还是夸你妈。妈懂得的东西多了，教你一点是绰绰有余的。”林爱凤道，“只有今天咱娘儿俩像这样谈心，妈才能跟你谈得这么细，谁让你平时都不给妈时间呢。”

“我看我用一天二十四小时跟您聊，您都嫌不够，您还是快点说说天来的事。”

“那倒是，我老了，话多。”林爱凤承认道，“不是有句话叫人非草木，孰能无情。在那种环境下，我对他多少有些依赖，凡是两三天不见他，心里就挂念、焦急。不知道这算不算你们所谓的爱情。”

“当然算，爱情并不神秘，就是这种简单的感觉。”

“吃完，你别插嘴。”林爱凤督促道，“有一次，我要进城买东西，天来也找了个借口送我，到了城里，我又想回我爸家，也就是你外公家一趟，他就送我回家。我有点不好意思，怕被村里人知道，但是我觉得也离不开他，犹豫再三，还是让他送了。主要呢，当时我们也觉得很亲密了，我有一个想法就是，见见家里人也好，如果家里人也同意的话，我这辈子就是他了。回家，住了一个晚上，把他安排在邻居家里住。晚上就热闹了，大家都在打听他，我就说了一遍。我爸呢，没什么主意，什么都放任自流。但是我伯父呢，他当过兵，有见识，他对我说一句话，很重要的话，他说，你好不容易从农村走出去，怎么还找个农村的呢？这句话在我脑海里盘旋了半年，终于，它打败了所谓的爱情，后来我才会碰上你爸。”

“妈，你可真够理性的，如果换作是我，做不到。”

“这就是人生的经验，如果我当时一时糊涂，现在你有可能在当民工。”

“那也未必，如果你和他成了，指不定人生也很精彩，谁知道呢!”

“每个人年轻的时候,都以为人生很宽广,怎么走都有出路,其实,每个人的出路是很窄的,你走错一步,以后遇见的很有可能都是下坡路,爬不到山顶了。这就是为什么妈妈要盯着你,因为你看不清路,由着自己的性子走,等到迷路了才想起老妈。”

母子俩谈到半夜,马丁认输道:“妈,我说不过你,没想到你像个人生导师。”

“那你还听不听我的?”

“敢不听吗?不过你也要听听反对派的意见,是吧,民主还是要有一点的。”

“民主我懂,我什么时候没给过你民主,没有民主咱们还能这么心平气和地聊吗?”

兴奋之余,林爱凤又给马丁换了新床单,看着马丁上床了还不肯走,似乎想在床边谈到天亮。马丁劝她去睡觉,她意犹未尽道:“你跟我二十几年说的话,似乎还不如今晚说得多。”

“以后你多给我谈谈你年轻时候的事,也许你就能了解我的心情了。去睡吧。”

林爱凤反而打了哈欠,揉揉眼睛道:“是困了,不知为什么,眼睛老流泪。”

第十二章

谁如果跟林爱凤说话，说着说着就会看见林爱凤的眼泪流出来了，都以为自己讲得精彩，让她感动了。实际上林爱凤绝少为什么事感动过。

早先一段时间，她没在意，也觉得自己年纪大了，容易伤心动情，眼泪不听话了。她在电话里跟马燕讲这个事。马燕想起自己太久没有关顾妈妈，让她伤感了。有孩子的女人总觉得时间过得快，不够用，早上送孩子上幼儿园，一晃，下午又得接孩子，一天一眨眼就过去了。她掐指算算，才发觉从上次见到妈妈到现在，已经半个多月了。

周末她决定带着饭饭上妈妈那儿看看，她问林健能不能一块去。她问问但不指望，一是因为林健确实工作很忙；二是男人都有点自私，宁愿把时间花在喝酒聚会会友吹牛乃至休息上，认为陪老婆孩子是绝小的事，在当地已是风气。但没想到林健答应了。这一点让马燕感觉到林健确实变了。她很兴奋，一早就去市场买了新鲜的草鞋鱼、排骨等一堆菜，上妈妈那儿去聚餐。

到了林爱凤家，饭饭很兴奋，很久没有这么多人聚在一起了，上蹿下跳，在打碎了一个花瓶之后，他终于坐下来看动画片。马燕询问了林爱凤爱流泪的问题后，觉得这不是伤感所致。林健人际关系多，便打了个电话问一个熟识的医生。医生问了情况，说大概是泪腺有问题，建议上医院检查。

这个建议遭到林爱凤的拒绝。她一向自诩身体好，没啥毛病，如果上次不是从楼上跳下去，绝对不会上医院的。她认为小病不能上医院，上了第一次，就会有第二次，以后就离不开医院了。

马燕劝道："妈，你那种思维是农民思维，他们看不起病，最忌讳上医院了。你有公费医疗，怕什么。"

林健平时不善于聊家长里短，不过到了这个场合，还是为丈母娘操了点心，他问道："您是怕去医院排队吧？我跟医生打个招呼，您可以直接去看。"

林爱凤道："这点我倒是不搞特殊化，你有关系呢，关键时刻用，不需要的时候不要滥用。"

马燕道："妈妈不会怕排队，超市里有优惠的时候，你看她排一个多小时也不累。"

"那不叫排队，那是在赚钱。"林爱凤道。

在马燕的坚持下，林爱凤终于答应。但她坚持不要马燕抽时间带她去，她不想连累子女，干扰他们的工作。

马丁陪着饭饭玩了一会儿，吃完饭，看看话题又要转移到自己的婚姻大事身上，他上洗手间给陈伏棉发了个短信。片刻，陈伏棉来了电话，冒充是报社的，要马丁去加班。

不知道动了哪个神经，陈伏棉寻思做一个本市的婚恋交友网站。对于年轻人来说，网络赚钱确实是一种诱惑，也是一种时髦，但是你想出来的点子，别人都做过，或者很难在地方上移植成功。陈伏棉也许是从马丁身上得到启示，注册了个域名，做同城婚恋交友，昼夜不停。马丁自然成为参谋，出了家门后便直奔他办公室。陈伏棉让他在报纸上给网站做个软广告。马丁以自己的经验搜索一遍，觉得只有网站出现一条什么奇闻逸事，再以社会新闻来做比较靠谱。陈伏棉想了想，道："不如说你和沈小牧是通过我们网站认识的，这算不算奇闻？"

马丁道："你一点常识都没有，这种事正常得很，吃饱了没事干才会去报道。奇闻，就是要有点八卦、奇特的社会新闻，会引起人家好奇的。"

林爱凤在市人民医院眼科做了检查，医生诊断是泪腺堵塞，开了眼药水，并且回头要定期来冲洗泪道；如果将来严重了，引起泪囊炎，恐怕要动手术。林爱凤想，真是不出所料，来了一次就要来无数次了。她质疑道："按理说，泪腺堵塞了，应该是眼泪流不出来才对，我怎么成天流？"医生解释道："平时眼泪是往鼻腔里流的，我们一般感觉不到，只有堵塞了才往外流。"林爱凤嘀嘀咕咕的，半信半疑。

取药的时候，居然在大厅里见到吴贵妃。吴贵妃近来觉得心悸，儿子让她赶紧上医院检查。两人在医院碰面，既同病相怜，又觉得亲切，唠了几句，问了对方的病情，安慰了一下，在各自的科室等候去了。

吴贵妃做了动态心电图，心律不齐，医生建议住院疗养一阵。吴贵妃犯难，住院要人照顾，可是自己孤家寡人，能叫谁呢？侄女什么的，都有要忙的工作，过来看看可以，要成天照顾自己可不行。吴贵妃向医生说明了苦衷。医生道，倒是没那么严重，你这种情况打饭、卫生等能够自理，其他事情可以叫护士，住院只是为了防止意外状况发生，疗效更好。如果经济条件许可的话，有必要还可以请护工。吴贵妃在医生的强调下，觉得心跳更加不适，真怕待在家有什么三长两短的。

老杜很快知道了消息，赶忙提了些水果来探望。吴贵妃见了老杜，泛起滋味种种，不齐的心率更加不齐了。老杜心疼道："早知你没人照顾，吱一声，我不是闲得很吗？"吴贵妃叹道："老了，没人疼，没人爱，哪敢求别人。"

谈了两句，老杜便感觉到，上次自己对吴贵妃模棱两可的态度伤她心了。对于老杜来说，确实也是一个难题。关于老伴的事，他思量过，未尝不可，也免得自己整天到处乱窜。但是这事呢，总得跟儿子沟通沟通，自己开不了口。有几次，在电话里，想提这个事了，又打住，心想还是下次再说吧，就这么拖。一呢，是确实难以启齿，二呢，是电话里真说不清楚，当然，主要还是自己的性格导致。百无一用是书生，他确实觉得自己教了一辈子书，把胆儿都教小了，把主见都教没了。因为无法回个消息，两人反而尴尬，也没有谁主动联系谁了。

老杜问吴贵妃晚上想吃什么，他来整。吴贵妃心酸，道："哎，你别费这心思，你这一冷一热，搞得我心颤，吃不消。"老杜道："不要见外了，我也知道你的心思，正想抽个机会跟你聊呢，我们是老朋友了，帮衬照应也是应该的。再说了，我也在你家吃过饭呢。"吴贵妃道："你还记得那顿饭，我以为你都忘了呢。"

老杜的热情让吴贵妃缴械，她叹气道："那这么着，我吃了几天食堂，嘴里淡，正想吃桥头那个牛肉粉，带酸菜的那种。"老杜道："这还不容易嘛，我也爱吃。"

吴贵妃用手机发短信，告诉侄女晚上别送什么点心过来了。老杜夸奖道："你发短信真快，像年轻人。"吴贵妃道："我天天发短信，手指头练着练着就灵活了。"老杜惊道："你跟谁天天发短信？"

吴贵妃把手机打开短信箱，给老杜看。老杜凑到眼前，只见很多条问候短信，均来自一个叫程一宝的人，信息的内容多是关怀提醒，买菜要防小偷呀，出门要带伞，风湿贴要去台货商店买呀，等等。老杜嘀咕道："这个名字这么熟，是谁呀？"吴贵妃道："是我那老头呀。"老杜吓了一跳，道："对呀，他、他、他不是那什么了，怎么会发短信给你？"

"你是不是吓坏了，是不是认为灵魂也能发短信？"吴贵妃见老杜语无伦次，甚至有点吓呆了，哈哈大笑起来，又恢复了她那爽朗的，甚至带点少女般纯真的笑声。她如变魔术般取出另一部手机，道："你看，秘密就在这里。"

吴贵妃亮出谜底：原来，她在家里孤寂的时候，特别是睡觉前，以老伴的名字，自己给自己发短信，聊以自我安慰。尝试了几次后，觉得颇有效果，似乎老伴生前的那些叮咛的话，真的重现，成了她的必修课。

老杜赞叹道："你可真机灵。"

吴贵妃道："要是有法子，也不需这种机灵。有时候你一人在家，睡不着，什么事都跟眼泪似的冒出来。"

老杜道："也是，别看我们还能走能动能扯皮，见面的时候多欢快，可其实每个人心底都凄凉呀。"

老杜自告奋勇，说要是吴贵妃喜欢发短信这项运动，以后就由他来发，互相解闷。吴贵妃道："你行吗？"

老杜说："我能发，就是慢，手指僵硬不听使唤。"吴贵妃道："练个一周，手指就灵活了，指哪打哪。"说着演练给老杜看。老杜赞叹道："行，这门功课我学定了。"

病房里进来一个病友家属，是一个中年妇女，人来熟的那种，赞叹道："你们俩真是老来伴呀。"老杜赶忙辟谣。

沈小牧，比马丁小两岁，家在附近一个县城，父母是开杂货店的。现在杂货店变成了一家小超市。沈小牧小时候就在杂货店里玩，长大后她很厌恶杂货店，偶尔回家也很少去小超市。她毕业于一所美术学校，现在在私企做设计。在马丁看来，其实她颇有设计天赋，将来没准能成为一个真正的设计师。

林爱凤获得第一手资料后，对沈小牧的条件不满意。她劝道："要找个条件好一点的，可以让自己少奋斗很多年。"马丁讽刺道："这句话是很多女人说的，男人怎么可以这样？"林爱凤辩解道："听妈说，这句话男女通用，你想听听例子吗？我张口就来……"

马丁打断道："别举例了，我也知道。但恋爱这种事不能那么现实，首先要看喜欢不喜欢。你当初也是喜欢爸爸才结婚的，不是吗？"

林爱凤像个裁判把手在空中压了压，道："喜欢不喜欢又怎么样，结了婚，日子平淡后，都一样，重要的是志同道合。妈也见着不少人，是呀，结婚之前爱得死去活来，哪出戏都演过，结婚后，没戏演了，结果还是分了。过日子的经验，难道你比妈妈还多吗？"

"你要是这么说，我就不跟你谈下去了。"马丁道，"我也没说一定要结婚，我得自己感受感受生活呀。"

"妈也没说一定要让你分，但我告诉你一个总的原则，你慢慢消化。"林爱凤道，"要么这边先处着，那边再见见介绍的，多几个比较，货比三家，一比就出来了。"

"妈，你这是在侮辱情感。我不跟你说了。"马丁恼怒了。

马丁并不常与沈小牧见面，只是隔着几天了，或者凑得机缘了，互相见一面。说是恋爱，但又不像恋爱。马丁甚至想起，以前自己疯狂地想与李峥嵘见面的感觉，现在根本找不到。也许是经历过了一次，心尖儿最敏感的部分就会起一层茧，自然而然麻木了些。

马丁后来总结自己的人生，自认为是个难以成大事的人，一是软弱，二是心里藏不住事。一个男人，有了这两点，就认命吧，能凑合活着就不错了。

藏不住事的表现之一，就是他把妈妈对沈小牧的评价无意中透露出来。当时，沈小牧提到什么时候去马丁家看看，马丁便委婉地说了林爱凤的意见。说实话，马丁既是个多情之人，又在处理感情上比较无知，他不知道这个意见的伤害性。沈小牧把头伏下去，埋在双臂之间，接着就忍不住哭出声来了。

当时他们在吃麦当劳，周围闹哄哄的。马丁愣了一下，安慰道："别哭，注意点影响。"

沈小牧把湿淋淋的脸仰起来，道："都这样了，你还跟我处着干吗呀，想耍我呀！"

马丁解释道："你声音小点……那是我妈的意见，不是我的意见，懂不？"

"你的意见？你对我那么淡，明显是受了你妈的影响嘛。"

"我发誓，我是不同意我妈意见的，我还说她侮辱感情了呢。"

感情这种东西你看不见、摸不着，但它确确实实就像有形物质一样存在。在林爱凤的压力下，两人的感情迅速升温，接触更加频繁。为了避免被林爱凤察觉，两人也更隐秘，像地下工作者一样刺激。

沈小牧越对马丁在意，越担心两人的未来。马丁告诉她，自己会为她负责的。其实马丁自己也说不清楚能负责什么。但他只是觉得必须跟林爱凤反抗一次，必须的，好像这可以证明自己是个男人，而不再是拖着鼻涕跟在妈妈后面的小孩。

沈小牧下班后就去马丁单位。其实马丁叮嘱过沈小牧，不要来报社找他，但是沈小牧似乎有意为之，女孩子都有点小小的较劲。马丁在写稿子，沈小牧就在旁边看报纸，编辑部的人过来倒开水时全都看了一眼，全都知道了。马丁的直觉不想让单位的人知道这件事，为什么不想，他也说不清楚。他匆匆完成了稿子，交给排版员，然后带着沈小牧离开。在编辑部门口，恰好碰上陆心情。陆心情瞅着两人闪过，微笑点头示意。马丁也匆忙点头回应。那一瞬间，马丁生出一丝尴尬，瞬间他突然明白了自己不想让沈小牧在报社出现的原因。

自从公园谈心之后，马丁再也没有跟陆心情谈过感情上的事。即便在工作中偶尔涉及，他也淡淡地避过。陆心情是个情商极高的女人，她懂得收放，亦懂得放纵与矜持，她看人又准，懂得谁是可信任的，因此游刃有余。马丁感觉到她情商的高明之处，因此淡然收场对于谁都可以接受。但是有一天，他在陆心情的办公室，见到她与来访的一位画家会心交谈。那个画家是当地的名画家，长发，黑框眼镜，儒雅而狂放，眼里有光而湿润。马丁一眼就有直觉，画家与陆心情有隐秘的关系。有一瞬间，他脑海中涌现出陆心情与男人翻云覆雨的情景，男人的面目是模糊的，又像自己，又像是画家。他心中有一点隐隐的不快，甚至像被蚊子咬了一口，隐隐地痛了一下。他吃了一惊，为自己的心态感到愤怒。现在，让陆心情看到他和沈小牧，他有一种淡淡的不安与惆怅。

吃完饭后，马丁送沈小牧回到家，突然想起来，叮嘱道："以后别再去报社找我了。"沈小牧就不说话了，马丁跟她说什么，都一言不发。马丁知道她生气了，好言相慰，但她就像一根木头，纹丝不动。马丁道："再不理我，我可走了。"沈小牧猛地爆发起来："走走走，都给我滚。"把沙发上马丁的书包拿起来，顺手从窗户扔到墙外。马丁尖叫一声赶紧冲出去，包里有笔记本电脑呀，在楼下捡到，也不知道电脑摔坏没有。他又气又急，返身上来说理，沈小牧早就不理不睬，继续把枕头、书本乱扔，满地都是。马丁从未见过她这种发泄，蒙了，完全是不认识的沈小牧。

要不是怕沈小牧有个三长两短，马丁很想早点离开。他觉得自己对女人这种物种越来越不了解，上到林爱凤，下到沈小牧，中到陆心情。原来觉得女人不过尔尔，现在觉得越来越陌生，越来越深不可测。他觉得逃离是最好的办法。但是沈小牧那种发飙到神经质的状态，不知道下一步会有什么动作，于是他只好耐着性子，好言相劝，让沈小牧从情绪的高峰上慢慢下来。

沈小牧最后下了通牒："如果你爱我，就让你妈接受我，我不想再这么偷偷摸摸下去，这样下去没有意义。"

马丁发誓道："行，这回我会跟我妈斗争到底。"

酒局九点钟结束，东道主还要安排唱歌，被林健婉转但执着地拒绝了。他喝得有点高，但没有醉，这种状态很好，很放松，如神仙仰卧云头遨游天地。车到宾馆，他和侯红一起上楼，在电梯里他就有点控制不住兴奋，抱了抱侯红，感叹一声："出差真好！"

进了房间，他迫不及待地抱住侯红，嘴就往耳根上亲。侯红娇道："猴急，也不洗洗。"林健道："洗什么呀，你以前不是说喜欢我身上有酒味吗？"侯红道："这你都记得，我以为你忘记了。"林健贴着侯红的耳边道："其实什么都是浮云，只有这些细节才使人活得像个人，历历在目。"

两人边接吻边互相脱了衣服，上床拥卧，也许这是难得的时光，他们想把每一个细节都抻长。林健斜卧，看着侯红道："已经有几个月没有碰你了。"

侯红道："是你自己胆小，可怪不得我。"

林健叹道："我怎么能不谨慎呢？马燕已经发现蛛丝马迹，我还敢造次？其实，最可怕的是躲在幕后的那个人，明枪易躲，暗箭难防呀。"

“你还没有猜出是谁?”

“没有呀,我设想出一个个,原来跟我有过节的,有竞争关系的,又一个个排除,他们都不是这种处心积虑之辈。对了,有没有可能是你男朋友?”

“他呀,不可能。”侯红笑道,“他要是有这么狠,我倒是开心了。”

“你不是说他也发现了你的一些行踪?”

“是呀,他问我,你是不是跟别的男人亲密过?我说,有呀,上床过,你想分手是不是?你猜他怎么着,他就吓坏了,求我不要甩了他。”

“你是个妙人,所有的男人都不希望和你分手。”这个话题引起了林健的亢奋,他翻身而上,亲吻侯红的每一处肌肤,如同品咂久违的佳肴。

侯红是个与众不同的女孩:第一,她没有什么道德束缚,在和男人的性爱关系中,纯粹是为了享受而享受,从不认为被男人占便宜什么的。其次,她是个天才的性爱高手,纯粹为这项运动而生。与之相处,你得到的是正面的快乐的能量。林健在一次不经意中和她勾搭上之后,偷情的乐趣如潮水般涌来,冲昏了本应有的防范意识,在一些公共场所留下了身影,这才给偷拍者有机可乘。侯红作为自己的下属,林健以为她有所图,相处几次后,发觉她特别单纯,完全是为了快乐而快乐,为了艺术而艺术。她说她喜欢林健的样子,身上有一种阴郁的男子气息,特别喜欢林健开会时讲话的样子,觉得特别性感。东窗事发之后,除了工作上的淡淡往来,林健切断了所有与侯红的隐秘关系,不打手机,不见面,减少应酬,像个居家男人,侯红的诱惑被他隐藏到内心深处。

这次无意中一起偷偷出差,在林健看来是千载难逢的机会,可以放松一次,可以旧梦重圆,可以把压抑了许久的激情释放。林健内心最大的敌人,就是幕后的偷拍者,他想那人纵有天大的本事,也不至于跟踪到异地的。这一想法令他大为放松,放纵的快感使得他的灵魂飞了起来。

林健耐心地在侯红的身体上细细品味,从未对任何一件事情这么认真过。手机响了,他并没有发觉,但手机铃声明显影响了侯红享受快感,她道:"真烦人,谁这么讨厌呀。"

林健终于操起手机,看到号码,他被激情融化的心立即被冻住了。他朝侯红嘘的一声,顺势轻轻伏靠在侯红身上,像个隐藏在草丛中的游击队战士。

"喂?"

"哦,你睡了吗?"

"刚刚从饭局回来,正要洗洗睡。"

"都还好吗?"

"还好。"

侯红在床上很有创意,她趁着林健回答的时候,把手指伸进林健的嘴里。林健怕声音出破绽,忙用另一只手把她的手指扯出来，两人的手指交缠在一起。林健的手微微战抖。

猛然间，侯红的手机也响了，铃声是梁静茹的《暖暖》，声音柔美清脆，节奏轻快，在安静中格外刺耳。两人愣住了，第一反应就是按兵不动。

“你跟那个贱人在一起吧，你果然骗我，你快给我滚回来！”林健手机那一头的声音瞬间变了声调，似乎期待很久，终于爆发。林健一时支支吾吾，尽然说不出半句反驳的话，情势直转超乎他的预料，在对方愤怒的哭声中，他只好把手机挂断，并且关机。

把侯红的手机拿过来，他一看，心中一冷。那个号码居然是他家里的固定电话。

那一瞬间，阴谋感像一只大蜘蛛从天而降，压在他脑门上。他急忙令侯红把手机关了。房间里安静下来，只剩下喘息声，林健能听见自己内心如滚雷一般。

半晌，侯红摸了过来，扶着他的脑门道：“怎么啦？一个电话就吓成这个样子，我从来没见过你这样。”

林健皱着眉头，突然抱住侯红，把头伏在她的胸前，像婴儿一样哇地哭出来：“他妈的，我的命怎么这么苦呀！”

侯红想笑但是忍住了。她见到了一个很反常的脆弱的林健，这反而激发了她的性趣，她反身把林健压在身下。

林健哭丧着脸道：“你现在还有心思搞这个？”

侯红主动道：“事情已经发生了，不管明天天崩地裂，今天晚上还是属于我们的，该怎样还是怎么样。”

“话是这么说，可是我真的不行了。”

侯红摸了摸林健的裆部，像摸到一坨软绵绵的鼻涕。

饭饭一到了超市，兴奋地四处乱窜。林爱凤跟在后面，倒并不担心，超市里怎么跑，也不会有交通危险，这是个理想的游乐园。仅仅是游乐园还不够，林爱凤边看着他，边挑些简单入口的食品往嘴里放。一些老少皆宜的食品，比如开心果，她抓了一把，与饭饭一起分享。顾客们看见这婆孙俩吃开心果的情景，都为之震动，因为他们都不曾想过，可以把超市当成自己的家。

一个身材微胖的女导购员过来制止他们。导购员道：“请你们买后再品尝。”林爱凤斜了一眼，显然没有把她当成一个对手，道：“不尝一下，怎么知道该不该买。”导购员大概没有见过这么蛮横的理由，一时语塞，只能道：“这是我们超市的规定，如果你继续这样，我们只好请保安了。”

林爱凤一边把一个打开的开心果放进饭饭的嘴里，一边招了招手，让导购员靠近，道：“闺女，你还没结婚吧?”导购员疑惑地点了点头。林爱凤抱着饭饭，斜着眼睛道：“我一看，就知道你没见过什么世面，一些做人的原则，还是教教你，也算我们有缘分。有些事呢，能睁一只眼闭一只眼就可以了，于己于人都有好处，超市又不是你开的，你管也是拿那么多工资，不管也是拿那么多工资。这种小事，你跟我较劲，会有什么后果知道吗?”

导购员原来还理直气壮，现在完全被林爱凤的气场镇住，怯生生地问道："会怎么样？"

"顾客是上帝知道不，你跟上帝过不去，特别是跟我这种上帝，后果不堪设想。"林爱凤抓起一把瓜子，放在口袋里，对导购员郑重其事道，"你会被炒掉的。"

林爱凤从超市里出来，有一种藐视天下的雄心。她带着饭饭到了马燕家，马燕刚从床上起来，正想给饭饭做点可口的中饭。

林爱凤咂嘴嗑着瓜子道："吃，都不花钱。"

马燕瞬间便明白了妈妈的那一套，道："妈，你在孩子面前别这样，让孩子学会了多不好。"

林爱凤道："什么不好，别的孩子想学都没地方学呢。"

"孩子要学的是诚实、正直，你这套，不像话的，妈妈。"

"瞧你说的，就因为你们学了这些冠冕堂皇的东西，现在什么事都让妈妈来操心。"

"妈，你搞的是老一套，未来的社会不是那么回事，以后在饭饭面前要小心点，这样会让孩子讨人嫌。"

马燕无奈地打开动画片给饭饭看。今天她一副生病的样子，林爱凤来串门时，她觉得自己快倒下了，像个纸人一样起不来。于是趁着林爱凤带饭饭出去玩，她睡了会儿，从一种失重的状态回过神来，魂儿找回了肉身。

"你怎么样，要不要去医院看看？"林爱凤看出马燕的脸色不对，问道。

“不用，我只是工作太忙，累了点。”

“哎，就你这种老实的孩子，把身体都交给工作，身体要是垮了，学校也不会可怜你。留点心眼呀，那种鞠躬尽瘁的榜样都是傻子才记在心里的。”

埋怨了两句，林爱凤边帮助她切菜，边把话题引向马丁。她向马燕眨眨眼睛，道：“你说马丁那小子，居然看上那个小姑娘，叫沈小牧，还跟我顶上了，你说气人不气人。”

马燕欲言又止，她想发表意见，但话到嘴边，突然觉得自己没意见。林爱凤催促道：“你说说嘛，到底是你弟弟。”

马燕道：“我也不了解他们，但我总觉得马丁已经长大了，什么事他也该自己做主做主。”

“瞧瞧，你们姐弟俩现在倒是串通一气，来跟我作对了。那孩子，家在外地，工作又不固定，门不当户不对呀。”

“妈，不是我说你，你老搞封建那一套，现在谁还讲究这个呀。再说了，我们也不是高干子弟，没那么高门槛吧。”

“瞧，就你，小瞧自己。怎么说我们也是正宗的杭城小市民，你老娘我也是拼了命才能进城的。别看这个小市民，他就是这个城市的主人，所以外地人和乡巴佬就配不上，你懂得这个道理吧，他们就不是这个城市的主人。你反对门当户对，可当初我把你配给林健，我是经过深思熟虑的，现在怎么样，虽然有各种小矛盾，但别人家说起来，还是艳羡的。”

“妈，你别说了。”马燕突然觉得一阵恶心，手掩住口，有一种想要呕吐的冲动。

“你这身子骨，我看病得不轻，等林健回来，让他带你去全面检查一下，一定要彻底。”

“妈，你先回去吧，我想静一会儿。”马燕觉得自己要疯了，少有地对林爱凤下了逐客令。

林爱凤又拐回超市，这次她真的要买点东西，买点袋装的虾干和香菇，给马丁做海鲜面。另外还要一些卫生日用品，她不让马丁买，一定要自己买，她能买到最实惠的、性价比最高的品牌。因此，每挑选一次日用品，她都能得到一次满足。

出了收费区，在门口她猛然看见老杜。老杜推着一车的日用品，她扑哧一声就想笑：一个老光棍过日子，搞得像拖家带口的家庭主妇。林爱凤叫了一声，不但把老杜吓了一跳，还把周围人吓了一跳。由于近一段日子天气很差，少出门，有日子不见了，林爱凤问老杜都在干什么。老杜慌慌张张，说瞎忙瞎忙。林爱凤觉得老杜的慌张神态很可笑，自己很像小偷面前的警察。由于人来人往，手上又有东西，两人没多聊几句，便分别了。

回到家，林爱凤生出一种莫名其妙的直觉，突然觉得老杜不对劲，而且这种不对劲让她心里难受。她觉得莫名其妙，心想，更年期过后，心智就越来越不听使唤了，似乎在跟自己作对。

后来她仔细地捋了捋，可能是老杜买了一大筐东西惹自己难受了。但是很奇怪，人家买一大筐东西，又不花自己的钱，关自己啥事？

吃过晚饭，心中的疑问越来越大，过了夜，可能会变成肿瘤。她找了个借口，约见老杜。老杜还是慌慌张张地赶来。

原来她觉得老杜身上有一种男人味，现在这种稳重镇定的男人味越来越少，这一点真令她有点失望。但不管如何，老杜还是可靠的朋友。

“什么事，这么着急呀？”老杜问道。

林爱凤属于会耍小聪明的，谎话张口就来，所以要把老杜忽悠过来，易如反掌。林爱凤道：“你猜猜？”

“我猜你是着急马丁的事嘛，不过我已经跟你说了，还没什么信，现在年轻人都兴自己找，闲置在家的不多。”

“我找你吧，觉得有大事，又觉得没事，你说我是不是魔怔了？”

“哎哟，那可不好，这样下去要出问题的。”

“我觉得问题出在你。”

“哎哟，我又有哪里对不起老妹的地方？”

“你说你一个老男人，在超市里买那么多东西干什么呀，我看了不舒服，越来越不舒服，这是不是你的问题？”

老杜露出躺着也中枪的苦笑。他沉吟道：“其实，我也倒是想告诉你一件事，却也犹豫，不知道你会不会笑我。”

“你看你看，原来是有秘密瞒着我，难怪我心里不舒服，快说。”

“其实是这样，你的感觉是对的，我自己一个人，根本用不着买那么多东西，我是给吴贵妃买的，我们现在……”

“哦，对了，难怪我见着购物筐里有女人用的东西，怎么想怎么不对劲呢。你们……？”

“这个呢，真的不好意思说，但怎么着也还是要说，不说出来也不对，是吧。”

“你想说什么赶紧说出来呀！”

“我们俩……自己把自己撮合一块了。”

“哎哎哎……哎哟，这、这、这是好事呀，怎么就不好意思说呢。”

“你能这么说我真是高兴，我都怕又得罪你了。”

林爱凤突然一巴掌拍在老杜肩上，把老杜差点拍出三丈之外，她用一种莫名兴奋的语气道：“你行呀老杜，看不出你还是有花花肠子的。”

“您笑话了，就是老来伴，互相照顾照顾。”

老杜去医院看望吴贵妃后，两人将隔膜撕开了，理解了相互的苦衷。两人学会发短信，互相安慰。短信这玩意儿比当面聊天更危险，吴贵妃还没有出院，两个已经短信恋爱成功。

“什么时候摆喜酒，我也去凑凑热闹。”林爱凤豪爽道。

“哪敢摆酒什么，这事呀，头绪多得很，我们现在是老鼠过街，不敢声张。”

虽说黄昏恋已是普遍现象，但是对于保守的杭城人来说，也不是什么风光之事。况且老杜一贯低调，哪敢大张旗鼓。而且这事目前还只是开头，子女那边都没有过关呢。

老杜和吴贵妃确定关系之后，心头有一道坎，这道坎居然是林爱凤。他也说不清楚为什么，总觉得林爱凤肯定不会祝福她们。现在看到林爱凤的这个态度，他一下子释然，觉得自己太多心了。分别之后，他往吴贵妃家里去，觉得特别轻松。老杜甚至回到年轻时刚结婚的那种感觉，对未来充满了甜蜜的憧憬。

几天来，马燕不知不觉成为一部惊险电影里的主角，各种情绪在她体内上蹿下跳，使她几近虚脱。她觉得这几天已经把一辈子都过完了。

那天晚上，她收到一条匿名短信：林健和情人侯红一起出差宁城，晚上住九龙饭店408。顿时，血涌上脑子，她一阵眩晕。本来，她想让这些纠结从脑海中彻底删除，从生活里彻底删除，而生活的迹象，也渐渐平复，一望无际的风平浪静的生活摆在面前。但是，命运或者阴谋，仍然不放过她，仍然在出其不意的时候，伸出一张鳄鱼的嘴巴。

略微平静之后，她也想过，这是不是林健的敌人施展的阴谋。林健一直强调，暗中有一个敌人，在破坏他的家庭与前程，让马燕不要中了奸计。

马燕多么想不理会这条短信，就像没收到一样，哄好饭饭睡着，等待林健出差回来。对于生活，她没有什么奇思妙想，特别是有了孩子以后，只想安安稳稳，把孩子带大，像父母一样，能平静厮守。但是，这条具体准确的信息，像针一样刺痛了神经，她无法麻木。

等饭饭彻底睡着之后，她以一个数学老师的缜密逻辑，找出那个与林健频繁通话的电话号码。她先与林健通话，在通话途中，用家里的电话拨通了侯红的号码。在她听到侯红手机的铃声之后，她似乎被雷电击中，瞬间失去了直觉，她也不知道自己骂了什么，直到最后她才意识到对方已经关机了，两部手机都关机了。

她觉得自己要疯掉，摆在她面前的只有两条路，一条是通往宁城，一条是从窗口跳下去，是的，她有这种勇气的。她脑子一片混沌，只凭着一股冲动的意识，从床上抱起饭饭，跌跌撞撞下楼。期间饭饭因沉睡被惊醒，在肩上哭了一通，后又沉沉睡去。让他靠在肩上，打了一辆车，直奔宁城。杭城到宁城全程高速，也要近两个小时。司机见马燕神情恍惚，抱着孩子，不了解她的精神状态，颇为犹豫，问她这么迟去干什么。马燕突然朝司机怒吼，像一个很没有教养的女子。司机说了价钱，下定决心，就上路了。

由于精神过度紧张，马燕居然在车上睡了一觉。等她醒来时，一种伤感袭来，原来的那股愣劲儿突然不见，便想起，此刻带着孩子，便是捉奸在床，又能如何？让孩子目睹此情此景，将孩子卷入此战，合适吗？一时不由心灰意冷，对司机道："师傅，回去吧。”

司机找了个最近的高速出口，折回。到了家，虽然心如刀绞，但躺在床上，却如死了一般睡去。次日醒来，身体绵软，似乎被人蹂躏了一番，了无生气。她勉强给饭饭喂了早饭，再也扛不住，边把林爱凤叫来，以便让自己休息一下。在此期间，她几次想告诉林爱凤，话到嘴边又忍住。虽然此刻她非常需要倾诉，非常需要帮忙，但她知道，林爱凤知道此事，会有两个后果，一对林爱凤身体不利，二会使事态发展更激烈。她忍住了，还在等待和林健的不可避免的正面交锋。

如果能够遨游天下，林健愿意就此不回。林健度过一个心跳的不眠之夜，身边美人横陈，自己却如坐针毡，几次浅浅地睡去，全是乱七八糟的梦。侯红倒没当成多大的事，见林健失魂落魄的样子，都笑他不淡定，平日里的沉稳都跑哪里去了。林健也笑自己，心理素质还不如一个女人，就如侯红所说的，全中国的男人，哪一个没有经历过这种风波呀，就你一个吓得人都走形了。此刻林健才意识道，其实自己是个很脆弱的人，平日里的装腔作势，全是学的。要说原因呢，第一，这跟自己一路走得比较顺有关系，有过棘手的问题，全让父母给解决了，别看自己混得人模狗样，多是坐享其成。现在这个问题，父母可不能替自己担当了。其次，让他畏惧的是，他感觉到这不是马燕一个人跟他在战斗，马燕是被一个敌对集团操纵了。

侯红问林健会不会离婚。林健想过离婚的可能性，但他道：

“至少我不会主动离婚……我想不会的，我会认错。”

“你还是很爱她？”

“是，我一直没想过要离婚，我爱这个家庭。”

“我跟她比怎么样？”

“你让我着迷，充满激情，但她适合做一个妻子，非常合适。”

“我能代替她吗？”

“我可从来没说要跟你结婚。”

“瞧你吓得，你害怕什么呀，我只是想让你比较比较，好玩呗。我根本就不图什么，了解我的朋友都说我傻，说我让男人白玩，我可不这么认为，我图的是自己喜欢。”

“嗯，这一点我也相信，所以她代替不了你，你也代替不了她。她像一杯水，日常所需，不可或缺，而你是一杯酒。”

“从此以后，恐怕你要戒酒了？”

“我想是吧，环境太恶劣，想偷喝一口都不成。对你来说，也许很不公平，也许就像有些人说的，你被我玩了，但是我的生活必须这么选择，你能理解吗？”

“你多心了，我根本就没有怨言，我很开心。我只是想问问，你觉得我好吗？”

“你是让我最放松最舒服的女人，只能说能和你邂逅，是我的幸运。人间有很多冠冕堂皇的道理，会把美好的东西说成肮脏的，我们的交往说起来是肮脏的，但一定是我最美的回忆。”

“既然如此，你为什么还要回到婚姻里去？”

“婚姻与家庭相当平淡，但无可否认是生活中基础的东西。说到底我还是比较传统的男人，我需要回归传统的生活，你将来也一样。”

这番对话，是林健与侯红的诀别。两人都知道，露水缘分难以为继，各自回到自己的轨道吧。

林健回到家，静悄悄的，他有回到废墟的感觉。甚至有一度，他觉得自己的家已经散了。林健坐在沙发上，为了驱除寂静带来的恐慌，他把电视开起来，闭上眼睛静静等待。

马燕带着孩子进来，林健条件反射地从沙发上弹起来。两人看了对方一眼，都没有说话。经过两天的消化，最初的冲动都已经过去，硬桥硬马的肉搏战在第一时间没有发生，此刻已经转为比拼内功的战斗。林健想过来接过饭饭，马燕吐出一个字：“滚。”

林健又回到沙发上，过了片刻，他说道：“你能不能听我解释。”

马燕忙着厨房里的活，没有言语。林健继续道：“也许你误会了，你打电话的时候，我们恰巧在一起，但是我们真没什么事，我们一起出去是公事。我知道有人陷害我，我希望你不要被利用。我知道这种事越解释越不清楚，裤裆沾上黄泥巴，不是屎也是屎，但我希望你再相信我一次，我真的爱这个家……”

马燕冷冷道：“你说完了吗？”

林健支吾道:“好吧,其实我要解释的就这么多。”

“那就滚蛋!”

林健就这样出门了。待在家里再无意义,他已经出了第一招,这一招叫瞒天过海,等待的是马燕的接招。但是,有孩子在,马燕是不会出招的。

在回家之前,他在车上踌躇了一个小时,后来他想起一个人,叫陈秋,是自己的发小,从商的,虽然来往不是很密切,但还算知根知底。他支支吾吾地向陈秋说了情况,寻求对策,陈秋是道中人,林健只说了一半,他便明白意思。他以过来人的语气对林健伸出两个指头:“对付这种事呢,只有两个字——死不承认。”

“好像是四个字吧。”林健战战兢兢询问道。

“四个字里你只要记住前面两个字。”

“可是,差不多已经算捉奸在床了,不承认也不行吧?”

“不,即便被捉奸在床,你也说没插进去,绝对没插。你一说插进去,以后日子就别想过,不离婚也得离。其实女人在潜意识里是希望你说假话的,为什么,你一说插在另一个女人的身体里,就相当于插在老婆的心里,哪个女人愿意心里被插一下?”

林健醍醐灌顶,马上调整方案,转投降为防守。

马燕觉得在作出决定之前,自己需要一个盟友。平时她顾着孩子,与同事什么不太注重往来。她是个情感枯燥的女人,交际一团糟,没有什么知心闺蜜。最后,她还是想到林爱凤,不论如何，这是得老将出马。

她来找林爱凤的时候，林爱凤正在哭。那种伤心的沉浸在往事中的样子，让人觉得她精神出现问题了。她想肯定是因为马丁的事。她马上打马丁手机，叫他回来。

马丁回来，也莫名其妙，虽然他和林爱凤因为沈小牧的事僵着，但也未发生大的冲突。马丁道："妈，你怎么啦，有话好好说，你哭什么呀，万一又哭出毛病出来怎么办？"

两人都期待林爱凤的反应，以期判断她的精神状态是否正常。林爱凤的哭像淅沥沥的春雨，雨量不大，时断时续但延绵很长。她抬起头道："你们别管我，让我自己伤心一会儿好不好。"

看来精神不错，姐弟俩对了一下眼神，觉得让她自己消化也不错。但马燕打消了告诉林爱凤的想法，转而觉得告诉马丁也是一个不错的选择。马燕把马丁叫了出来，压着声音告诉他，林健有外遇了，自己不知道怎么办。马丁问了细节，也不知所措，他自己还没有建立家庭，又怎能处理别人家庭的矛盾呢。但马丁也想替姐姐分忧，提议要不然让他找林健谈谈，看看这个外遇具体是怎么回事。

这个建议马上被马燕拒绝了。马燕道："现在本来是我有理，你替我去约谈，反而显得我没理了。再说了，你跟他谈，他会告诉你实情吗？根本不可能。"

"那你有什么想法吗？"

"离婚。"

“这个，要慎重一点吧？”

“我没有办法，他一而再再而三地欺骗我，这次被我逮了个正着，只差没捉奸在床，他还抵赖。我没想到他是个这么不诚实的人。即便被我抓了现行，他肯定也会狡辩说是谈工作。跟这种人，我怎么能过得下去，就这几天，我已经轻了五六斤了，我还能一辈子被折磨吗？”

“要不，跟妈商量商量，毕竟这么大的事如果不经过她，她也不答应。”

“本来是这么想的。不过现在她这个状态，我还能跟她谈这种窝心事吗？”

林爱凤的哭声接近尾声，眼泪也进入旱季。姐弟俩进来，马丁试探道：“妈，你到底怎么哭了？我的意思只是你让我和她处一段，也没说一定要结婚呀。”

“我才懒得管你了。”林爱凤幽幽道，“我是哭你爸。”

这个答案可把姐弟俩都吓一跳。去世几年的人了，这时候哭他，莫不是精神又出问题了。

“妈，你怎么又想起这一出……”

“你爸在世，他们就不会这么欺负我了！老头子，你怎么那么赶早就走啦……”

“谁欺负你啦？”

“谁，还有谁，就是他们呀，他们联合起来对付我。”

姐弟俩劝慰了一番，像哄小女孩一样，好歹让她吃了饭。

等林爱凤精神状态好转的时候，马丁便把马燕的事告诉了她。林爱凤一下子从悲伤低落的情绪中奋起咆哮道：“奶奶的，全世界联合起来欺负我们母女俩了！”

“妈，关全世界什么事呀。”马丁劝慰道。

“我告诉你，从现在起，要反抗了，只有反抗才能翻身！”

第十三章

林健等来了他最不想听到的消息。

林家在本市也算是有头有脸，颇有点家风。林健虽然资质庸常，不能做到光宗耀祖，但也不敢做出有辱家门的事，并且想要尽量维系林家的威望。

林健等来的是离婚协议书。虽然离婚已是普遍现象，但发生在自己身上，林健还是颇为心惊，因为这不仅仅是他一个人的事了。纸已经包不住火了，林健赶忙向父母亲汇报。

林父名叫林天来，作为一个退休后依然威严有余的处级干部，他的第一反应是错愕。他一直认为林健和马燕结婚属于自降门户，马家应该感恩戴德，但没有想到离婚是马燕主动提出的。这一错愕使他忽略了追究离婚的原因，亦是他退休之后第二次感到重大的失落。

林天来气得脸色都变了，他对林健训斥道："你把脸丢大了！"对他而言，这不仅是一次婚姻事件，更是门户的失落。

林母陈幼兰比较细心，她询问细节，林健说自己和女同事一起出差，被当成偷情了，说得模棱两可。陈幼兰从林健的语气中也听出猫腻，道："女人有时候闹离婚就是个情绪，你还是去哄哄她，说点好话又不花钱，这个不会都要妈教你吧。"林天来却阻止道："笑话，你还去求她，以后让她骑在你脖子上拉屎，这日子怎么过？"

林健支支吾吾道："其实我早就求过了，什么好话都说了，她就是不松口。"

林天来道："真是反了，领导干部犯点错误也不至于革职，老公有一点问题就要开除，我还真不知道，她是这么霸道的女人。"

林天来有心律不齐的病史，陈幼兰劝道："这是女人的事，你别管了，我们来处理。"把他拉进去。林天来还是余气未消，道："真是的，早知道当初就不该娶她。"

陈幼兰把林天来扶了进去，出来与林健商讨对策。林健觉得马燕以前没有这么倔，这次不知道为什么会这么坚决，商量的结果，看来不得不让陈幼兰老将出马了。

马燕能够坚决地下了一纸离婚协议，全托林爱凤给她下了决心。林爱凤看着女儿一把鼻涕一把泪地诉说林健的阳奉阴违，一下子觉得林健不可救药，属于欺负她们的坏分子。马丁知道此事，过了一天，他脑子有点清醒，觉得母女俩的决定也许过于草率，他便私下给马燕建议，不要妄下决定，看看林健的态度来作出选择。马燕道："没用，他什么态度都代表不了他的心。原来我指望他老老实实地说出实情，承认过错，也许还有一点余地。可是他一回来，就急着撒谎，把我当成智障，说明什么？说明他不但是个流氓，而且是个骗子，我能跟一个流氓加骗子再生活下去吗？再过下去也就是一次次地耍我、一次次地骗我，把我气死了为止。这样的人当老公，还不如不要老公。”

马丁沉吟道：“姐姐，有句话我说了你别生气，你又不是当场抓住他们，是不是也有误会的可能？”

“这个事情不是一次两次了，这次被我抓了个准。虽然通过手机铃声，但是跟抓现行没什么两样——其实，我相信自己的直觉就可以了。”

马丁也不再说什么，对于家长里短的纠纷，他实在是无从应对。

林爱凤在菜市场买了个葫芦瓜，刚刚走出人来人往的过道，突然蹿进一个年纪相仿的着黑白条纹上衣，宛如一匹斑马的大妈。斑马大妈动作幅度太大，手一带，就把林爱凤的葫芦瓜碰到水泥地上，摔成两瓣，瓜心瓜子什么都露了出来。斑马大妈遇乱不惊，跟没事儿一般往里走，却被林爱凤一把逮住，大声呵斥其无良无德。斑马大妈毫不示弱，坚决不承认，她认为葫芦瓜是由于地球自转而被带出来的，怪林爱凤自己的疏忽：地球整天在乱动，你还那么不小心。两个旗鼓相当的大妈就这样杠上，通道口人挤，她们主动移师到外面，冒着太阳一回合一回合地辩论。旁边围观的人也有嘴闲的，劝两员老将不要为一个葫芦瓜大动干戈，但是劝架的声音淹没在吵架声中。围观者也觉得两人骂得甚为精彩，因此都静观其变，人越来越多，只差一个卖票的。整整吵了一个小时后，林爱凤终于体力不支，身子一软，倒在地上。周围人叫道："中暑了，中暑了。"斑马大妈看见对方败下阵来，杀开一条血路，走了。后面人叫都叫不住。但是谁也不敢去扶。有人叫卖葫芦瓜的汉子来扶一把，理由是这一桩葫芦瓜事件由买瓜而起，汉子道："你们这些人，就不会扶一把吗？我要照看摊子呢！"

老曹也是来看架的，来得晚，动作也慢，等他能够挤进来看个究竟，人已经倒下。他觉得自己真是老了，连看架也看不过年轻人，悻悻走了出去，不如去看菜。猛然间又觉得既然来看了，连个人面都没看见，岂不可惜，于是他又回头看了一眼那个倒在地上双目紧闭的女人，他叫了起来："爱凤！"

马丁接到手机，被叫过来时，林爱凤刚刚悠悠醒来，老曹正扶着她。林爱凤睁开眼睛，看了看周边的人，叫道："那个老太婆呢？啊，我要撕碎她的烂嘴。"马丁觉得惭愧，刚忙制止道："妈，别骂这么难听……我们上医院看看。"林爱凤叫道："老曹，你把她给我叫来，我让她尝尝厉害。"老曹道："哎，人早就跑了，你还是先看看自己吧。"林爱凤站起来，把那个摔破的葫芦瓜捡起来，骂骂咧咧，坚决拒绝上医院。老曹懂些药理，到路边诊所买了正气水给林爱凤喝下，一股正气打通五脏六腑，林爱凤声泪俱下道："老曹呀，你看看，连路人都欺负我，如果我老头子在，世道就不会这样了。”

老曹一颗昏昏欲睡的心顿生英雄救美的豪情，他用动作不太利落的手拍了拍胸脯，道：“那什么，我罩着你！”

打这一次，林爱凤才跟老曹成为知心朋友，以前她是看不上老曹的。她恢复了去广场跳舞的习惯，也养成了广交朋友的习惯。但是老杜和吴贵妃却不见来了，林爱凤想起来，便心里伤感地在老曹面前抱怨起老杜，说没想到他是这样的一个自私的人，来跳舞的目的就是带一个女人回去，见色轻友，叫他给马丁介绍朋友，嘴巴答应着，没光打雷不下雨，这会儿恐怕都忘到九霄云外去了，真是人心隔肚皮呀。老曹脑瓜子不灵，边听边点头，像个响应上级文件的村干部。

既然林爱凤说了一堆老杜的坏话，老曹觉得自己不说一点不太应景，他附着林爱凤的耳朵悄悄道：“其实，老杜是个有知识的流氓……”林爱凤听罢道：“哎哟，没想到他藏得这么深，你该早告诉我呀。”老曹道：“那时候我看见你们走得近，以为要怎么的，哪敢告诉你呀。”林爱凤道：“我怎么会看上他呢！”

老杜与吴贵妃进入蜜月期，但他并没有忘记马丁的事。他有一个表侄女，刚从外地调动回来，在政协工作，比马丁还大两岁，要找对象，老杜觉得跟马丁颇为般配。他正在牵线，但被吴贵妃止住，吴贵妃不希望他跟林爱凤联系。老杜辩道：“这是我答应她的事，得有个交代。”吴贵妃道：“你也不是她的儿子，也不是她老公，她说什么你就那么听话吗？我就不爱你这样。”老杜道："可是，做人要诚信呀。"吴贵妃悠悠道："哎，你这个人，不懂我的心呀。"老杜一头雾水，连忙究其原因。

吴贵妃坐在沙发上，她把老杜的手拿过来轻轻摩挲，道："你不知道，我老伴走的那半年，我几乎每天都哭一次，看见他的相片也哭，洗脚的时候想起是他买的按摩洗脚盆也哭，半夜睡一觉起来床上空荡荡的也哭。心里难受呀，又觉得不公平，为什么他去得这么早，他做错了什么让老天惩罚了？成天眼皮红肿，出门都得捯饬半天。后来不天天哭，但有时候还是忍不住。我去跳舞，都装得高高兴兴的，越高兴，回来就越孤寂，有时候一个人对着空气说话。你不知道那时候日子多么难过。"

老杜道："这种感觉我是感同身受，老伴老伴，就是老来有伴，没了伴，就老来孤单，我也是掉过眼泪的。不过这跟林爱凤有什么关系呢？"

"当然有关系，这关系你还不懂吗？"

"我真不懂，你给我说说。"

"要我说我也说不出来，反正我觉得有关系，你听我的就是。"

老杜在吴贵妃的阻挠下，不再争执。两人虽然深陷蜜月，但也有一屁股屎没擦干净。吴贵妃的儿子对黄昏恋持支持态度，但老杜的儿子没那么利落，有一肚子疑问，这是摆在他们面前的问题。他们现在属于非法同居。

陈幼兰亲自出马做了马燕的工作，她动之以情，晓之以理，挟之以威。她说一日夫妻百日恩，又说孩子不能没有家庭，再说离婚是女人的损失，因为男人四十一枝花，女人四十豆腐渣，他俩都在奔四呢。说着说着，马燕突然咆哮起来道："你平时都干吗去了，不顾不管，现在我都铁了心，你又来说这么多！"她俩的婆媳关系并不好，马燕觉得每次到婆家，婆婆总有一种盛气凌人的样子，再加上孩子出生后两年，婆婆也没什么帮忙，每次来了，买点东西逗逗孩子，好像擦洗哄睡的麻烦事就该由马燕做。马燕也冷了心，不指望婆家能帮什么忙，井水不犯河水就行了，同时也憋着口怨气呢。现在，婆婆的过度关心激起了她的怨气，她从未这般没有理智、没有礼貌地咆哮过。

陈幼兰不为所动，依然理智而带着温情地告诉她驾驭男人之道，她道："男人这个东西，就跟孩子一样，爱玩，玩了能懂得回家就行，不用整天看着。他不是牲口，你要把他当牲口看着，就会觉得他整天都在犯错误。"马燕回道："你别跟我讲大道理，你就说说这件事，你让我怎么原谅他，你让我怎么过下去？"陈幼兰道："这个事呢，我是得教育他，但是你得允许男人犯错误。"

马燕生气道："你回去，我不听你说了，不要跟我讲这么多道理。我这么不礼貌你为什么还这么冷静呢，你该生气呀，你该把我赶出你林家呀！"

陈幼兰冷静道："我是个有修养的人。你经历过的事，我也经历过，所以我要给你经验分享。你不要以为这是多此一举，以后你就知道，我跟你讲的，都是有用的。”

两个女人较量一番，谁也没有胜出。但是陈幼兰回去后，马上找林健来，把事情问了个究竟。原来她对林健的事一知半解，所以马燕要她就事说事的时候，她只能含糊其辞。她从马燕的愤怒中看出，这次发生的事非同小可，如果不从细节上说服，无法带过。

在陈幼兰面前，林健只好把真实细节和盘托出，因为局面已经不在他的控制了。陈幼兰并没有臭骂林健，只是蹙眉道：“到底是谁在和你作对呢！”

陈幼兰觉得此事已经是一个政治斗争的问题了，忙与林天来商量对策。林天来一听此细节，精神振奋，人事斗争的因子被激活，又如时光倒流回到热血仕途。他探讨了一个晚上，最后得出结论，一定是黄其松。

多年前，黄其松还是正科，要提副处的节骨眼，来拜访过林天来一次，带来两条玉溪烟。黄其松人有点木，反应慢半拍，口齿不太伶俐，人缘一般，其实并不适合在官场混。这种礼节性的来访太多，林天来并没放在心上。天不遂人愿，黄其松这次并没有提上去。这也在大家的意料之中，因为从竞争角度来看，黄其松实力太弱了，工作能力不突出，也没有特殊背景。林天来没有想到，于无声处，自己的麻烦就这么来了。

黄其松托人来，叫林天来把三万块钱还给他。林天来莫名其妙，问明了才知道，原来黄其松说自己送来的两条玉溪烟里，夹着三万块钱。但是,那两条玉溪烟,当天就被扔到了储物间。那里堆着各式各样的礼物,特别是逢年过节,礼品暴涨,隔一段时间陈幼兰便会叫礼品回收店的处理一次。此时两条玉溪烟早被处理掉,所谓的三万块成了无头案。

黄其松赔了夫人又折兵,吃了哑巴亏,认为林天来吃钱不办事,从此怀恨在心,破罐子破摔,也不再想升职之事,开始对林天来报复,数次匿名举报。林天来是躺着中枪,又恨又急,一度住进医院。此事一时成为同僚茶余饭后的话题。好在林天来并无重大漏洞,直到退休之年全身而退。黄其松为人拙,性子倔,曾发誓对林家报复。林天来想了一夜,判断是因自己退休了,黄其松对林健下手。

这边离婚战场,马燕又陷入了优柔寡断的境地。对于一些女人来说,结婚就是天堂,离婚就是地狱,谁会如此无怨无悔地走向地狱呢?在陈幼兰再一次劝说下,她的意志松动了,像墙头草一般摇晃。本来她的心意就在摇摆,一面是夜里两口子拥着饭饭入睡,那种温馨的小日子的诱惑;另一方面是林健的谎言带来椎心的疼痛。冰火两重天,把她身体磨成一片纸,似乎风一起就能飞起来。这时候她还是想到了林爱凤,她觉得自己确实还是个孩子,完全没有决断能力,此刻只能求助于历经人事的母亲。此刻她才发现,不论是自己的生活,还是马丁的生活,终究如风筝,线握在母亲的手里。

林爱凤听了马燕的反馈,意味深长地笑了笑,仿佛她面对的是陈幼兰。她抚着马燕的背部，叹道："当年妈在农村，想要上学，全村的人都跟我说，女孩子上什么学，上了能干什么？最终妈妈还是坚持下来，每一年求你爷爷给点钱交学费，周末了就回来给家里干活，一年一年都是这样，后来才能从农村走出来。"关于她上学的经历，马燕已经听了多次，因此道："这跟离婚有什么关系？"林爱凤微微一笑道："这说明什么，人的命运掌握在自己的手里，不能听信他人的劝说，懂不！"马燕大悟，林爱凤绕了个圈子然后砸中她的心坎了。

陈幼兰的威逼利诱激起了林爱凤更大的斗志。数十年来，她在单位里兢兢业业，学会了谦恭待人的一套，掩藏起自己年轻时好战的、一意孤行的脾性，现在她准备释放了。她冷静道："她倒是提醒我，一定要慎重对待这个问题，一定要把你的青春损失费拿回来，不能替他白白生了孩子。"马燕道："妈，孩子是我自己的。"林爱凤哼道："你被人偷了钱包还在替人数钱呢！"

这个城市里四面八方的老年人，是因为跳舞而相识、相知、相爱和相恨的，这是老年人的孤独的集中营。一般来说，像这种露天的免费的舞池，属于五十岁以上的老年人。年龄最大的有八十三岁，九十以上的确实没见过，要是有的话也没人敢伴舞。当然，也有部分自认为尚有活力的，偶尔也会去沃尔玛楼上的收费舞厅。那里有更专业的音响、灯光、饮料和更狭窄的空间，是四五十岁的中年男女的狂欢胜地，会发生更多的故事。但林爱凤等人，只听说过，但没去过，她们认为那里的舞厅有肮脏的氛围，而这里，是纯洁的健身场所。老年舞池有个很严重的问题，就是男女比例失调。不知道是不是女同志更热衷于跳舞这项运动，总之男同志比较少，而看上去清爽的能够带舞的男同志就更少了。一些女同志刚刚学会，有瘾呢，因为没有男伴带，有的就干瞪眼坐了一个多小时回去。因为男同志太抢手，你要矜持点动作慢一点，根本拉不到人，干着急。也有的女同志自己搭伙，但走男步的女同志毕竟没有男性的力度和舒展，不得劲。总而言之，舞池里大多数时间里男性匮缺，山中无老虎猴子称大王，像老杜这样轻健的，便成为这里的香饽饽。但是老杜和吴贵妃好上之后，两人突然从舞池里消失，老曹等人得以脱颖而出。与老杜相比，老曹的肚子大了些，跳舞时好像中间还带个小孩，做些花样动作颇不方便。即便如此，老曹也是每一曲都忙得很，供不应求，大有钻石男的风采。

但老曹也并非雷锋，他很怕跟那些身材矮胖、口风粗俗的女人跳舞，一是不好带，二是没有美感，是一种折磨。所以在这一点上，老曹和绝大多数舞池里的男人一样，还是以姿色和品位来挑人。就在这一段时间里，老曹有一种越活越有魅力的幻觉。

那阵子舞池里来了个四十多岁的妇女，叫桂香，最早是退休的陈局长带过来的。她以年龄的优势在众老年女性中脱颖而出。她来自华侨新村，当年政府开辟一块地给从印尼回来的华侨做了华侨农场，华侨新村里住的都是原来农场的人。当地人就叫他们华侨，经过两代人的生活，他们已能融入当地人的生活。老曹以自己的魅力赢得了桂香的青睐，有一次他获得送桂香回去的邀请。到了华侨新村，桂香两下子就把老曹弄到床上，老曹没有想到自己的黄金年代居然是在晚年，不但有点崇拜自己而且还飘飘然。但毕竟人老了，好不容易把衣服裤子脱了下来，桂香的老公就闯了进来，然后又慌慌张张地把衣服裤子穿了起来，好像这里是商场的试衣间。老曹花了身上的四百来块钱，才免去一份为老不尊的惩罚。

后来桂香逐渐被人传出底细，原来是跟前夫一起，专门做讹老人家的勾当，害了不少老人。暴露之后，桂香就被人赶走了。令老曹没有想到的是，自己虽然是咬碎牙齿往肚里吞，满怀冤屈也不吐半字，却还是被人列到桂香的讹诈名单里，真是应了若要人不知，除非己莫为这句话。这一遭，把老曹从自我美化的幻觉中救了出来，开始给自己树立了正确的人生观，不以貌取人，而以道德、以素质来判断可交不可交。

林爱凤也耳闻了这个消息，问道："老曹，别人都在说你被华侨女人给讹了，是真是假?"老曹指着万里晴空发誓道："如果有这事，我当场被雷劈!"林爱凤慌忙道："我也没疑心你，不过人言可畏，你得小心点，跟那种女人接触，屎都沾一身。"老曹道："我得知她的坏名声之后，就没敢再带她跳了。唉，以后跳舞都要选有正气的，做人真的很难。"

林爱凤道："老曹呀，其实呢，我觉得你现在应该要干点正义的事，来抵御不正之风的侵袭。”老曹道：“我一直在找正义的事干呢！”林爱凤道：“你这事跟我说，就对了，我现在要搞一个活动，绝对正义！”

林健没有想到偷腥会惹来这么大的麻烦。痛定思痛之后，他撇开各种原因，认定罪魁祸首只有一个，就是荷尔蒙。与侯红的柔情蜜意、孤寂弥补，都是荷尔蒙衍生的玩意儿。如果没有这个，一切都无可能。他不由向造物主抱怨道：何不在生子之后就不再分泌荷尔蒙，自己每天上班下班吃饭拉屎就可以了。

在内心里牢骚完毕之后，他必须按部就班地奔走在父母家与单位之间，比以往更加严谨地工作，工作期间对女同事目不斜视，不说半句多余的话，包括侯红在内，严谨的程度好像这个女人素不相识。这么做一方面是一朝被蛇咬，十年怕井绳，另一方面以洁身自好的诚意，期望上天有灵，期望生活出现新的转机。

功夫不负有心人，转机说来就来。小吴跑到办公室叫道：“你过来看看，好像是针对你呀！”林健疑惑地出去，从三楼走廊尽头的窗口看出去，一队老人家举着横幅，正在示威游行。横幅上明显打着“打倒小三，还我正义”，而在叫嚷着“领导出来”的，正是林爱凤。一股血往头顶上冒，林健觉得头顶一麻，只差没从窗口掉下来。在他脑袋失去知觉的最后瞬间，他非常清楚这样的一个事实：这事儿已经大到他所能预料的最大的程度了。

林家达到震怒的状态，但每个人的反应颇不相同。林天来第一反应是反动势力集结来攻，他愤怒叹道：“这个黄其松，居然能把林爱凤给团结起来，以游行示威来绑架，手段太歹毒了。”陈幼兰后悔不已道：“早知道就不能跟这么没素质的人联姻，一出问题，就暴露出市井泼妇的本质！”而林健明显意识到，自己的婚姻就像一条在路上暴晒的死鱼，光天化日之下散发恶臭。

林天来以特有的政治嗅觉，觉得自己必须出手了。自己政治生涯中留下的绊脚石，不能再横亘在儿子的仕途上。他请了自己的老部下，目前在市委办的邱主任来主持公道，方向是冤家宜解不宜结。但是邱主任听了原委，疑惑道：“我觉得黄其松那么老实，不像是有这种能力的人呀。”林天来道：“你当年不是傻乎乎的吗，谁能料到你今天能当市委办主任？”邱主任恍然大悟道：“也是，也是，人都是看不出来的。”

马丁闷闷不乐地经过暑前市场的拱形桥时，被一个已经很长时间没有生意的算命先生叫住。长相淳朴但眼放金光的算命先生大声叫：“兄弟，你有心事，大心病，要解决呀！”马丁本来不想理会这个狡猾的家伙，但是确实太闷闷不乐了，只好停下来。算命先生像狮子扑倒一只可怜的羚羊，十分亲昵地在喉管补上一口：“不解决不行，有凶兆！”

马丁蹲了下来，道：“你就说说我有什么心事？”先生不语，伸出两个指头，似乎是泄露天机。马丁道：“有什么说什么呀，装神弄鬼干什么！”先生道：“对不起，算眼前的事呢，二十，算一辈子的事呢，五十，先付后算。”马丁不情愿地掏了二十块钱扔给他。

先生有板有眼、慢条斯理道:“做生意失败?你不是;杀人放火?你也不是干这个勾当的人。你的苦恼,我掐指算来,是感情上的事。”马丁道:“算是。你就说说,该怎么解决吧!”先生道:“你给我道个一二三,我给你指条明路。”马丁道:“我说个一二三,那不叫算命,叫心理咨询。”先生道:“你不说也可以。我只能送你八个字:急事缓做,缓事急做!”马丁伸手去取回那二十块钱,先生急忙摁住他的手道:“兄弟,别这样,晚上饭钱。我没骗你,拿不定主意时,这八个字拿出来绝对管用。”

马丁揣了八个字,改变了原来的行程,转头向陈伏棉的公司走去。陈伏棉知道马丁与沈小牧的关系比较激烈,激烈得让马丁闯不过气,因此颇为关心。

陈伏棉在自己的小间办公室,给马丁倒了杯水,道:“怎么样,不吵了吗?”

“再吵也吵不出新内容了。”

“其实,我也能理解,一个女孩子来到这个城市,就是想找到一个归宿。特别是像她那种表面上嘻嘻哈哈,其实内心很没有安全感的女孩,说白了其实是个结婚狂。”

“是呀,我答应她了,答应了一百遍了,她还是那么神经质。”

“她是担心你妈妈。你妈那边摆平了吗?”

“我也不清楚。我妈最近操心我姐的事,没工夫搭理我,说我爱咋咋的。不过她是爱杀回马枪的人，等她回过神来，肯定会插一手，所以我也没谱。”

“其实，这也可以说是个机会呀，趁老虎打盹的时候，把事儿办了。”

马丁点了一根烟，眼圈缓缓上升，他注视着，好像圈圈里有生活的答案。

马丁缓缓道：“我刚才从单位出发时，确实也是你这个想法，手脚利索把生米煮成熟饭得了，省得不得安宁。但是刚才在路上，一个算命先生卖给我八个字：缓事急做，急事缓做。我觉得有所悟。”

“这事不是应了缓事急做吗？趁你妈没回过神赶紧办了。”

“我觉得恰恰相反，本来是缓事，被她逼急了，变成急事，所以我必须缓一缓。”

“古人说，机不可失。”

“说句实话，想到跟沈小牧结婚，我突然特别恐惧，我觉得受不了。”马丁把烟蒂摁死在烟灰缸上，道，“她那么神经质，每次发作不是摔东西就是大哭大闹的，就跟抱着一颗地雷似的，我真的很怕跟她相处。”

“是吗，那你决定怎样？”

“我突然想，我应该跟她分手。”

“你从来就没爱过她？”

“不会呀，原来我挺爱她的呀。”

“不，你那不是爱，我觉得你从来就没爱过她，现在才会这么理智地分析与取舍。但前一次，你跟李峥嵘恋爱的时候，我发觉你是爱进去了。”

“你怎么跟个爱情专家似的，不过旁观者清，也许有一定道理。”

“我现在在做婚恋网站，不是专家怎么行呢？我觉得你呀，经过了第一次恋爱失败，你已经失去爱的能力了。”陈伏棉侃侃而谈道。

“怎么说？”

“如果说爱情是一种病毒的话，你已经对爱有免疫力。具体表现就是你能够理智地进退自如，不过这也标志着你比较成熟，不过以后你再也享受不到爱情的甜蜜了。”

马丁开始果断不接沈小牧电话，同时他被自己的理智和冷酷惊呆了。有一瞬间，他觉得自己化身成了母亲，或者说，母亲的灵魂附在他身上，使他成为自我的、不易动情的、执拗的人。他看着另一个不动声色的他，惊呆了。

马丁默默地吃完晚饭，不动声色道：“妈，我和沈小牧的事，你表个态嘛。”

林爱凤在吮吸最后的鱼骨头残存的一些鱼肉，不情愿地张开充满腥味的嘴，道：“我相信你，我也相信你不会逼妈的，妈是个病人，一切都为了你好。”

“妈，你怎么跟有关部门似的，老把球踢回来。我问你，如果我现在就想跟她结婚，行吗？"

"你有能耐，不需要妈，全由你做主，好吗？"林爱凤把筷子往桌上一拍，道，"你姐姐的事折腾我，你也故意折腾我，你们是要我早点去见你爸吧！"

"妈，你别生气，其实呢，我是要跟你说，我跟沈小牧分手了。"

"敢情你是逗妈玩玩，是吧。不过，妈早就知道，你会这么做！"林爱凤恢复平静，胸有成竹道。

马丁愣住了，问道："妈妈，不会吧，你会这么神？"

"我是你妈，我吃过的盐巴比你吃的饭多。"

"那你知道我们为什么分手吗？"

"我没必要去猜。我只知道，小时候你喜欢玩具，但是有些玩具你玩玩就丢下，有些玩具你会珍藏起来。这一点妈比谁都清楚。"

"我说的是爱情、婚姻，不是玩具。"

"生活就是一个大玩具，懂吗？明白这个道理以后，你就会越来越敢玩。"林爱凤轻描淡写道。

沈小牧的消息是通过谢秋萍再通过陈伏棉传到马丁这里的。马丁果断取消与沈小牧的联系，因为他知道，两人一说上话，就会被乱骂缠上，再无法摆脱。谢秋萍得知情况，转而向陈伏棉道："马丁什么人呀，平时看蛮温文尔雅的，怎么说分手就分手，看不出是这种人。"陈伏棉道："感情是两个人的事，说不清楚，还是不必妄加评论。”谢秋萍道：“这种事就是外人才看得特别清楚。看你交的都是什么朋友，你不要也是这样的人。”陈伏棉道：“你还不知道我是什么人吗？”谢秋萍道：“谁知道，都把自己女朋友拿去当婚托，谁知道以后能干出什么事来。”陈伏棉道：“瞧你说的，这是工作，而且是你自愿的，不要说得那么难听。”原来陈伏棉为了增加婚恋网站的人气，自己注册了好多女性，并让谢秋萍以征婚者名义去见对象，顺便考察婚恋心理和搜集数据。

沈小牧上医院了。马丁听到消息，第一个反应是心里一颤，但第二直觉很快就想到，这是沈小牧的苦肉计，是她耍泼的另一个变种。马丁斩钉截铁道：“不关我事。”陈伏棉觉得马丁的这个态度，至少自己在谢秋萍面前交代不过去，劝道：“你还是去看看吧，听说是肚子里有东西，是你的吧？怎么说见个面说个清楚，也算好聚好散。”马丁冷冷一笑，在一瞬间他觉得自己的笑容出自母亲真传，道：“我就知道她会使出这个伎俩。”

陈伏棉道：“马丁，我怎么觉得你变了，特别执拗，不如以前那么随和。”

“这很正常，生活也在变嘛。”马丁在一瞬间觉得自己强大了许多。

老曹在林爱凤的撺掇下，鼓动了一批老年人为马燕游行示威。这里面既有恨小三的义愤填膺者，也有老曹的粉丝级舞伴，卖老曹一个人情，当然总体上都是因林爱凤母女作为弱势群体而实施声援的行动。老人们相当踊跃，觉得不但是打抱不平，而且在匡扶正义、推动社会前进。老人们举着打小三的旗子，在单位门口喊“领导出来”。林爱凤瞬间感到群众的力量真的很大，而且在这种阵势下觉得干什么都理直气壮。她浑身充满了力量，群众给的力量。

林健生平第一次碰到如此乱局，不知所措，在小吴的提示下赶紧从后门溜走。单位派了一个人事处主任出来，听了老人家们的诉说，答应如果属实，一定严肃处理，给予母女一个交代。

这一招太狠了，完全违背了家丑不可外扬的古训，也完全超出了林家的预期。它直接导致了一个这样的后果，林家三人终于统一了意见：要离就离！

虽然一家三人对此反应不一，但是有个意见就是统一的：要离就离！林家不是等闲之辈，他们如此一而再再而三地挽劝，已经展现了各种风度。陈幼兰恨恨道：“离了也好，找个比她更好的，跟这种没文化的人结亲，真是倒霉。”

当陈幼兰把这个态度转达给马燕时，马燕像胸中遭了一锤子，气都喘不上，身子晃了晃，差点摔倒。猛然间她意识到这样的一个根本不曾料到的事实：其实她内心根本就不想离婚，她一直在期待这个婚姻被某种力量挽留。

马燕被自己的真实想法惊呆了。想到离婚后自己孑然的生活，不论对于生活理想、生活习惯还是生活的面子，都是不能接受的。她向林爱凤转达了林家的通牒，并且哭诉道："妈，其实我还是舍不得离。"

林爱凤道："你这是怎么啦，你脑子进水了！"

"妈，我现在才发现，其实我并不是真的要离婚，我只是想解决问题。"

"看看，你脑子乱了吧，说话颠三倒四的。"林爱凤长叹道，"你们姐弟俩，还得让妈操心呀！你弟弟的事呢，我倒不太担心，偶尔他有点小逆反，但终究逃不出我的手掌心。你结了婚，妈妈本来想撒手，最终你还是吃不开，你现在叫六神无主知道吗？妈都帮你想好了，长痛不如短痛，你的一切妈给你做主，所以你什么都别想，就把这个婚给离得像模像样！"

"妈，我真的不想离，真的不想以后孤身一人带着孩子。"

"那你原来离婚离婚怎么叫得那么起劲，妈不是按照你的意思来办的吗？"

"可我没想到你会出这一招，这样对林健的前途影响也很不好。"

"你懂什么，不动用群众的力量，他们领导怎么会关注，怎么会惩罚小三，你真是不懂事。你现在犯迷糊，妈不跟你掰扯，妈只是要告诉你，事情到了这一步，对方也下了决心，那么这个婚肯定是离定了，关键是我们要争取我们的东西。"

林健也是愁肠万转。他想起，上一次因领导被查，自己也被反贪局叫去谈话，在宾馆里被问了一夜，到了凌晨终于回来。他悄悄回到房间，看到熟睡的老婆孩子，不禁心中一阵暖流。那一刻觉得世界上最美妙的事情，不过是个弥漫着老婆和孩子的呼吸的祥和的家。现在他确定这个家要毁在自己的一晌贪欢时，心中一痛，反而有了回去的勇气。

林健坦然怨道："没想到你的心这么硬。"

马燕的语气明显软了，道："是你硬还是我硬呀，我能硬到哪里去。"

"本来我还想有余地，没想到你死了心，不但要拆了这个家，还要毁了我的工作。我现在在单位抬不起头，我犯了多大的错要遭到这个报应。"

"我也没想到会这样……不过这时候你还在指责别人不反省自己，太令人失望了。"

两人静默，也不知道说什么。林健深深呼吸了一口，道："我是做错了这个事，但我还是爱这个家。"

马燕哭了起来道："是个女人，谁不想要有一个安稳的家。"

"那我们再谈谈好吗？"

马燕流着眼泪点了点头。

第十四章

吴贵妃是个讲究的女人。到了这把年纪，日常的外交只是去跳跳舞、打打麻将、走走亲戚。她也很讲究得体的打扮，用点淡淡的香水，甚至会用点腮红。这与她年轻时讲究风姿颇有关系。她是一个很有女人味的大妈。

现在她的心结是，她跟老杜在一起，有点不明不白的。关键是在生活中很不方便。有一次在超市里遇见熟人，人家张大嘴巴，问也不是，不问也不是，心里肯定想你老不正经呢。吴贵妃很想有个仪式，把关系名正言顺了，但老杜的儿子不支持。不过两人商量来商量去，也同意老杜儿子的意见，即便他支持，后面还有很麻烦的事，房屋财产归属什么的，相当不好弄。吴贵妃的儿子虽然口头支持，但也没拿出个具体意见。总之，领证这个事，麻烦大了。两人借鉴了当下老年人相处的各种模式，最后达成一致意见，以男女朋友相处。

对于男女朋友，老杜和吴贵妃有不同的见解。老杜的意思是，以后见到谁，就跟谁宣布是男女朋友，一传十十传百，这个就定了。吴贵妃觉得这样不行，太随意了，必须讲究点，也对得起这一段来之不易的老来情。她决定请几桌，请亲朋好友聚一聚，算是把事儿笃定了。这也是相当稳妥和流行的办法。

就这么定了，除了两家近好的亲戚，主要的客人就是一些混得熟的舞友，这些人对他们关系的认可比亲戚们还要重要。这样他们就可以重新回归舞池，并且是以崭新的关系。舞友们收到吴贵妃的邀请，都兴奋不已，这不仅为他们提供谈资，而且是一件新鲜的、为其他老年人提供样板的事件。

亲朋好友，最后凑齐的虽然只有三桌，但也是在全市最顶尖的帝王酒店，这足以保证仪式并非正式但足够体面，符合吴贵妃的身份。当天老杜和吴贵妃换了新装，略微粉饰，众人眼前一亮：原来退休的人拾掇拾掇，也还有个青春。这给在场的老年朋友极大的鼓舞，他们全被激活了，开起了老年朋友认为的幽默而刺激的玩笑，笑声一浪高过一浪，甚至在当场就撮合起其他人来，这样他们以后就有的是免费的酒席吃了。

林爱凤是重点被邀请对象，那晚表现得特别兴奋，笑得眼泪不断地喷出来，喷了又喷，没完没了，最后她的面前立起了一堆用过的纸巾，甚是醒目。老年人毕竟精力有限，连着几个兴奋的高潮之后，他们陷入一个疲惫期，在酒精的作用下，大伙儿开始小声地说些掏心窝子的话。林爱凤对吴贵妃道："今天太开心了，你和老杜能有这样的归宿，比我自己结婚还开心。"

此情此景，令吴贵妃颇为感动，她道："妹子，你能说这话，我真是太感谢了。”林爱凤道：“我们都是女人，怎能不将心比心？不过，姐姐呀，我要推心置腹地告诉你一句，我们这把年纪了，找伴儿一定要各方面可靠的，人心隔肚皮，你可要长点心眼。”

吴贵妃道：“那可不是，不过瞧你这意思，是话里有话？”

林爱凤道：“今天是大喜日子，有些扫兴的话不该在这里说，你要是想知道呢，往后再说，长点心眼。”

待人马散尽，回到家中，林爱凤的话就像一颗草籽，在吴贵妃心里长了起来，她真后悔跟林爱凤搭讪。当夜，虽然累，两人好歹偎依着缠绵，但林爱凤的话就像一块隔板，搁在两人之间。吴贵妃忍不住道：“今天林爱凤告诉我人心隔肚皮，不知道是什么意思。”

“你放心上了？”老杜早觉察到吴贵妃有点心神不定，问道。

“我毕竟是女人嘛，希望所有的东西都很完美。”

“活了一大把年纪，还要求完美，什么叫完美呀？”

“比如说，你，就是那群老头子里最完美的一个。”吴贵妃满足地圈住老杜的脖子，生怕被人抢走似的。

“行，你觉得好就好！”老杜也享受到被人所爱的快乐。

“你说林爱凤的话到底什么意思？”

“哎，你还不知道这个人吗？她人不坏，就是嘴巴有点刻薄，她这是在吃醋嘛。”

“吃谁的醋？”

“她见我们乐呵呵，就说点煞风景的话，要不是吃醋，谁能说这种话？”

“也是。不过呢，你可不能有什么事瞒着我。”

“瞧你说的，我能有什么事嘛。”

经过这么一番推心置腹之后，两人和谐地睡去。次日醒来时，吴贵妃有年轻十岁的感觉，梳妆打扮什么的，特别费时。老杜煮了粥，出去买了油条、黄豆回来，她还没捯饬完。老杜笑道：“行了行了，我们吃完早点还得去跳早场舞呢。”吴贵妃道：“现在跟以前不一样呢，我们也算是两口子了，我这是为你长脸嘛！”老杜道：“一把年纪了，不需要这样的。”吴贵妃道：“你太不讲究了，以后任何事情都要讲究点完美，知道不？”吴贵妃年轻时特别喜欢坐在镜子前整她一头乌黑的秀发，虽然现在头发短了，但有了老杜之后，她恢复了整理头发的习惯，似乎头发就是为爱而生。

现在，他们也恢复了晨舞的习惯。一呢，是因为早晨他们四点多就醒来了，不去跳舞什么的，时间实在是难以打发；其次，两人的舞都跳得相当不错，是有瘾的。而且，现在他们一去舞场，就会得到祝福，这一点也增加了幸福感。

好奇害死猫。有一天吴贵妃在中场休息的时候，嘴欠，又问林爱凤所谓“扫兴的话”是什么。林爱凤睁大眼睛问道：“你真的不知道？”这下更激起吴贵妃的好奇心。林爱凤为难道：“其实大伙都知道，传来传去的，大概就你一个人蒙在鼓里。因为这是你们家老杜的事，我也不好开口，要不然还以为我造谣什么的。你想知道，就去问老曹吧。”

老曹这段时间跟林爱凤关系相当密切，特别是组织老年示威后，林爱凤更觉得他是可用之才、猛将一枚。林爱凤对老曹说：“如果你把肚子减减膘，也许会像老杜一样有第二春呢。”老曹虽然迟钝，但也是有阅历的人，回味了这句话，不得不把这句话当成某种暗示。于是老曹更加勤奋地跳舞、行走，希望把肚子恢复到二十年前的样子。林爱凤又吩咐道：“如果吴贵妃问你老杜的丑事，你一定要告诉她。”老曹也不是傻子，道：“那不妥吧，不是破坏人家的关系吗？”林爱凤道：“我可真不爱听你这句话，你们男人就喜欢撒谎吗？你是不是也有见不得人的东西？”老曹慌忙辩道：“你可别把我想成老杜，我真不好那一口。”林爱凤转而和悦道：“纸包不住火的，你说老杜有这个恶习，吴贵妃迟早要知道，早知道早解决，解决好了他们就能白头偕老，越迟知道造成的后果越大，所以你这是帮他们。”老曹道：“那你告诉她不就行了。”林爱凤道：“我是女人，这种事哪能由我嘴里说出来。”老曹道：“如果问我就说吧，不问我可就不说了。”林爱凤道：“那当然，不问你说了，就是多管闲事了。”

果不其然，吴贵妃专程来发问了，老曹不得不佩服林爱凤的神奇，什么棋她都能先料一着。老曹迟疑道：“这事真的不好开口吧。”吴贵妃更觉得事态严重，自己处于一个龙卷风的中心却浑然不觉，太危险了。她哀求道：“老曹，求求你了，什么事你就说，不说我绝对是吃不下饭睡不着觉的。”老曹道：“但是我也有一个条件，你可千万别跟老杜说是我开口的。”吴贵妃道：“这个放心，我你还信不过？”老曹道：“这事你知道了，也别放心上，其实也不是什么大事，就是说老杜有个不良习惯，喜欢嫖。”

林爱凤有一段时间跟陈幼兰的关系很好，两个亲家母互相叫唤着，比热恋中的恋人还要甜蜜。原因是陈幼兰跟一个地下钱庄关系特好，闲钱拿那里去贷给用户，利息高而且风险不大。因为亲家母的关系，林爱凤的两万块闲钱每月也能拿着高息。林爱凤每次去拿利息的时候，还提了点水果过去，对陈幼兰也以恩人的身份对待，陈幼兰也相当享受，两人谈天说地，无话不谈。后来，钱庄出现了一个借贷户卷款逃跑事件，陈幼兰察觉出危机，便中止了放贷业务，林爱凤也就渐渐淡了，加上林健与马燕的一些小家庭矛盾的发酵，两人渐渐疏远。两人最甜蜜的关系建立在小便宜之上。

林爱凤板着脸来到茶楼。但是在进门的时候，她觉得应该换个表情，体现大将风度，于是她让脸部紧张的肌肉松弛下来，与马燕一前一后进来。茶室里林天来、陈幼兰和林健已经在等待。本来呢，陈幼兰不建议林天来到场，要是搞得心脏不适，真是得不偿失，但林天来执意要来，因为他觉得这个不是家庭的问题了，是政治斗争问题，这次会面相当于政治谈判。作为一辈子从政的他，没有理由不来，他来的目的只有一个：从政治角度来消弭问题。

林家三人见母女进来，都站起来让座，并且互相观察对方的表情。林爱凤的表情介于威严与亲近之间，因此林天来与陈幼兰也保持相似的神色，只有林健以败军之将的姿态，点头哈腰表现出过度的阿谀。

林健和马燕在家里一番互相倾诉之后，马燕终于稍稍流露出不愿离婚的迹象，这一点被林健捕捉住，觉得是个转机。但是此事事态已经扩展到两个大家庭的层面，因此他向父母汇报之后，决定组织一次会谈，挽救革命形势。

林健先开场白，对林爱凤道："其实，我和马燕在心底都不愿意离婚，希望您能够考虑道我们的意向，从大局出发，好好谈谈这个事。"

林爱凤翻了翻白眼，没好气道："你这话说得，好像我想挑散你们似的。这主要是你的事，你想和好，先坦白从宽吧。"

"妈……今天不是搞批判，是宽恕的……"林健语无伦次。他还没有在马燕面前坦承事情，他知道只要一说实际情况，侯红被真正牵出来，事情会更加复杂，没有人会相信他和侯红只是毫无目的地搞一搞。

林爱凤只是鼻子出气，嘴巴也懒得动了。她知道今天这块骨头不好啃，林家明显是想把这事敷衍过去，而她，来的目的就是查一个水落石出。

"亲家母，咱们今天不说那些说不清道不明的事，不提过去，只谈未来，好不？人家说得好，夫妻之间呢，只有马马虎虎，才能把日子过好，太过较真就不对了。”陈幼兰替儿子打圆场道。

林爱凤摇了摇头，朝着空气吹了一口气。众人可以看出，此口气隐含着竖子不足与谋的气味。陈幼兰绷不住了，叫道：“亲家母，你想说什么就说嘛，不要老是鼻子出气。”

林爱凤叹道：“一点诚意都没有，你让我说什么？”

陈幼兰道：“亲家母你别意气用事，没有诚意我们是不能组织这么一堆人，在这种幽雅的环境来谈的，是吧？这种环境下，我们总是希望谈成好事的。”

“有诚意的话坦白从宽就那么难吗？你也知道这种事不只是一次，每次呢都是马燕忍气吞声敷衍了事，助长了你们的气焰。本来呢，我也管不了，马丁的事我还操心不过来呢。可是马燕呢毕竟是一个女儿家，一出事要么就闷在心里，要么就哭哭啼啼，你们一家子最好对付她了。我这是没法，被逼出来替女儿讨个公道。这次不解决清楚，就不要再谈，离了算了。”

陈幼兰在心底是瞧不起林爱凤的，现在是看在林健哀求的分上，希望能做最后一次努力，把事情圆过去，所以一直忍着说话。再加上以前都是林爱凤来巴结讨好，现在她倒跟个法官似的，陈幼兰也冒气了，都不想再争辩下去。

林天来发话了，他咳嗽一声，道：“我有个问题，一直憋在心头，不说出来是不行的。亲家母，不管林健和马燕发生什么问题，归根结底，是家庭内部的问题，总不能被外部敌对势力所利用，是不是？”

林爱凤听着林天来咄咄逼人的语气，不屑道："亲家公，你是不是当官脑子当糊涂了？什么内部、外部的，我听不懂。"

"你们到林健单位去游行这个事，你敢说不是被外部势力指使利用的吗？不管他们给了你什么利益，我们现在终究是一家，不应该这么吃里爬外吧。况且这股势力现在正要把林健搞垮，毁掉他的前程，你这是为虎作伥懂吗？"

"亲家公，你要耍官家的威风，到政府礼堂去讲，跟我是对牛弹琴。"

"今天咱们既然说开了，就不要装傻了，你鼓动老人游行示威，这难道不是有人蓄意指使？难道是你自己想出来的？"

"我怎么就想不出来呀？你们家权大势大，我不动用群众的力量行吗？他们就是可怜我们母女呀，他们代表正义呀！"

陈幼兰怕林天来被气倒，忙插话道："这么说来，今天这个事没有回旋的余地了？"

"这句话该是我问你们吧，马燕可是受害者呀！"

"既然如此，你想怎么着就怎么着吧，我也不坚持了。"陈幼兰终于忍不住，反击道，"让林健再娶个门当户对的媳妇，也不是什么难事！"

林爱凤被激怒了，骂道："原来心里早就想好这一出，还跟我玩苦肉计，你当是猫耍耗子呢！没有你们林家，我们母女能过得更好，免得受你们鄙薄！告诉你，我早就受不了你盛气凌人的样子了。"

林健忙打圆场道:“别说了,你们吵什么呀这是。”

陈幼兰起身道:“林健,事情就这样子了,我们不说没素质的话,要离就离,利索点。怎么离,我们老两口就不掺和,你们自己商量去。老林,我们走。”

“好,我就代表马燕直接告诉你们,离!但你们听好了,青春损失费和情感伤害费,你们可得算好了!”

事态急转直下,不可回逆。林健在一瞬间觉得这些老人比孩子还要孩子气,叫他们调解问题,他们却来单挑泄恨,把以前的私怨全砸这儿,心中是后悔不已。

林健躺在床上,半夜突然醒来,因为睡前的纠结让他睡得很浅,醒来后依然是一种绝望的痛。在寂静的夜里,窗外偶尔有夜行的摩托车经过,刺耳的马达轰鸣着呼啸而过。此时此刻,“离婚”两个字突然像一把钥匙,叮地落在碗里,发出清脆的声音,有一瞬间他觉得如此悦耳。对,离婚,自己就不用纠结了,放弃那个温暖的三口之家的场景,自己再回到婚前的状态,自由自在,无所顾忌。离婚并非天塌下来,而是创造了一个新的世界。想到此处,他简直有点兴奋,因为内心的痛感正在消失,乃至荡然无存,而他也觉得自己像一头夜行动物,虽然猥琐,但对满是猎物的人生依旧充满信心。他彻底睡不着了,脑子进入一片前所未有的澄明境界。兴奋劲直到天色泛白才慢慢退去,他进入了无比轻松的睡眠状态。

次日,下班后他直奔回家,胸有成竹地跟马燕商讨离婚事宜。当然，他并没有做胸有成竹状，只是无奈道：“哎，你说想怎么离吧。”马燕一听，眼泪又下来了，哭道：“你想怎么离就怎么离嘛，我只想跟孩子在一起，就是露宿街头我也无所谓。”林健知道这是气话，不能当真，但是顺着气话说下去，也谈不出什么结果，便道：“那你还是跟妈商量一下，好吗？”

“你跟我离婚，又不是跟我妈离婚，为什么什么事都要跟妈商量？”马燕没好气道。

其实在林健的心目中，真正棘手的人是林爱凤，而非马燕。如果不是林爱凤，这场婚姻不会如此收场。如果没有经过林爱凤，离婚同样也会没完没了。有林爱凤在，马燕只是一具傀儡。

“我有一个比较合理的方案：现在的房子呢，归你，反正你是要住的；南环路的门面房归我，按揭以后由个人自己付。孩子呢，你想带在身边就你带，如果不行的话就由我带。你考虑一下，如果可以的话，我们就去民政局。”林健把构思说了出来，这也是他和父母商量的结果。

林健见马燕没有什么反应，就起身走了。他怕待得太久，又滋生多种情绪，事态陷入复杂的不堪收拾的境地。人生有得有失，必须快刀斩乱麻，否则被乱麻缠住，一辈子就万劫不复了。

坐在对面的姑娘皮肤白得不讲道理，脸上有点婴儿肥，眼里充满对世事的茫然，但一说到自己的问题就流露出几分执拗。马丁问了她要喝什么，便叫服务员送来两杯橙汁。这个叫曲艳的姑娘呆呆地看了马丁几秒之后，突然指着坐在远处桌子上一个中年妇女道："我妈也来了。"马丁头皮一麻，道："怎么还要你妈带你一起来？"曲艳道："这事最终由我妈说了算，我们这么做是提高效率。"

马丁倒不知道说什么好了。为了礼貌起见，他只好征询道："要不要请你妈一块过来坐？"曲艳似乎等这句话很久了，抬手一招呼，就跟摁了遥控器似的，她妈一溜小跑过来。要了一杯果汁之后，她妈就很熟练地抛出一些问题，不外乎是以工作性质、薪水、房子、车子为核心的问答。马丁虽然也是见过世面的人，但在这些咄咄逼人的简单问题面前，一度也出现脑袋短路的时刻。

"你能保证我女儿一生的幸福吗？"曲妈妈最后抛出终极的问题。

马丁已经筋疲力尽了，低声回道："对不起，这个真的不能保证。"

曲妈妈边说话便往笔记本上填各种记录，马丁猜想这些数据她们会拿回去好好分析。曲妈妈问道："你有没有什么问题要问我们？"

"没有了。"

"那……没有问题的话我们就先走。对了，饮料的钱需要AA吗？"

"不需要吧，算我请你们。"

“谢谢了。有消息我会通知你的。”

曲妈妈带着曲艳匆匆地走了，她们很有可能要赶赴下一场约会。

对马丁来说，这一段时间，就像一个相亲的季节，见面的邀约不断。有同事介绍的，有亲戚熟人介绍的，最密集的一个月三次。见面情形大致雷同，都是问几个硬件，看看长相，再回去揣摩。情商高点的还能聊几句，再切入正题，比较二的就直接开门见山，好像在人才市场找苦力。

马丁原来是反感的，觉得相亲相来的，绝对不是爱情。但与沈小牧分手后，禁不住众人的热情推荐，又觉得其实在电影或者电视剧里相亲的场面蛮有情调的，便开始了相亲生涯。对了，还有一个最重要的原因，就是谢秋萍作为婚托的相亲经历，让她对相亲这件事情有了莫大的好感。她认为，来相亲约会的男人，都是相当有诚意的、不花心的、比较会珍惜女人的，也许他们不会花言巧语，不那么讲究浪漫，但如果看得上的，基本上很适合当老公。比一见钟情、旅途邂逅、同学介绍之类更靠谱。谢秋萍把相亲提到一个崭新的高度，这给马丁无限的遐想。

几次的相亲经历，给马丁带来非常糟糕的印象。即便条件吻合，他也没有兴趣去保持联系和发展，因为人与人之间已经没有弹性了。他也反省，其实自己也是在乎女孩子条件的，为什么女孩子问你条件的时候你就反感呢？他感觉其实是方式的问题，生硬的方式，把一些本该自然成熟的东西给催熟了，这绝对会导致情感的后患。

马丁后来去相亲，完全是一种体验生活，或者带着想看看对方的心态赴约，完全没有诚意。这种经历也给马丁带来一个重大的收获，就是对男女之间的事，自己已经能看得很开，像看人做生意讨价还价一样，不管吵得多凶，其实关系只不过在于利益规则。带着这种心态，他再回过头来想想自己和李峥嵘恋爱时要死要活的样子，一是觉得可笑，二是觉得自己和那时候是天壤之别。

马丁屡次相亲而无果令林爱凤相当不满。她质问道："难道没有一个条件好的吗？"并且要陪马丁去相亲。马丁急忙拦住，道："妈，不是没有条件好的，是咱们自己条件不好。人家一开口就问，工作稳定不稳定？房子车子有了吗？我也不能蒙人家吧，我又不是公务员，工作谈不上稳定，住的是老妈的房子，车子要有也是两个轮的。你说人家能看得上我们吗？"林爱凤一听，猛地醒悟，在她心中原来只有自己瞧不起别人家庭，却没有别人瞧不起自己的概念，现在想来，确实是有所欠缺，难攀高枝。但她依然嘴硬，道："你这孩子，就是不懂说话。报社工作怎么拿不出手呀？工资比公务员高，工作时间又灵活，可以照顾家庭。至于房子，老妈的房子以后不就是你的？难道还有谁来抢不成？车子算什么呀，打个电话就可以提一辆，关键是油那么贵，又没有必要买。况且呢，现在毕业几年的孩子，哪个不是要父母帮衬帮衬？没有谁能一飞冲天的，这些你都不懂跟人谈呀！"

“妈，相亲又不是辩论赛，有就有，没有就没有，谁听你扯那么多。你就说这房子，户主是你，房龄也有十几年了，我敢说自己有房子呀？所以呀，以后你别指着我相亲能成功，我这样跟你一起过，也挺好的。”

“你可别说这话，我不爱听，妈不需要你这么陪呢，妈希望早点抱孙子。是呀，现在的女孩子都很务实，很实际。没关系，没有条件，妈妈给你创造条件去！”

“你别这么着急，好吧？慢慢来，我迟早给你带个姑娘回来。”

在办公室时，马丁时不时会看见自己 QQ 上李峥嵘上线。记得相恋那一阵子，一见她的 QQ 上线，自己就胸口一阵狂跳，肾上腺素急速上升。后来，再见她的 QQ，就心如刀割。现在，他看见她的 QQ 上来，相当平静。他们已经很久没有联系，但也没有互相删除，经历了纠结的过程，与往昔相比，马丁惊诧于自己的无动于衷。也就是说，世事与时间，确实可以如一把刀，把人生敏感的触角剔个精光。有一天挺无聊的，马丁在 QQ 上顺口问了一句：“最近好吗？”

“挺好的。你呢？”李峥嵘很快回答，从对方的应答速度上来看，很显然对方没有情绪，已经恢复成一般的朋友了。

“我还行，谈了个女孩。”

“怎么样？”

“吹了。”

“为什么?”

“找不到感觉。你呢?”

“我也谈了个。”

“没吹吧?”

“没呢。”

“结婚吗?”

“没谱,走一步看一步。”

马丁对于这番谈话,觉得有点不可思议,但他自己也说不清楚哪里不可思议。

李峥嵘告诉他,广州有个电影传媒大奖,自己要过去采访,问马丁去不去。马丁说自己报纸影响力小,没有接到主办方的邀请。李峥嵘说如果要去的话,她可以帮助联系申请。果然很快就得到主办方的回复,马丁也收到了邀请。

马丁向陆心情请示,陆心情道:“好呀,记者就该走出去跟明星面对面,只是我们毕竟是地方报纸,以前很少收到邀请,这次怎么有这个机会?”

马丁道:“是李峥嵘给我申请的,她跟主办方熟。”

“就是你以前的女朋友?”陆心情对李峥嵘还是有印象的。

“就是。”

“怎么,旧情复燃?”

“没有,她有男朋友了。”

马丁与陆心情一直保持着比同事稍微亲近点的关系。他们自从发生第一次关系后，马丁委婉表达出对这种关系的反感，陆心情用极高的情商化解了两人相处中的一点点尴尬，不论在工作上还是在私人的交流中，都极其和谐。这一点让马丁深为佩服，他觉得陆心情对人性的把握和世情的圆融达到极高的境界。

“你那么纯情，见了她岂不是……”陆心情担忧道。

“不，我现在见了她就跟普通朋友一样。”

“不可能，我还不了解你的性格？我是怕你去了心痛，又闹出个什么事来。”陆心情在私下里对他有点姐姐的姿态。

“不怕你笑话，我现在对男女的事看得很淡，我朋友都说我失去爱的能力了。”马丁坦白道。

“是吗？这话可让我不太相信。”

“不管你信不信，我是信了。你没见我相亲多少次，一个也没成，看女孩我都看麻木了，找不到感觉，有时候我去完全是抱着看戏的心态。”

陆心情意味深长地看了看他，道：“那你现在看我，还有什么感觉吗？”

“要我说实话吗？”

“你说吧，我什么话都能承受。”

“最早有段时间，我看见你就想吐，我跟你说过原因。但是现在看来，我觉得你是我见过最有魅力的女人，女人中的女人。”

“为什么会有这般赞美？”

“人比人嘛，与我相亲过的那些女孩相比，你是女神，而她们一个个乃凡间俗物。”

即便是多么聪颖自我的女人，也是不拒赞美的。陆心情略带羞涩地绽开笑脸道：“即便不能确定你说得真假，我还是愿意相信是你当真的话，好好享受片刻。”

马丁到广州待了三天，除了参加活动和采访外，能与李峥嵘单独相处的时间并不多。见到李峥嵘的第一面，马丁的心确实抽了一下，他想起自己初次与她相拥的那种律动。这种感觉慢慢消退，马丁也向对其他记者一样与之谈笑风生，并且很快融入了这种感觉。第二天晚饭后，在晚上活动开始前，马丁与李峥嵘走出餐厅时碰到一起，在山庄的林荫道上有了一次漫步。马丁与她谈起自己相亲的种种经历。而李峥嵘也谈起自己正在谈的男朋友，一位硕士毕业生，特别上进，也特别纯情，只是有点不开窍，办事有条有理，固执而不懂风情。马丁问既然嫌他不够浪漫，为什么你会跟他谈呢？李峥嵘说自己也说不清楚，她对那种表现得像情场高手一样的人不来电，总是对闷闷的男子来感觉。

与李峥嵘告别，回到杭城时，马丁有一种淡淡的失落。他感觉自己身上某种可贵的东西已经失去，将来自己也不会如从前般痛苦，但也不会有从前般的悸动了。

回来大概两周后，马丁与陆心情又有了一次激情约会，地点还是在成龙酒店。马丁觉得自己不是很热衷于性事的人，特别是相亲的那些姑娘，有的长得相当不错，但是不论是在情绪上还是在性欲上，都很难让他感到一点诱惑力。经过这些年的经历，他心目中真正称得上女人的，其实只有李峥嵘和陆心情。这两人虽不同，但各自有精神世界，各自有隐秘的魅力。陆心情能使他忘记生活的一切羁绊，纵情投入欢爱的世界。这种感觉就好像陆心情带着他离开了这座城市，离开家长里短磕磕绊绊，到了一个隐秘的天堂。

陆心情柔媚的叫声与职场形象形成极端的反差，这激发了马丁所有的荷尔蒙。他吻遍了陆心情的全身，把所有能想得到的方式都做了一遍，完毕时仿佛从云端跌落床上，休息良久，两人才回过神。

“很久没有这么疯狂了。”陆心情颤声道，她被生活感动得泪水都出来了，生活的精髓就是疯狂。

“现在见我没有想吐的感觉了吗？”陆心情头靠在马丁的胸前问道。

“当然没有，我觉得现在对女人这个物种有了比较全面的认识。我觉得女人就是比出来的，不比，西施貂蝉站在你面前，也觉得不过尔尔；一比，能比出境界，比出四大美女。”

“你看女人的境界是提高了，但是，你丢了一样东西。”

“哦？请指教。”

“情感。以前你谈这个话题的时候，充满爱的纠结，现在谈得很坦然。”

“你不觉得这是像你看齐吗？”

“对呀，这么短的时间，你变成我这样，这一点让我震惊。”

“造化弄人吧。对了,我问你一个问题,我见有个画家经常到你办公室,我猜他肯定是你的情人之一。”

“你还真敏感,索性猜猜。”

“我想,至少有过吧。”

“实际并非如此,原来我确实对他有好感,但是接触之后,发现他有一点不好,老是说自己跟这个名人有交情,哪个名人夸过自己的作品。我觉得有江湖气,就不喜欢他了。”

“那你们两个没有……过?”

“真的没有,你不要以为我是那么随便的女人,我很挑剔的,我喜欢身心都干净的男人,不浑浊……”

马燕和林健到了民政局门口,马燕的腿就软了,哭着不想进去。林健急道:“你脑瓜子到底怎么想的? 我不想离婚,你非要离;现在到这里了,你又不想离。你到底想干什么?”马燕眼泪更如倾盆大雨下来了。一个遛狗的中年猥琐男笑眯眯地看着这一切,对林健道:“女人到了这里,都要闹这一出。不着急,你耐心等等,她就想通了。”林健相信这个住在附近的猥琐男见多识广,便蹲了下来,默默地听着马燕的哭声。

猥琐男沿着花圃小道遛了一圈,回来见他们俩还在原地,一个还哭着,一个还无奈地蹲着。他摇了摇头,胸有成竹道:“离不成了,回去吧。”

林健一听,吓了一跳,对马燕道:“我叫你妈过来算了,离不离今天都得弄个水落石出。”说着就要拨林爱凤的手机。马燕一边擦拭眼泪一边阻止道：“你要逼我离就离呀，抬她出来干什么！”两人往民政局里走。林健道：“你眼泪擦干点，要不然人家还以为我逼你呢。”说罢递上纸巾，马燕吸了口气，把眼泪和鼻涕收拾干净，露出一张整洁的脸来。

在进大门的瞬间，林健回头看了一下猥琐男。猥琐男不服气道：“离了也白离。”

走出大门的时候，林健与马燕都意识到，时代已经发展到，工作和生活中好像没有一种手续比离婚手续要简单。

离婚的协议，马燕没有过多计较，按照林健提出的要求，住房归自己，门面房归林健，房子的按揭各自付。饭饭由马燕带，林健每月付抚养费。整个协议与离婚的过程，林爱凤并不知晓，完全是马燕想速战速决，不让自己耗在悲惨的战斗中，心神俱疲。

对于此事，林爱凤当然不会袖手旁观，她认为具体的解决步骤，马燕一定会主动找她做主。其次她现在正在着手另外一件大事，无暇主动旁顾。她从老曹处得知，有一个中央电视台的鉴宝栏目到本市做鉴宝活动，报纸上已经有新闻了，六号在远东酒店进行海选。老曹有个朋友，花了几百万，通过各种渠道从非洲弄了好些宝贝回来，把家里的钱几乎折腾空了，被老婆孩子赶出家门。他这个朋友现在特别想把这些宝贝兑现，便通过关系在五号晚上请专家吃饭，事先鉴定一次。林爱凤得知消息眼前一亮，她对古董并不内行，只是老马是个古董爱好者，生前也攒了些玩意儿。林爱凤原来并不在意，这几年古董热，各种电视鉴宝栏目火了，再加上急着用钱，她便有了想法。

晚饭后，专家到一个茶楼喝茶，老曹的朋友便拿了一堆象牙雕、银器过来，请专家估价。那些非洲象牙由于出不了海关，都被仓促制成牙雕运回来。这么好的象牙配上这么低劣的雕工，专家们连连叹气说可惜了。林爱凤在老曹的带领下，提着几件物品前来沾光，是些石头、钱币和铜像之类的物件。几件有说头的东西，也是民国晚清时的，最多值几千块钱，而她最看好的一块寿山石，尽管是东南亚的金田黄，但也不值几个钱。

林爱凤大失所望，叫道："你们能不能看得认真点？我指着它们给儿子买房子结婚呢。"专家们笑道："这个跟认真没关系。"林爱凤道："我还有一个大物件，是瓷器花瓶，你们再给我看看。"专门们说："明天拿到鉴宝初选现场来吧。"

专门们喝了茶，十点多回到酒店，刚进大门，突然眼前一亮，只见林爱凤变戏法般地抱个青花瓷瓶站在他们面前。他们只好留下瓷器类的专家张老师与之周旋。张老师将瓷器放在大堂的茶几上，取出随身携带的手电筒细细照看，问林爱凤："你知道这是什么物件吗？"

林爱凤道："知道。这是我们家的传家宝，准备给儿子换套房子。给你们看，主要是确认一下。"

"那您说道说道。"

“这是明代的瓷器，应该是郑和下西洋时的，可能是太好看了，郑和留着一两件在家里，他后代传了下来。”林爱凤是不读历史的，诌了这么多，她已经很费劲了。

“郑和是太监呀。”张老师微笑道。

“哦……这个，反正没有后代也有亲朋好友是吧，就是传下来的，跑不了。”

“你自己都知道了，为什么还要拿来鉴定呢。”张老师见过的各式各样的藏宝人，所以不轻易下结论。

“就是请专家确认一下，确认一下就有价值，要不然谁也不信我。”

“哦，请问你有心脏方面的毛病吗？”

“没有，我身体还可以。”

“既然这样，我就要跟你说实话了。你这个瓶子呢，是有明代的风格，但是它是仿的，是八十年代国家制作出口的，工艺什么确实不错，但不能算古董。”

林爱凤愣了片刻，道：“张老师，你可不能这么不厚道，我可是诚心诚意来请你鉴定的。”

张老师笑了笑道：“你先拿回去，明天我还要早起呢。”说罢就要走。林爱凤一把抓住他道：“你不能就这么走了。”

“啊？”张老师吃惊地叫了起来。

“我是抱着一套房子过来的，可是经你一说，这套房子就没了，我能让你走吗？”

“这这这……”张老师是个有条有理的斯文人，经此质问，恍如在荒山野岭遇到劫匪，脑子一下子短路了，“那你说怎么办？”

“其实很简单，你就在节目上说我这是真的，我房子不就回来了？”

“那怎么行？这违背了我的职业道德，这可马虎不得。”

“嗨，你装什么正经呀，现在鉴宝节目上哪有那么多真品，不就是你们说真的就是真的，你们说假的就是假的。所以你们也别装糊涂，我看呀，这个世道除了骗子是真的，其他都有假。你就看在我儿子找不到媳妇的分上，美言一句，就算助人为乐，好不好？”

张老师无奈地抬起头来，平时觉得酒店里到处都是保安，这时候却一个也不见。他惶恐地四处打量了一下，哀求道：“你能不能让我先回去睡觉？”

“那你是答应我了？”林爱凤惊喜道。

“好吧，我答应你绝对不说它是假的。”

张老师趁着林爱凤走神的瞬间，快速走向楼梯。他不敢坐电梯，因为怕在等电梯的间隙又被她纠缠。林爱凤叫道：“你说话可要算话呀，张老师！”张老师点着头却不敢回，小偷似的溜走了。

次日林爱凤并不敢把瓷瓶拿去参加初选。后来她逢人就说，自己的那个瓶子专家看过了，就是明代瓷器，郑和下西洋带的，价值数百万，并且要老曹帮她佐证造势。消息倒是传开了，人们半信半疑。

房子确实已经在年轻人的婚姻中起到主导地位了，婚姻是爱情的坟墓，房子是婚姻的墓碑。坟墓不可没有墓碑。林爱凤深知没有新房的马丁，可能找不到拥有好条件的姑娘，于是她站在高高的楼顶，俯瞰了这座城市。这座城市以急不可待的速度向外扩张，给市民带来了前所未有的兴奋与烦恼。林爱凤很早就看中了龙马商厦周围的拆迁地块，这里即将崛起一座龙马花园。这是市中心最好的地段，离自己的家也近。在政府调控以及首期促销的情况下，听说首期价格很低，才四千，市民蜂拥而来，听说开盘那天会采用摇号的方式。在开盘的日子到来之前，林爱凤为首付的钱四处奔波。

林爱凤本来是想和马燕讨论筹钱的事，一听说马燕已经领了离婚证，傻了。在她看来，这是一场持久战，必须让对方一败涂地。现在的战果是平分秋色，这一点令她极其不满。她摇头道："又被人卖了，马燕呀，你三十岁了，做事跟三岁孩子似的，财产怎么能这样分呢？"马燕知道如果妈妈来介入，绝对是没完没了，可能自己一年到头都陷入纠结的情绪中，她见过同事离婚把身体离垮掉的。她回道："妈，可以了，我觉得这样蛮公平的，我已经知足了。"

"公平？你把女人最好的时光给了他，给他生了孩子，现在你青春没了，他回头再娶个二十来岁的，这叫公平吗？我一直跟你说，要青春损失费，你耳朵跑哪里去了？”

“那你说……应该怎么分呢？”

“我告诉你，两套房子都分给你，我还嫌不够。”

“这样，法律也不支持吧？”马燕惶恐道。

“法律，我才不依靠法律呢，法律就是给有权有势的人用的，我用的是自己的力量，群众的力量。再说了，你那套门面房，算起来也有我的一份，怎么能让他独吞？”

“啊？”

“不是我提的主意，你们能买那个铺面吗？现在价格翻了一番了呢。”

门面房确实是林爱凤最早得知消息，并且提出的主意，那时小两口还不太懂得理财。门面房现在租给人家开杂货店，店租年年都有提高。

“既然我们离了，就算了吧。”

“我告诉你，你算我可不算，我一定要他把门面房交出来。”

刚离婚，林健感到一阵解脱，随之而来的却是空虚。但他心中另外一个烦恼就在空虚中放大了：到底是谁跟他对着干？他现在离婚了，这个人大概不会再寄照片、发短信给马燕了，但是会不会采用更卑鄙的手段。想到这里，他头皮都发麻了。

林天来对林健离婚的事倒不怎么上心，没离最好，离了也不是天塌下来，倒是对陷害林健的幕后黑手，他耿耿于怀。委托过的邱主任反馈回消息,对他发誓绝对不是黄其松弄的手脚。原来黄其松这些年仕途没有进展,年龄已过,早已死心,跟亲戚一起开了饭馆,有一半心思花在生意上。邱主任宴请他,跟他谈起和林天来的纠葛,希望和解。黄其松回道这个事情当时是个心结,到现在早忘了,谈不上恨,林天来有意和解,自己也就不记恨了。邱主任又委婉地说起林健被人盯梢陷害的事,问黄其松有没有可能知道谁在盯着林家。黄其松深知其意,只推心置腹地说了一句:现在我哪有心思管这种烂事?

排除了这个,这宗案件陷入了更大的迷雾中。林天来推测,这个幕后黑手只怕和林爱凤勾结在一起。也许,只有林爱凤才能解开这个谜底。父子俩斟酌后,一致提议,下次要是有什么风吹草动,一定要观察林爱凤。

说曹操,曹操到。林健在办公桌上盯着电脑,猛觉得有一阵肃杀的风吹过,抬头一看,林爱凤已在眼前。林健傻了,身在自己单位,忌讳太多,他不知道第一句该说什么。

对峙了片刻,林爱凤倒是先开口,道:“谁让你趁着我没在意,就跟马燕分家了?”

林健道:“妈,马燕都是跟你商量过的呀。”

“别叫我妈。我跟你说,反正你们分家这事我不知道,不算。”

“那你想怎么办?”

“离婚可以,财产再分。我当初就跟你说过,要付马燕青春损失费，你一直没放在心上，是不是？”

“这个……法律也不能支持这一条吧。”

“别跟我提法律，你自己没看见吗？跟马燕结婚这几年，你吃胖了，官也升了，混得人模狗样了；马燕呢，给你生了孩子，从一个黄花闺女变成黄脸婆。一上一下，一个变成绩优股，一个变成垃圾股，你觉得不该有这笔费用吗？告诉你，除非你能让时光倒流，回到结婚前，否则这笔费用是一定要的。”

林爱凤嗓门越来越大，林健怕闹起来影响不好，只好服软道：“没关系，你说到底想怎么赔偿？”

“要说赔偿，你是赔偿不起的，你能挣几个钱？最简单的办法，你把门面房给马燕，这事就了了。否则，我要把你的丑事一件件挖出来，我会把那个害得你们分手的小三抓出来。总之，我会动用群众的力量，跟你干到底。”林爱凤越说越怒气冲冲。

林健心里一紧。其实分到门面房他觉得也占了点便宜，因为门面房的房租现在刚好足够抵消月供，还略有盈余。而马燕住的房子，还要往里填月供。连这一点便宜，都让林爱凤给揪出来了。林健不想把事闹大，道：“那行，我考虑考虑，也要和家里人再商量一下。”

“嘿，你还跟我打官腔、踢皮球。今天你要是不答应，我就直接找你们领导去，我是看在你面子上先来找你的。”

林健这时候继承起乃父之风，倒是镇定了，道：“我跟你说实话，你的提议呢我没什么意见，跟马燕离婚了，我觉得感情还在，就是把门面房给她，我也心甘情愿。但这毕竟是一件大事，我必须把我父母摆平了，毕竟我现在还住在他们那儿呢，没摆平我答应你也没用，是不是？”

听了林健一番真诚的话，林爱凤的战斗气焰稍微减弱了些，接着林健说尽好话，才算挡住了第一轮猛攻的巨浪。林爱凤退走之时还咆哮道：“你可是答应了，下次还给我踢皮球，我可要撕破老脸了！还有，你别忘了，那门面房是我张罗你们才买的，也算有我一份。”

林健回到家汇报情况，林天来勃然大怒，道：“太嚣张了，到底谁是她的后台！”陈幼兰道：“她一个市井泼妇，不仰仗谁也是这么泼辣的。”三人虽然同仇敌忾，但是说到对付林爱凤的具体办法，却都一筹莫展。他们以往不管是对付官场的人，还是平头百姓，都能抓住别人的弱点，能很快想出一个套路。但是对付林爱凤，竟然找不到她的弱点。找她领导吧，她又退休了，指定软硬不吃；跟她对着干，她又是光脚的不怕穿鞋的。她没什么可输，而林健这边一大摊前程、名誉什么的，闹起来，损失不可估量。陈幼兰道：“那你还是去找找马燕，你们仨可以商量商量怎么解决，当面说明白了。门面房呢，总价值也有几十万，不能说给就给的。”

林健也想看看孩子，所以吃过晚饭便去了。饭饭见了林健，盯着看了半天，突然乐了，在房子里跑来跑去尖声欢叫。林健看着儿子陌生而兴奋的表现，心中不由得动了一下，眼泪都快出来了，他抱起儿子。林健知道，儿子是有日子没见到自己了，一种纠结像针一样深深地刺痛了心。

马燕冷冷道："你还来干什么！"

林健道："我有话跟你说，是关于你妈的事。"

林健和饭饭亲热了片刻，便让饭饭去看动画片，然后把林爱凤找他的事跟马燕说了一遍。

马燕道："我没有想要门面房，我也没有叫我妈去要门面房，这是你和她之间的事，找我干什么？"

马燕走到悲伤的尽头，终于找到独立生活的勇气，现在她不想见林健，不想打破自己的气场。

"可是你妈是以你的名义来要房子的，所以我想要不我们仨坐下来谈谈？"

"婚都离了，我什么都不在乎，就是你把这套房子弄走，把我赶到大街上，我也不在乎，只求你别再来打扰我。"

"我跟你强调一遍，是你妈替你来要房子的，你至少要跟你妈说不要房子，不要上我单位来闹。我很怕她你知道吗？"

"我也怕她。"马燕面无表情道。

林健无语半天，叹道："她会把我全毁掉的。"

马燕收拾好客厅的东西，抱着饭饭去卫生间洗澡，对林健道："你出去的时候把门关上。"

第十五章

本市掀起一轮扫黄热潮。警察们昨日突击包围了都会大酒店,抓获了数对正在从事色情交易的男女。其中一名男嫖客爬到窗外,以跳楼相威胁,与警察对峙。警察答应不告诉他家人,该男子回屋穿衣服时被警察制住,被送往警局,数罪并罚。

老杜津津有味地看着电视里的本市新闻,他往前凑了凑,想看清楚那名跳楼男是不是自己学校的某个老师。电视啪的一声被关了。

老杜不满地抬起头道:“瞧瞧,你老是扫我的兴。”

吴贵妃握着遥控器,冷冷地问道:“你就喜欢看这些东西吗?”

“什么呀,这些是本地新闻,看一看,了解一下自己周边的生活。”

“然后自己就去以身试法?”

“瞧你说得那么难听,我都多大岁数了。”

“你是够老了,可你别说你不想。”

老杜脸一红。他跟吴贵妃刚刚相好那一段，跟年轻人一样勇猛，吴贵妃都吃不消，还没完事就睡着了。吴贵妃都感叹：你之前是怎么过来的呀？

“不要说得那么难听，我哪里得罪你了？你这两天老跟我作对。”老杜正色道。

“你自己说呀，有什么事瞒着我。”

“我能有什么说的，退休金什么不都告诉你了吗？”

“别人都知道了，就我不知道，你以为能瞒得住吗？”吴贵妃质问道。

“什么事你说呀。”

“我说，我都嫌脏了我的嘴，你自己承认吧！”

“你不说我又怎么知道呢？你呀，是不是嫌我什么，你就明说吧。”老杜无奈道。

“好吧，你以为我怕脏不说，你就可以永远装下去吗？我来给你看。”

吴贵妃去架子上拿出一本《新华字典》，按照拼音使劲儿翻，如大海捞针般折腾许久，终于翻出一个“嫖”字，用手指着搁在老杜面前。

老杜心里一跳，真后悔不该看这条新闻。他支支吾吾道：“这这这，你这人怎么搞的……”

“别这这这的，你就告诉我有没有。”

老杜陷入了无限的羞愧与沉默，多少年来自己一直克己复礼，善待他人，从来没有人让他这么尴尬过。作为一个教师，这件事当然也是他的心病，每次完事后他也长久地忏悔，过程的一点快感比起完事的懊恼，简直微不足道，更是得不偿失。但是没有办法，得不偿失也要得。现在遇见了吴贵妃，他想终于可以结束这种生活了，新的曙光照耀在他的前方，可就在这时他遇见了最不想遇见的"嫖"字。

沉思良久，老杜终于抬起头，道："好吧，我说了，算是还给自己人生的道歉吧。我是不该这么大年纪了还有这么多想法，我也恨自己，为什么不能无欲无求呢？我就失败在这一点，我做不到。特别是无所事事的时候，我就想做那事，比年轻时还想。有一天我在清溪河边散步，一个妇女朝我招招手，我就迷迷瞪瞪地过去了。我承认，这是我一生中做过最肮脏的事，我对不起很多人，特别是自己的职业，我，无话可说了。"

吴贵妃默默听了，不管心中多么澎湃，嘴上也不说。毕竟是老年人，心里的动静不会太激烈地表现出来，两人不尴不尬地挨到晚上，老杜上床后被吴贵妃一脚踢了下来。老杜羞愧难当，低着头、抖着手把刚刚脱下的裤子又穿了起来，轻轻关上房门，回自己的家。

吴贵妃整夜都在垂泪，她是个爱面子的人。

凌晨的时候，吴贵妃终于不想待在床上翻来覆去了。她往电饭煲里加了点米，犹豫着是加多少，最终她决定加两个人的分量，如果只有一个人吃，那剩下的就作为午饭。她定好时间，就往公园的舞池去了。

天气暖和了，早起的人越来越多，舞池更热闹了，更加显示出男女性别的不平衡。音乐响起后，场边还站着诸多没有舞伴的女人。吴贵妃在场边碰到林爱凤，瞬间她觉得有些尴尬。林爱凤见了，眼前一亮，道："老杜，没来？"吴贵妃有点慌张道："他今天有点不舒服。"

"老杜平时身体很好呀，居然还能折腾病了，真是的。"

"没有，就是头有点晕，休息休息就好了。"

"那还是给他买点补点，毕竟年纪大了。对了，上次老杜说给我家马丁介绍一个女孩子，是他侄女还是谁，也没时间落实。"

"那等他身体好了再说。不过他也不靠谱，也别指着他。"

吴贵妃觉得林爱凤今天特别兴奋，特别爱说话，而且说话之间老是想打探出什么。吴贵妃只好左遮右挡。林爱凤终于嗅到了什么，问道："你们是不是有什么矛盾了？"

吴贵妃差点说出"你怎么像一条狗"，但她还是装作没事地摇摇头。

"照理来说，他要是生病了，你应该在家照顾呀，是不是被我猜对了？"

"不，他在家休息，我睡不着出来走走，这很正常呀。"

"以后不要一个人出来，人家还以为你们分手了呢。老杜是个口碑很不错的人，你可要珍惜哟。"

吴贵妃觉得不能因为心中郁闷，便节节败退，便反唇相讥道:“好像你对老杜比我更了解。”

“那可不是。”林爱凤道,“原来呀,因为马丁找工作的事,老杜去找他的学生陆心情帮忙,我当时呢脑袋一迷糊,就谎称跟老杜是一对儿,后来知道老杜的作风有点问题,差点撇不清关系,可着急了。不过呢,你跟他既然相处了,就要宽容点,想来他是能够改邪归正的。”

吴贵妃一听脑袋都大了,她看见有个熟悉的男子,赶紧一伸手,搭伴进入了舞池,就像一头渴水的鱼滑入水中。林爱凤意犹未尽地把张开的嘴巴合上,脸上洋溢着一种满足的快意。

老杜在早上孤单地醒来,也曾想过要不要去公园跳舞,后来一股惭愧袭上心头,他想想还是算了。他在校园的操场上走了十来圈,见了熟悉的老师,心里总是一紧。后来他去传达室跟老许要了一些旧报纸,回到家一张张细细地看。人老了,不必总跟着时代的脚步,把旧闻当成新闻,回味回味亦可。这已经足够,足够让老杜惊讶于社会上已经发生这么多不可思议的事了。

老杜就这样在沙发上睡了过去。后来被一阵敲门声惊醒,他站起来的时候,有一丝期待也有一丝惊喜。他打开门时,吓了一跳。

林爱凤爽朗的笑声扑了进来,道:“我路过这儿,就想看看你有没有在家,神了,还真在。”

“我也就赶巧今天在,被你逮着了。请进请进。”老杜尽量让脸上笑得不苦。

“这就是缘分哪。”

由于老杜有日子没住了，许多摆设蒙上一层看不清但能感觉得到的灰尘，老杜倒了杯水给林爱凤，林爱凤叫他别忙，坐下来谈点事。

老杜便问来意。林爱凤道：“哎哟，咱们是老朋友，你又比我知识渊博，本来有很多事想跟你请教的，但是你现在新婚呀，找你呢又觉得不妥，外面有人说你见色忘友，我都替你平反，说你不是那种人。”

老杜叹道：“哎，我那不是结婚，是处朋友。你有什么事呢，以前该怎么着现在就怎么着，想得太多就见外了，是不是，我老杜一向是简单的人。有什么事你就说。”

“我一大堆事，乱糟糟的，马丁还没对象呢，我还在给他张罗房子呢，他自己一点不着急，全是我来操心。还有呢，你大概也听说了，马燕离婚，分财产的时候被人当猪宰，哪一件不要我出手。”

“这么多事，也是真够你忙的。”

“我是虱子多了不怕痒。其实我过来是担心你，外面传些不好听的话，我来看看你有没有受影响。”

“唉。”老杜一听眼神就黯淡了，道：“你都听见了什么。”

“哎呀，就是一些说你品质不好的话，我是不信的，但是我想可能会传到吴贵妃耳朵里，所以事先过来跟你打个招呼，免得产生什么矛盾。”

“其实,矛盾已经发生了。我就是被她嫌弃才回家了。”老杜本来明白家丑不可外扬,但是林爱凤刚好提到这件事,自己又没一个人倾诉,便倒了出来。

“哎哟,怎么能这样呢,既然是处朋友了,就该相互理解、相互宽容,这个时候更应该关心你才对。”

老杜叹了口气道:“其实,我也理解她,她这人一向注意口碑,爱面子,听了这些传言对我有意见我也是可以理解的,不知道她现在是什么想法,我有自知之明,所以还是退回来再说——毕竟不是结发夫妻呀。”

“说得也是。古人说,日久见人心,你们还是要再考验考验。还有老杜,你这事也别放心上,要不然会憋出病来。有什么心事没人说,可以跟我聊聊嘛,我最爱给人解心结的。”

林爱凤像一阵春风,给老杜带来一片及时雨,聊完后他心情舒畅了许多。

临出门时,林爱凤吩咐道:“对了,我还忘了跟你说个事,我现在准备给马丁买婚房,准备出手一件传家古董,你要是有这方面的朋友买家,可得给我介绍介绍。”

老杜应景道:“啊,这下你可算是大出血啦。”

“绝对是。我告诉你我有一个青花瓷花瓶,明代的,房子就靠这个啦。”林爱凤神秘兮兮道。

马燕让马丁下班后过来一趟。马丁今天在办公室倒不忙,一是好久没和姐姐聊天了,二是姐姐离婚后自己也没能关心一下,所以没等下班便过来了。马燕还没到家,打她手机,她正在幼儿园接饭饭。马丁站在门前,感觉到整座楼空荡荡的,而即使打开房门,里面也将会一片孤寂。他觉得人生的孤独不会因婚姻而减弱,而马燕破败的婚姻使得这个房子愈显落寞。

马燕回来,把饭饭安置妥当,便把要交代的事情简单地说了一遍,道:“你去跟妈妈说说,别再找林健的麻烦。虽然我已经不爱他了,但是并不希望把他的工作、前程都毁了,再说我也不想再在这个事上折腾下去,心受不了。”

马丁想了想道:“说说我倒是可以,只怕没有说服力,我觉得她越老越轴,只有她强制我们,我们说服不了她。”

“不管怎么样,你尽力一下。”

“姐,都离了,还考虑他干吗,真是,你就是败在心肠太好,老替别人考虑。我以前也是你那样,那样人很容易失去自我,不知道自己要什么。现在这样的处境,如果有良心的话,应该是他考虑你才对。”

“性格决定命运,这是没办法的,你去强行改变性格也许会变得更糟糕。我的命,我是认了。我倒是在考虑你的婚事。”

“你都离了还督促我结婚,就不怕我会重蹈你的覆辙?”

“我跟你说这是我的性格决定的,我是离了受伤,不离呢,看着他在身边骗我更是心如刀割,总要做个决断,长痛不如短痛。你不一样,你的人生刚刚开始,总结些经验,会有不一样的人生。”

“姐，你别管我，我现在确实对婚姻不感兴趣，又庸俗又不好玩。我混一天是一天，开心就好。我只是担心你，人瘦了一圈，工作又累，还要带孩子。我知道你跟我一样，都容易有心结，看你一副忧心忡忡的样子，迟早要出什么事，你现在要是还有什么想不开的，你得说出来。”

马燕突然发现最理解她的不是妈妈，而是跟自己交流不多的弟弟，这个新发现使得她鼻子一酸，眼泪就涌了出来。这么些日子以来，内心的委屈一个人扛着，严防死堵，现在被弟弟这么一疏导，泪水居然止不住了。

“婚都离了，不再想什么得失了。”马燕动情道，“只是我确实心里堵得慌，是因为觉得命运特别不公平，为什么受伤害的都是女人。我的理智劝自己认命，但感情上确实咽不下这口气，我做错了什么命运要对我如此，我的要求一点点都不高，为什么都不能满足？”

马丁觉得姐姐的这个问题好熟，似乎所有的女人都是如此抱怨，但以自己的能力，确实没法解答。他突然灵机一动，道：“姐姐，我倒是想起一个人，你跟她咨询咨询，或许会有收获。”

“这种事情，可有可无，何必麻烦别人呢。”马燕恹恹道。

“不，这个事很重要，你还有很长的路要走，还要把孩子带大，解开心结是必要的。”

几天后，在马丁的带领下，马燕与陆心情在上岛咖啡有了一次相聚。

马丁与陆心情此时保持着一生中最美妙的情人时光。肉体的狂欢占据了两人关系中的主要部分。陆心情认为，女人应该找个比自己小十岁的男人，这是最匹配的男女关系。除了肉欲之外，马丁则对陆心情美妙的情商迷恋不已，特别是他经历了各种相亲女、目睹了姐姐失败的婚姻之后，觉得这种纯粹的男女关系，才是自己最需要的，可以把自己从生活的烂泥中拯救出来，可以很干净地享受情欲的愉悦，尽管这种关系是如此离经叛道，而也正是因为离经叛道，给马丁带来了莫名的兴奋。每次与陆心情的床上搏斗，他有时候也看成是对林爱凤的一种反抗，这令他内心有一种隐隐的快感。

“既然你这么珍惜婚姻生活，为什么不是去击退小三，而是果断离婚?”陆心情问道。

“我的第一反应就是他背叛了我，我必须让他受到惩罚——至于您说的击退小三，我带着孩子，哪里有那本事。”

“你以离婚的代价去惩罚他?”

“离婚的过程中，我其实发现自己并不舍得离，只是到了那个分上。而且我妈妈介入进来了，对于离婚，她似乎比我更坚决，如果不离的话，事情会越来越复杂，我怕我会被折腾死，最终我想长痛不如短痛，还是离了算了。”

“这个代价你觉得太大了?”

“对。我觉得不论怎么做，受伤的都是女人，这不公平——

生活是不公平的。”马燕最后一句，声嘶力竭地说出了自己的心声。

“你意识到生活是不公平的，这一点很好，但你必须在内心承认这一点。比如说生孩子这个事情，女人在家怀孕，男人在外花天酒地，很多女人都有这样抱怨。当然，有时候男人也会抱怨，我们报社去年有个跑社会新闻的记者回来说，警察抓了个男扮女装的卖淫者，他哭诉道，为什么女人张开腿就能挣钱，我们就不能，我扮一下还不行吗？说得可笑，其实在理，女人自有女人的优势。”

“那你的意思是，男人在外面乱来就是应该的，我们要承认这一点？”

“不存在应该不应该的问题。回到婚姻这个问题上来，婚姻就像一座房子，它会受到各种袭击和破坏，会碰上台风、地震什么的，你必须有随时维护的心理准备。你现在的情况是，房子一受损，你就想把它放弃，这是因为你的道德洁癖在主宰你。男人出轨这个事，各种情况不一样，有的女人看得不太重，特别是有个导演的妻子，她怕老公被别人抢走了，对小三，她会说，感谢你陪我老公玩玩，玩好了我老公就回来了。与你相比，这是另一个极端，不要道德，只要人。每个人的生活别人都无法模仿，说这些例子我只是告诉你，人的观念决定了他的选择。”

“如果你是我，你会怎么做？”马燕冷静道。

“因为我不是你，所以无法做具体的选择，但可以假设一下，我会问自己，冷静一下，现在最需要的是什么，我就去要什么。如果是婚姻的话，我就会尽量去保住这个阵地。另外，我会根据自己平时对男人的了解，去判断他的出轨到底是什么动机，是想离婚呢，还是尝尝鲜。总之，要理性对待，不要感情用事。”

“如果你的男人出轨后，你还能容忍他和你睡在一起吗？”

“只要问题解决清楚了，我觉得没什么，我尊重人性。”陆心情举重若轻道，“不过现在你已经离婚了，谈这些实际上只是想让你心情平静，并无实质作用，你需要做的事是忘掉过去，重新开始。你知道吗？遗忘是人生幸福的秘诀之一。你知道鱼为什么在鱼缸里不会闷死吗？据说它只有七秒的记忆，它的生活随时都是新鲜的。如果人一直记着过去，就会闷在腐烂的记忆里。”

马丁旁听着陆心情的理论，突然觉得人生很通透，自己也没有必要去重复他人的生活了。那一瞬间，他有一阵茫然的空虚，也许是他这个年龄洞晓了不该知道的人生秘密。

马燕听了，心中顿时释然。但没过几日，那些被陆心情稀释的怨恨又从心底冒了出来，幽怨又挂在她的脸上。她才发觉，这些纸上谈兵的东西只能缓解一时的痛，内心还是由性格来主宰的。

马燕的生活日复一日，没有一丝新意，特别是生孩子后，除了上班以外很少与人接触，碰到同学聚会什么的，也以带孩子为由婉拒。这是导致她幽怨的原因之一。有一天，她在南门巷碰到人高马大的张学东，她以为是遇上了劫匪，张学冬饱含激情的一句“马燕”，那个声音好像憋了几十年射出来的炮弹，把马燕吓得一激灵。随即她想到如果是抢劫怎么可能叫出自己的名字呢，但是她看对方的面孔，又相当陌生。

“我是张学东，初中同学，坐你后排的。”张学东指着自己的脸，恨不得戳两个窟窿以便让马燕有印象。

马燕看着张学东的脸，记忆顺着一条隧道爬呀爬，突然脖子挠痒痒似的一激灵，她叫了起来：“哦，我记起来了，就是你把毛毛虫放在我脖子的！”

张学东舒了一口气，责怪道：“哎哟，如果没有放那个毛毛虫，你还记不得老同学了。”

张学东一身光鲜打扮，很像去参加正式的会晤，一手拿着老板包，一手拿着车钥匙，正走向路边的那辆黑色奥迪。

“你变化太大了，我不想想真的不认得了。”马燕歉然道。

“是呀，十几年没见了，没变化也不可能不是。”

两人寒暄几句，张学东切入正题道：“我正要找你有事，这两天能不能赏脸出来吃个饭？”说罢，张学东递给马燕一张名片，原来他现在是一家海鲜公司的老总。

马燕道：“我现在是家庭妇女，除了上班，就是带孩子，很难有时间出来的。”

“把孩子带出来，吃饭嘛，都得吃。”

“把孩子带出来什么事也谈不成，不用吃饭那么费事了，你就随时开口吧。”

两人客套了一阵，马燕急着去接孩子，便简单告别。路上马燕再次想起那个初中时候的张学东，跟现在一样白净，只是不爱学习，人蔫坏蔫坏的，总是把毛毛虫放在女同学的铅笔盒里，或者把纸条粘在女生的头发后面。初中毕业后，他没有考上一中，后来就不知所踪，再也没有联系。现在冒出来，她觉得有点愕然。

林健接到局长的电话之后，迅速大踏步上楼，轻轻潜入局长办公室。局长微微抬头，示意他坐下。林健做洗耳恭听状，局长似乎很忙，眼睛盯着自己的案头，片刻才发言道："林健同志，你是一个有前途的同志，但是个人问题一定要处理好，个人问题没弄好，组织上也不敢把责任放在你肩上。"

林健听了心里一颤一颤的，他知道局长指的是什么，忙点头应承。看见局长又低下头，知道自己该出去了，便起身告辞。出门以后他发觉自己脖子上黏糊黏糊的，他知道关于自己和侯红的是是非非、关于林爱凤带队来游行示威，已经让局长对自己很不满意了。

林健觉得自己身边潜伏着怪兽，甚至他害怕自己的对手已经把工作做到局长头上了。他环顾四周，发觉自己非常无助，林爱凤就像一颗地雷，越多的人帮忙地雷爆炸的可能性越大，也容易把自己的皮座椅炸飞。特别是林天来和陈幼兰，不能再让他们掺和了，以他们对林爱凤的讨厌程度，很有可能出现两败俱伤。林健觉得，只好自己充当排雷手了。

他买了些水果和补品，非常正经地登门。林爱凤打开门，见到林健的一瞬间，她都乐了，道："是给哪个领导送礼走错门了吧？"

"不，妈，今天是专门来看您的。"虽然林健觉得比哪次官场送礼都要复杂，但还是坚决执行亲密路线，说出来的话跟蜜一样甜得发腻。

"离了婚，叫妈倒叫得比以前更甜，真不知道你安的什么心。"

林健并不理会她的唇枪舌剑，走进去之后，真诚地说："妈，我跟马燕虽然离了，但也是一日夫妻百日恩，还是有感情的。对您呢，也是，以前也没能多孝敬您，现在觉得不该。"

林爱凤冷笑着，那表情仿佛看着林健在关公面前耍大刀，看小子能耍得多溜。

林健毕竟沉不住气，道："妈，今天过来是想跟您把道理说透，落实一个解决方案。我和马燕的家产，主要两套按揭的房子，既然分了，按理我也要分点财产做生活基础是不是？你看现在你连我的门面房都要让马燕拿走，我净身出户，我觉得有点不公平，所以想再听听您的意见。"

林爱凤轻蔑地微笑，似乎在看一只蚂蚁，道："你刚才说到'道理'两个字，你是来讲道理的是吗？"

“对，今天不讲其他，就是讲道理。”

“好吧，我就给你上一上道理课。你跟马燕结婚这几年，你得到多少，我给你数数。你有了儿子，是你们林家的血脉，传宗接代的事儿你完成了；你当了小官，也有点小出息了；你离了婚，变成了钻石王老五，将来看上哪个姑娘再不用像当年追马燕那样死乞白赖的了。马燕呢，不再是黄花闺女，一把年纪要嫁人也不容易了，还拖着一个孩子，性价比大打折扣。一上一下，你说补偿两套还没付完款的房子算个屁。要不是我仁慈，我拿瓶硫酸把你这小白脸给泼了，看你到哪里勾引小姑娘！”

“妈，您要是这么算，那就没意思了。”林健愁眉苦脸道。

“你去外面搞女人，那就有意思了，是吧？！”

“妈，咱们今天谈财产，我想，连孩子都分给你了，你总得分一样东西给我吧。”

“你真好意思说这句话。你还以为带个孩子是很有赚头的事？告诉你，要不是马燕把孩子当成心头肉，我肯定把孩子给你，让你一把屎一把尿地去带大。孩子分给谁，他不照样是你林家的骨肉，难道还会变成别人的孩子不成？要不是我还有点修养，我今天真想抽你——没想到你这么不讲理！你就算把门面房给孩子，又能怎样，能亏到哪里去？”

林健沉默良久，道：“妈，你到我单位去闹，到底是你个人的主意还是别人指使的？”

“你这话是什么意思？”

“我意思就是说，你是只想让马燕得到这套房子，还是有别的目的，把我的前程毁了？”

“你那破前程，我才懒得理。”

“也就是说，没有别人指使你搞倒我？”

“你跟你那官迷老爸一样，满脑子都是阴谋论。对付你小子，我还用别人指使。你如果想拍拍屁股走人，我一个人就可以跟你没完——我那些战友只是为了正义来帮我的。”

林健突然站了起来，走向厨房。林爱凤警惕道：“你要干吗？”

林健从刀架上取出一把菜刀，道：“没什么，我只想冷静下脑子。”

吴贵妃把床单、被单、枕巾，全都放进滚筒里；又把所有老杜用过的牙杯、碗筷，坐过的沙发，摸过的扶手，全用洗洁剂细细擦拭。年轻的时候，她整天在家里洗东西，洗自己的长发，洗各种家具，老公说她有洁癖，但又经常夸她讲卫生，让到家的客人赞不绝口，她为此自矜。在老伴去世后，她发觉自己不如以前那么勤快了，心中突然明白，自己的干净往往也是在等待一个人的欣赏。现在，想到老杜的嫖妓经历，她突然感觉到，细菌在老杜接触过的地方蠢蠢欲动，睡觉的时候想起来，就觉得身上某个地方发痒，变成一种强迫症。

她想给老杜打手机，甚至想发个短信，但是又犹豫了。她想起老杜的好,身体轻健,脾气好,但是偏偏为什么有这个让自己浑身起鸡皮疙瘩的毛病呢！那晚自己把他踢下床,绝对是伤了他的自尊,于情于理都应该慰问一下。问题是,自己没有想好该不该让他回来,所以这个电话不能打。

老杜是个脸皮薄、有自知之明的人,自己的软肋被人抓住,羞愧一直控制着他的内心。他觉得这跟自己当了一辈子老师有关系,在学生面前学为人师,行为规范,托大惯了,这事要是传到学生耳朵里,自己以后还怎么见他们?老杜在家睡了几天,也不敢上公园,老杜不敢见老朋友,像个无所事事的流浪汉。只有偶尔林爱凤打来问候电话,打听跟吴贵妃什么状况了,这种电话真的像一缕春风,老杜才感觉患难之中见真情。这一天老杜没事溜到老街去,那里是他年轻时住过的地方,一些巷子里还是平房。太平弄有一个小小的古玩城,他在里面逛了一圈,跟一个从小就熟识的老板喝茶,在幽暗里聊了一个下午。回来后他突然间喜欢上那个地方,那里安静、闲适,没有闲言碎语,于是没事就自己带些茶叶,上哪儿去耗上一个下午。有一天聊到古玩,突然想起林爱凤的青花瓷,便打个电话叫林爱凤带瓷器过来鉴定鉴定。林爱凤道:“那么贵重的东西,我怎么敢拿出来,再说央视的专家都鉴定过了,还鉴定什么。”

这个青花瓷以及郑和下西洋的故事就这么传开去了,陆续有人去找林爱凤看瓶子,林爱凤便强调这是央视专家鉴定过的,过一段时间电视播出来后身价还会大涨。看的人水平有限,大多摸不准，几乎没有下结论的。有时候是老杜带来的人，林爱凤便悄悄道："你得帮着说点好话，我这房子很快就开盘了。"老杜道："这个是真是假，人家自己心里有数，跟说不说好话没什么关系吧。"林爱凤笑道："瞧你真不懂古玩圈，真假其实不重要，相信不相信才是最重要的。"

瓷器还没出手，开盘的日子已经来临。凌晨四点林爱凤就起床，洗漱完毕，把昨晚就准备好的面包带着，带了一张板凳，便准备出门。马丁听到声响，探出头来道："妈，还是我去吧。"

林爱凤道："你这孩子，起来干什么，等会还要上班呢，回去睡觉去。早上起来后自己煎个鸡蛋，夹在面包里吃。"

"我听说今天人特别多，竞争很激烈，怕你出事呢。"

"嗨，什么战斗妈没见过，妈比你内行，你赶紧睡觉去，妈不跟你啰唆了，得赶紧。"

林爱凤到达售楼部，大吃一惊，队伍已经排了三十来米，看来自己低估了形势。林爱凤看看无隙可乘，便把凳子放在队尾，心里想，反正是抽号，排到前面拿到号，但未必能被抽到。八点多的时候，队伍像触电一样抽动起来，开始拿号，许多人站了起来，每个人都企图以便以最快的速度冲到前面。在保安的维持下，队伍最终还是有了稳定的秩序，慢慢向前蠕动。

很遗憾，林爱凤的号码没有被摇中。她一阵愤怒，下意识地往售楼部的会议室里闯，只要被摇中号，都被放行到里面去挑房子。但林爱凤没有因为年纪大而被放行，还是被保安粗鲁地推了出来。林爱凤更加愤怒，她看见房地产公司的裘总过来巡看，突然灵机一动，抄起旁边桌子上的一部电话，叫道："裘总，我姓林，没摇到号，国土资源局的林局长要跟你通话。"裘总眼睛一转，道："不用接了，1 栋 402 给你，进去吧。"林爱凤抑制住内心的狂跳，快步进入登记室。外面有眼尖的群众叫道："她没摇到号怎么进去了，不公平。"林爱凤听到外面响起一阵抗议声，她装作没听见，头也不回，理直气壮地办登记了。

这件事是林爱凤人生中的惊艳之笔。她买的一期每平米只有四千多，几个月后二期均价已经到了七千。林爱凤多次对马丁道："你看，还是要老妈出手吧，要是你去，绝对没戏。"马丁想了想，觉得很惭愧，这个世界上自己能搞定的事，确实少之又少，而妈妈确实在不断刷新纪录。

老杜对林爱凤也佩服不已，竖起大拇指道："神，神奇！"原来买房之前，林爱凤便一直在打听能不能找到关系，虽然将老总的出身、业务交往等情况摸得比较清楚，但是居然找不到一个说得上话的熟人。不过老杜当时也说了，即便找了个曲里拐弯的关系，也未必能帮得上忙，因为全城的市民大概都在盯着这个楼盘，关系比你硬的人多了去了。不过老杜还是好奇地问道："如果裘总接过电话，那会怎么样？"林爱凤道："他接过电话听，肯定是忙音，我就会说可能是等太久了，林局长挂了，我是林局长的妹妹，希望你能够通融通融。"老杜赞道："真有你的，你这空城计用的，比诸葛亮胆子还大。"林爱凤道："我也是灵机一动嘛，不过我明白，这个社会都是这样，一物降一物，我们老百姓呢，只能狐假虎威了。”

林爱凤把自己和马丁的积蓄，再借了点，付了首付。之后她看着房价疯长，心里美滋滋的。俗话说，福无双至，祸不单行。但这句话用在林爱凤身上居然不灵，现在是她的幸运时间，好事一件接一件来。

这件事跟本市一个马姓商人有关，他只有小学文凭，但崇尚文化，喜欢写点完全没有平仄和押韵的古诗。他是养猪专业户，他的养猪场很大，使得周围两三个村庄的河里尽是猪粪，空气里弥漫着新鲜的臭味。老马这几天看了些寻宝、鉴宝的电视栏目后，兴趣一下子转移，觉得找到了一个能同时满足自己文化情结与生意天分的行业，用自己半吊子但很自信的知识，到处收集古董。他到了林爱凤家，看了看瓶子，没有说话。林爱凤觉得此人虽然衣着光鲜，但举止粗俗，身上还有一股说不清道不明的异味，料想也是个看热闹的，便想早点轰他走，突然马先生放下瓶子，掷地有声道：“我出十万块，你如果肯卖我马上给你现金，如果不肯，我踏出这个楼房就再也不感兴趣。”

林爱凤心里又忽地一动，觉得有个幸运之神就在自己头顶。仗着有神灵保护，她抑制住战抖的声音道：“可是专家说这个值几十万……上百万都有可能。”马先生轻蔑道：“专家的话哪能信，只有买家的话才有用。”

林爱凤颤声道：“那二十万？”

“不，我不讨价还价，你要不卖我就走人，后面你出多低我再也不动心思。”这是马先生到处淘宝使用的招数，屡试不爽。

“那你能再高点吧，十万实在太低了。”

马先生转身就走，皮鞋踏出坚定的脚步声，出门的瞬间，林爱凤叫道：“十五万，马上成交。”马先生没有停下脚步，继续下楼，皮鞋踏在水泥台阶上的踢踏声异常响亮，像锤子一样敲打着林爱凤的心。林爱凤坚强的心在数着，数着，一直数到一楼，然后皮鞋声停住了，似乎皮鞋在思考该掉头还是继续往前走。林爱凤觉得心跳要把自己给轰出去了。只是迟疑了一瞬，皮鞋的声音就往外走了。林爱凤从窗口探出头去，叫道：“马先生，我说成交了，你怎么没听见呀，你再不停住我就要从这里跳出来了。”

马先生再次上来，道：“如果不是看你着急的样子，我真的不想上来。”林爱凤道：“如果不是要买房，我是不会把这宝贝脱手的。”两人嘴上继续耍花招，手上可没停住，马先生点了一摞钱放在桌上，不再过多言语，抱了瓶子就走。林爱凤在关上门的瞬间，突然脚底一软，歪了下去，就这样瘫倒到地上。

第十六章

马丁刚刚到手了一点人生感悟，他意识到，人生经验的传染就像一种病毒。你吐出去的一口痰，滋生的细菌很有可能回到你身上。

陈伏棉遭遇到他创业以来最大的一个挫折。谢秋萍作为网络的托儿，去相亲，但是她遇上一个实在不能拒绝的对象，几次交往之后她陷了进去，然后把陈伏棉抛弃了。陈伏棉痛苦万分，向谢秋萍强调网络上的相亲不可信。谢秋萍表示，她相信自己的感觉，找到了最适合自己的人。陈伏棉埋怨她太无情，不珍惜自己几年的情感。谢秋萍说，如果她没有主动走，将来也会像马丁把沈小牧甩开一样被他甩掉，你们这个圈子的朋友都是一丘之貉。陈伏棉听后哑口无言。

马丁听了陈伏棉的倾诉，哑然失笑。两个爱情的失意者像两个残疾人，边自嘲边相互搀扶。两人喝了点酒，马丁道："纯真的爱像大海，相亲的爱像沙漠，而我们现在走在荒原上。"

马丁带着人生失意的醉意回到家，打开门，突然看见林爱凤瘫倒在地上，那点酒意顿时消失无踪，他伏下身子拍打林爱凤的脸部："妈，你怎么啦？"

林爱凤没有睁开眼睛，嘴上却绽放出笑意道："没事，我就睡一会儿。"

马丁吓了一跳，以为她精神出问题了，道："睡觉也该到床上去呀，妈，你没事吧？"

马丁扶起她，她却不愿意起来，道："开心了，哪里睡都一样，你看看这。"

马丁这才发觉林爱凤抱着一摞钞票。

当马丁拖着她进房间时，她才发现自己确实浑身瘫软、有气无力。马丁把她扶上床，给她喝了开水，揉了好一阵子胳膊腿儿，让血液正常循环，她才恢复正常状态。

林爱凤又睡了一觉，醒来后第一句话说："以前我最崇拜毛主席，现在最崇拜自己。"

此后林爱凤的走路姿态中，多了一份伟人的从容淡定。她眼里的世界，似乎一切尽在掌握。

她对马丁道："这个房产证是你的名字，现在可以考虑认真地相亲了。我有几个条件，第一，必须是本市户口；第二呢，独生子女，她父母亲必须有房产；第三，有正式工作，公务员或者事业单位的，我不喜欢那种工作不稳定整天跳槽的女孩。"

马丁笑着自嘲道："妈，还是你帮我找吧，我估计头发白了也找不到符合你标准的。"

“当然要我出手，不过你自己也得跟妈同一思想步调，妈动脑子你也得动手呀！”

“好吧，说实在的，现在相亲就跟去菜市场买菜似的，根本不是那种感觉。”

“对了，要的就是买菜的感觉，物美价廉、称心实惠，不是让你去谈云里雾里的所谓爱情，婚姻生活就是生意，只有双方都觉得有赚头，这日子才能过得和和美美。”

“妈，你这是哪来的理论呀，不算惊世骇俗，也算是奇谈怪论，说得人家对生活失去了兴趣。”

“哼，你现在看不上，将来就会知道正确性。妈说的话，不仅是自己的人生总结，更是五千年来中国人的传统精华，所以你不要说妈没文化，妈说的都是文化的精髓。如果有机会让妈去《百家讲坛》，妈绝对差不了！那个什么于丹讲的都是皮毛，她能掉书袋但没有生活阅历，我全身都是实践阅历，懂吗？”

“我看不出你还真有点文化呀？”

“原来我以为我是没文化的，所以就看什么大师讲座呀，想沾点光学学知识。看了多了，我就明白了，其实他们就是讲人应该怎么混，怎么玩滑头，既得了便宜又能卖乖。看懂了这一点，我就明白，其实我是有文化的，而且我的文化比他们要实在，他们还是借一些书本上的东西忽悠，就是纸上谈兵吧，哎呀，电视观众太好骗了。”

母子俩从相亲扯到文化，这倒让马丁觉得林爱凤确实是个有潜力的人，时不时迸发出新的潜能，并在现实生活中能文能武、亦正亦邪、无坚不摧。林爱凤自己也深以为然。

林爱凤突然发觉马燕有点不对劲了，这绝对是对自己权威的一种蔑视。她来到马燕家里，表情冷冷的，不打招呼，不说话。马燕见林爱凤面若冰霜，心里就发毛了，她是个外面冷静内心脆弱的人。

“妈，到底怎么啦？”马燕哀求着问道。

在马燕数次追问之下，林爱凤冷冷道：“你知道你错在哪里吗？”

马燕像个犯错的小学生一样，细细思索生活中对妈妈的抵触。她轻声问道：“你是怪我不跟林健去过户门面房吗？”

林爱凤点头道：“幸好你还想得到，要不然妈妈的话你都不放在心里了。你是不是觉得我很容易就争取到门面房了？”

林爱凤想起那天跟林健交锋，林健无奈之下，去厨房里取了一把菜刀出来。林爱凤一见大惊失色，不过她也不是胆小之辈，慌忙顺手提过一把凳子，边后退边颤声叫道：“信不信我一凳子把你打成脑瘫。”林健递过菜刀哀求道：“妈，求求你把我脑袋劈开，有个东西在我脑仁子里爬，你帮我取出来。”林爱凤把抖动的腿立住，道：“你把刀放桌子上。”

林健把刀放在桌子上。林爱凤上前拿起菜刀，叫林健坐下，道：“在哪里？”林健指着自己的脑门右部。林爱凤闭上眼，拿起菜刀就劈过去，林健也闭上眼，准备脑袋开花。但是刀在半途时，林爱凤想起了一件事，把刀停住，道："你是不想活了吗？"林健叫道："我顾不上自己活不活了，我疼，我只想把脑子里的东西取出来。"林爱凤道："那不成，你还没答应我条件呢，我不能帮你劈了。"林健道："那就不麻烦你了，我自己劈吧。"

林爱凤把刀收起来，取过一根擀面杖敲了敲林健头疼的部位，问道："你知道为什么会这么疼吗？"林健道："不知道，只是刚才突然有一个东西在里面横冲直撞，我不想要自己的脑袋了。"林爱凤用力敲了敲他的脑子，问道："现在是不是好了点？"林健道："是呀，那个东西好像被你打怕了。"

林爱凤点点头，道："你想知道你头疼的原因吗？"林健像鸡啄米一样道："想想想，比什么都想。"林爱凤道："你脑子里藏着一条虫，那条虫子叫贪，知道不？你就是贪念太多，你要是把门面房吐出来，将来也是给你儿子的，我保证你脑子里一片清爽！"林健恍然道："哦，是呀妈，你这么一说，我也觉得很有道理。如果我给了，你以后不会再找我麻烦吧？"林爱凤道："我的为人你还不信吗？！"

林健的头疼渐渐消淡，他明白林爱凤说的就是真理。在林爱凤的督促下，林健开始写转让的保证书。下笔之前，林健乞求道："这可是我个人同意的，千万别让我爸妈知道，否则这事没完了。"林爱凤道："那当然了，那两个老吝啬鬼掺和进来，我们还有公正公平吗？你签了保证书，然后和马燕一起偷偷把过户给办了，你这婚就离得高级，像个爷们！"林健写了一半，又道："我想附加一个条件，就是以后你不能再到我单位闹，你看我现在什么都没有了，就剩个小主任的帽子，你要是再把我这帽子给撤掉，我也活不了了。”林爱凤撇撇嘴道：“你还跟我讲条件了，好吧好吧，你写上，反正我这人就是这样，你要是不犯我呢，什么话都好说，犯了我，我说过的话也记不住了。”林健道：“妈，你都能发动群众，只怕比市长更有本事，以后我怎么能敢犯你呢。来，咱们君子协定，你也来签个字。”

林爱凤把林健搞定之后，林健来找马燕一起去办过户手续，没想到马燕根本不干，她只想平静，不想再介入有关离婚的瓜葛。再者，她认为前面的财产分割已经很公平，她不想要母亲强行争取来的东西。自己好不容易争取下来果实，她却不张口吃，这让林爱凤怎能不恼火。

马燕知道，此番林爱凤亲自督战，自己不缴械是过不去的。她拍了拍林爱凤的肩膀，示好道：“妈，我依你就是，可是我觉得这样对林健不公平，他也不是真心情愿的，我总感觉像拿回一颗地雷。”

林爱凤摇了摇头，道：“亏你还是我女儿，怎么就这胆子。过了户，白纸黑字，有法律保护的，你怕什么。再说了，你要是怕他再拿回去，你就把房子卖了，把钱吃了，将来谁还说要还，你就拉屎还给他……”

马燕止住她的话头，道：“你别说了，不管怎么样，我听你的，我去做饭，你在这儿一起吃。”

“不，问题还没有解决。”林爱凤用手止住马燕即将离去的姿态，一脸严肃道。

马燕心里咯噔一声，疑惑道：“还有问题？什么问题你说吧。”

“难道你自己没有意识到。”

“妈，你看我一整天，上课、买菜、接小孩、做饭，我脑子里哪能腾出空间来想那么多问题。饭饭越来越逆反，我真是累得要瘫了，求求你，什么事您就直说吧！”

“这个问题很重要，不解决是绝对不行的，而且在当前的形势下，我们不应该出现这样的问题，我一直想开一次家庭会议，把这个问题捋清楚，可是一直觉得你们的觉悟还不够，也就是时机不成熟……”

“我还是先去把米放进电饭锅吧。”

“不，跟这个问题比起来，吃饭根本不值一提。”

“妈，求求你把问题说出来。”

“这个问题就是，我们的思想非常不统一，这个问题太要命了。我是个寡妇，你是个离婚女人，马丁还没有成家，看清楚了没有，现在形势非常严峻，谁都可以欺负我们，简直叫四面楚歌。所以呢，我们必须统一思想，一致对外，建立新生活，给马家开创一个新局面。可是你们都没有意识到这个问题，我叫马丁结婚，他不当回事，我叫你争取房产壮大实力，你也不当回事，归根到底，我的权威根本没有建立起来，所以咱们的思想战线非常薄弱。”

“妈，您这是哪里学来的一套套官话——其实你就是要我们听你的，是吧，我答应你就是。我去做饭了，肚子饿了可不行。”

“饿一点怕什么，三年自然灾害妈都经历过。我看你虽然嘴上答应了但是心里是没有答应的，我担心的就是这个问题，口服心不服。”

“请你相信我，我真是口服心服，我没有精力不服的。”马燕哀求道，似乎坐在面前的不是自己的母亲，而是一个布道者。

“既然你服了，那你说说，我们统一战线的纲领是什么？”

“哎呀妈，这你真是为难我……反正你怎么说我就怎么做。”

“你这样可不行，纲领都不知道，什么事都要妈出手，妈一人可难敌四手呀！你可听好了，这个纲领就是团结起来，一致对外，利用一切力量，创造新生活。这个纲领我还没有跟马丁说过，这孩子跟你一样，不把我的话当回事，越来越不上道了。”

昨晚的思想工作，马燕已经筋疲力尽，觉得脑子想一堆稀释的糨糊，再也不能去想任何问题了。她下意识地淘米做饭，下意识地弄了些菜，结果水也放多了，盐巴也放多了。自从生了孩子之后，马燕觉得记忆力就下降，带孩子的这些年，简直就没有一天有认真休息过，记忆力方面越来越恶化。她想刚才还好全盘答应妈妈，要是争执起来，恐怕只会因气力不济而昏倒。

林爱凤临走时，马燕道：“妈，明天放学后我把饭饭放你那边玩一下，我要出去应酬下。”林爱凤奇道：“你是绝少有应酬的，今天这是怎么啦？”

马燕道：“有个初中同学，那天不知怎么搞的在路上遇见，说有什么事情要问我，非要请我到锦江饭店吃个饭谈事，说得让我没办法拒绝，我说孩子没人带，他说孩子一起带过去没关系。我想，饭饭这个年龄这么淘，带去吃饭哪能谈得了事，还是不带去礼貌一点。”林爱凤睁大眼睛道：“锦江饭店，有档次，一定要去，妈妈支持你。对了，你紧着跟林健办手续去，到时候也可以由我带孩子，凡是有利的事，我都愿意承担一份责任！”

只有两个人吃饭，张学东在十八楼靠窗的位置定了一张小台，可以一边品味美食，一边俯瞰全城。整个城市像一盒被小孩吃剩的饼干，大小高低的楼房一直延伸到山那边，各条主干道上的车子犹如蚂蚁密密麻麻地忙碌着。身居如此高处，不免生出些慨叹人生的情怀。张学东叹道：“哎，将近二十年没见了，你还是跟当初差不多。”

在点菜的间隙，张学东装作不经意地深深地看了两眼马燕，似乎把这十几年的空缺补回来。马燕有点觉察，脸上微微热了一下。在张学东眼里，马燕其实变化不大，还是一张学生样的白净的脸，还是一副温婉的样子，举止投足都透着一股知识分子家庭子女的优雅。在马燕的眼里，张学东变化可就大了，当年相貌毫不起眼，瘦猴，是班里的祸害，不论是老师还是被他骚扰过的女生都恨不得他早点离开学校。现在的他有一种中年男子的稳重，一身考究的生意人的打扮，马燕觉得恍如隔世。

张学东递过一张名片，道："今天是正式见面，所以还是给你一张名片，以后要多多联系。"名片上有很多信息，除了介绍张学东是海鲜加工企业的董事长之外，还有海鲜销往东南亚以及韩日的渠道，让人觉得是一家风生水起的国际企业。马燕道："我只是个老师，没有名片，反正有什么事就直接打手机。"

张学东道："当老师好呀，女人当老师是最合适的，你看你的气质多好。对了，家里都好吧，老公孩子什么的。"

马燕很少出来交际，也没有什么心机，不会说敷衍的话，实诚道："我离婚了，现在带着孩子，特别淘，今天放在我妈妈那里，要不然我哪有工夫出来。"

张学东诚恳道："真不好意思，一开口就哪壶不开提哪壶。"

马燕苦笑了一下，道："这倒没什么，事情都过去了，也早想开了。"

张学东似乎料到她会这么说，表情一转，道："就是，我说的就是这个，离婚不是什么好事，但也不是什么坏事。人生说短很短，说长那就太漫长了，年轻时候跟你相爱的人，过了十年未必就是最合适在一起生活的人。两个人合不来了，离了，是给自己建立新生活的一个机会，是不是？实话告诉你吧，我前两年也离了婚。"

马燕开始切入正题，问他要谈什么正事。张学东道："就是我一个外甥女，他父母亲进城，到我公司来打工了，也想把孩子从农村中学转上来。”马燕道：“现在是划片的，很难，不过校长那边应该有机动名额，但需要赞助费吧。”张学东道：“那当然，钱没问题，就是需要你给我引荐引荐。”马燕道：“没问题，改天我问问校长，该怎么着就怎么着，有钱应该没问题，我们学校现在很注重创收。”

张学东催马燕吃菜，突然调转话题道：“其实呀，你不知道，中学时候我特别喜欢你，简直把你当梦中女神。这十几年来，我心目中完美的女性，就是你这个样子。”

马燕活了这么多年，还没受过如此的赞美，她根本不信此话是真，笑道：“你比以前能说话多了，可是也不能说得这么夸张，我记得那时候你还拿虫子吓我呢。”

“唉，你可别不信，我说的是真的。我以前用虫子逗你是为了引起你注意。那时候小，不知道怎么吸引女孩子嘛。”

“好吧，好吧，就算你说的是真的，也都是过去的事了。”

这个话题并没有深入下去，马燕惦记着饭饭，急着要回家。剩了半桌子菜，两人便结账下楼，马燕是节俭的人，看着可惜，但也不好意思说要打包。张学东硬要开车送马燕，车到林爱凤楼下，马燕便上去抱饭饭下来。林爱凤听说有车在下面等，特别好奇，也跟着下来看看是谁。张学东见林爱凤下来，马上出来热情地打招呼，还从后备厢里取出两盒银耳饮品，说是第一次见老人家，真是不成敬意。张学东的举止给林爱凤留下深刻的印象，后来一直在马燕面前夸:“这个人礼貌、大度,可堪大用!”

林爱凤回来对马丁神秘道:“你姐似乎有新动静。”便把张学东这人介绍了一遍,还说比林健强上一百倍。

马丁不满道:“妈,人家就拿两盒礼品给你,你就夸人家大气,才见一面,不要下结论。”

“你以为妈就那点出息吗?告诉你,我不是看什么礼品,我是看人气度,懂不?你姐要是早摊上这样的人,现在就没这么狼狈。”

马丁撇嘴道:“妈,姐是什么人你还不知道,一朝被蛇咬十年怕井绳,她现在哪里会想到那里去。”

“你这倒是提醒我了,你姐这人是木疙瘩脑袋,不开窍的,我倒是要敲敲她。”

“妈,你这是多此一举。”

“有机会就要争取,没有人会把肉放进你嘴里的。这个世界都是狼,都在抢别人嘴里的肉,你没看懂。”

林爱凤确实在以狼的嗅觉,虎视眈眈地看着这个世界。秋冬之后,旅游进入淡季,林爱凤在街上踱步,看看有没有钱包掉下来。一个“天桥旅行社”的业务员把她拉住,告诉她现在夕阳红旅游打折非常实惠,几乎是在为老年人做义务服务。林爱凤看了看价格,有点心动,北京五日游低到比自己往返的机票钱都要低,她想旅行社一定疯了。但是她又犹豫了,心想我只是去看一看世界,又没得到什么,还要花这么多钱。

回到家后她一直在嘀咕。马丁听了，突然觉得这是个好机会，便怂恿道："妈，你应该去旅行一次，见见世面、舒缓舒缓心情，对身体有好处。"马丁是想让林爱凤心境开阔一点，免得成天紧紧抓住结婚呀、房产呀这些家长里短。

林爱凤神思恍惚道："我倒是想走一走，看看世界，可是有一件事想不通，为什么我们去看一看风景，就要买门票呢，那是我们祖先留下的遗产，应该是全人类所有呀。你看人家来我们家瞧瞧，我们也没收他门票吧——这种不合理的事，我想到心里就难受。"

马丁道："妈，你真是吃着地沟油的菜操着中南海的心，中国就是这样，有什么办法。再说了，人家风景区也需要管理维护嘛。"

"可是，花了那么多钱，总得得到一点什么。"

"得到的是赏心悦目，是心情愉快，一路上跟人交流交流，开阔一下心胸——妈，你别老那么务实嘛！"

林爱凤突然有所悟，道："好，我想到了。马丁，你按照这个名片，帮我报两个名额。"

三天后，林爱凤和老杜出现在飞往北京的飞机上。两人从来没出过远门，更没坐过飞机，飞机从地面一下子升空，飞行在滚滚云层之上，老杜道："你说如果飞机掉下去，我们怎么办？"

林爱凤道："瞧你这胆子。"

"我是说万一。"

“那就死呗，我们死在一块儿，也挺好的。”

“呸，太不吉利了。”

“还不是你提起的话题。”

“也是，我是年纪越大胆子越小了。”

老杜根本没想过旅行一事，他似乎一下子老了，原来身上的活跃因子荡然无存，每天缩在老街上阴暗的古玩店里喝茶，像一只畏光的老鼠。爱情与声誉给他带来了双重打击，使得他脆弱的心更加脆弱。林爱凤打来电话，叫他一起去旅游，他吓了一跳，好像要把一个小偷暴露在光天化日之下。林爱凤道：“我看你要憋出病来，叫你出去散散心。”老杜拒绝道：“不不不，我不去，现在真的没心情。”林爱凤道：“我已经帮你交钱了，不去你也得去。”

老杜到了机场，心境才开阔起来，看着机场里来来往往的人群，与阴暗的茶室是两个世界，也淡忘了窝心的块垒，不由叹道：“是该出来见见世面。”林爱凤似乎胸有成竹道：“我就说嘛，你这个老顽固，一根筋，世界在变化，你也别一竿子到底。”

林爱凤在飞机上嗲声嗲气道：“你说，我们像不像年轻人的蜜月旅行。”老杜尴尬道：“这、这、这是什么话。”林爱凤捶他的肩膀道：“怎么啦，怎么你就觉得不像话，我配不上你还是怎的？”老杜叹道：“我是怕侮了你名声，再说了，我现在还跟贵妃在一起呢。”

林爱凤哼的一声，别过脸去，像一团乌云窝在座位上。老杜转过来道:“哎,我说的是实诚话,怎么又得罪你啦。”

“你老在我面前提贵妃贵妃的,好像我从她手里把你抢了似的。你们现在不是分手了嘛,你们分手了我才敢拉你出来散散心。”林爱凤像一个炸药桶被点着了,声音大得周围的人都听得见,纷纷侧目,老杜羞得忙摁住她的嘴巴。

待她稍微平静,老杜叹道:“哎哟,你说我这究竟是不是分手,我还真不知道。她也没个声明,就把我赶出来,我也不知道该不该联系她,问她一下。”

林爱凤抹了抹红红的眼睛,道:“我说老杜呀,你怎么这么没自尊心呀,被人家赶出来了还不承认分手,我说你是不是男人呀。”

老杜无奈道:“小声点小声点,家丑不可外扬。”

旅行过程并不是很舒心,由于导游的购物陷阱、住宿条件以及各种敷衍,林爱凤时不时地与导游发生言语冲突。几次冲突之后,导游对林爱凤发了憷,林爱凤最后一夜命令导游,把她和老杜安排在一个房间。老杜看见林爱凤出现在自己房间里,大吃一惊,林爱凤突然号啕大哭起来,老杜如坠云雾,惊问道:“怎么啦,又得罪你啦?”

林爱凤哭得更加厉害,道:“你这没良心的。”

老杜如坠满是迷雾的深渊,林爱凤的下一出戏他永远猜不到,在林面前,他只是个蹩脚的观众。老杜只能扶住花枝乱颤的林爱凤,道:“有什么话好好说,这么哭也是会伤身体的。”

林爱凤腾出哭泣的嘴来，道：“你总算说了一句人话。”

老杜松了一口气，知道找到一个切入点了，道：“你说吧，好让我明白。”

林爱凤抹了一把眼泪，道：“当初找陆心情帮忙找工作的时候，我们就自称是老两口，可是你一直没放在心里，我哪里配不上你了？后来你还干了让我最伤心的事，和吴贵妃搞上了，我当时脸上带着笑，心里却跟刀割一样……”

老杜皱眉道：“我记得你原来说，我们只是假扮，不能当真的……”

“我是女人，我好意思那么主动吗？你这人真是一点也不解风情，亏我爱上了你……”

老杜心里一激灵，没想到自己到了暮年，一下子成为万人迷，自己真是小瞧自己了。作为男人，老杜不由自主地升起小得意，叹道：“哎呀，魅力太大也不是什么好事呀。”

林爱凤如带雨老梨花，娇声道：“你还臭美了，要不是你跟她分手了，我还准备一辈子都不理你了呢。”

老杜皱眉道：“我就是忐忑呀，这分手分得不明不白的，也不知道分了没有。”

林爱凤怒道：“怎么，你还想藕断丝连不成！我这么年轻，难道还配不上你？一身汗臭，快洗洗去……”

老杜还是叹道：“为难呀。”

林爱凤道：“真没出息，你瞧瞧同行的男人，哪一个像你这样长吁短叹的，出来见见世面就该学一学，做人要能拿得起放得下！”

老杜被说得雄性勃发，也大概是因为旅游在外心境开阔，道：“就是就是，我老杜以后也要像个男人样，不再牵肠挂肚，要不然也对不起我的魅力。”

老杜说着做了两下扩胸运动，像个即将上场的举重运动员一样大吼一声，脱下外衣进了浴室。林爱凤舒了一口气，抖了一抖，把眼泪什么的全抖没了，像个卸了妆的演员，在镜子里朝自己心满意足地笑了一下，对于演出还是相当满意的。

吴贵妃与老杜心心相连。在度过一段不眠之夜后，她回到了寂寞、哀伤的初始阶段，她开始反省自己的洁癖，反省自己的苛刻。老杜是一个肮脏的人，但其实又是一个多么不可多得的人，退休了还那么轻健，身体没毛病，脾气又好，知识渊博。在自己的圈子里，这样的人恐怕不会有第二个。陪伴自己的一段时间，他说的情话多么动听，又多么真挚，把自己已经遗忘的情愫都勾了出来。有些夜晚，自己像少女一样撒娇，快乐完全打败了岁月，返老还童居然不是神话。宽恕吧，原谅吧，让洁癖见鬼去吧。不管怎么样，还是先让他回来再说，人生苦短，有些男人是要珍惜的。她在心里喃喃自语，对老杜的想念也愈加炽热，终于融化了内心抵触的部分，眼泪像岩浆一样渗透出来。在这样的夜里，有什么比孤寂更可怕，有什么比情人更温暖呢，她举起电话，找到了老杜那个熟悉而又陌生的号码，一只手摁在胸口，以防那颗有年头的春心跳了出来。

“喂，老杜吗，你……你还好吗？”

“哦，我不是老杜，你是贵妃姐吧，我是林爱凤呀。”

“啊？哦，那……”

“那什么，老杜在洗澡呢。要不要把手机给他？”

“哦，不，不，你们？”

“是这样的，你们不是分手了嘛，老杜心情不好，差点想跳楼，我呢为了救他，邀他一起出来旅游，现在在北京呢。我跟他说了，好聚好散，大家还都是朋友是不是，天涯何处无芳草，别老想着回头草，不知道这是谁写的，反正我觉得蛮有道理的，这才把他从人生的低谷里拔了出来。喂，喂，你在听吗……”

吴贵妃不知何时，拿手机的手已经垂下，随之像魂儿被人抽走似的，整个身体软了下来，倒在床上。

第十七章

正如马丁所言，张学东显然有备而来，已经由颇为矜持的接触变成疯狂的追逐。除了电话问候、约吃饭，他有时候还会堵着门口接马燕下班。张学东非常坦白地告诉马燕，自己心目中的完美女性就是马燕这样的，端庄、矜持、有教养，自我、专一、不迷恋物质，从青春期到现在，马燕一直在他心中。但是由于自己以前没出息、自卑，所以不敢表白，但一直没有忘记马燕，一直有这么个公主的形象存在脑海中。现在机缘巧合，不但重逢，而且两人都单身，这是最好不过的实现梦想的机会了，他不会轻言放弃。

以前那么屁都不懂的混不懔小子，现在说起来却跟情圣似的，马燕真觉得有点荒诞。当然，作为一个女人，遇到如此汹涌的表白与崇拜，心中不免一热。但是，马燕不是情窦初开的女孩儿，也不是情感奔放类型的，这种凶猛的攻势在马燕看来总是有几分不真实。她保持着礼貌与适当的距离，这种优雅让张学东有点抓狂。

张学东原来家境比较差，辍学后就开始帮家里做水产生意，很早便闯荡社会，但在同学面前也颇为自卑。到了三十来岁，生意做得风生水起，人也从一身腥味变得衣冠楚楚，加之相貌堂堂，也颇能受人尊重，这才有心思想了想人生，让青春的梦想浮出水面。是的，马燕是张学东青春梦想的一个核心，他在外面接触过的女人越多，越觉得马燕这样的一个女孩多么珍贵，娶到她的男人是多么幸福，肯定是像一个公主一样养在家里。他按照习惯的方式，以热情的物质、精神双重攻势共同出击，以往他拿下任何一个生意伙伴和对手都是这么弄的，但是现在好像拳头打在棉花上。这逼迫张学东不得不停下来，考虑一下策略的问题。

张学东邀请马燕，多是被以要带孩子为由拒绝，但是后来张学东发现了一个招，他到幼儿园门口等，然后跟饭饭说一起去吃麦当劳。饭饭在麦当劳的儿童区的滑滑梯上玩上瘾了，一听"麦当劳"就兴奋，这下马燕就没法拒绝了。马燕当然不喜欢这个样子在公众场合出现，好像一家三口似的，因此她埋怨道："麦当劳食品火气大，我听说这个鸡腿都是长着六只腿的鸡做的，吃了还指不定会怎样，以后还是少来。"

张学东笑道："现在要是讲究这个，那满大街的东西都不能吃了。我是做海鲜的，跟各行各业都不少打交道，说白了，各行各业都有一些花招，谁也不知道吃了会怎么样。但是只有一条，就是做什么的人自己就不吃什么。"

饭饭在滑梯上玩得正欢，两人点了些薯条鸡翅，在旁边的桌子上边吃边聊。这气氛既让马燕觉得闲适又不安。她甚至想到，和林健在一起的时候，一家三口竟然没有这样和和美美地在麦当劳里待过一次，不由得有一种莫名其妙的酸楚。张学东则心安理得，非常享受，好像他是这三人中无可争议的家长。

“那个，你前夫林健，好像结婚了。”张学东边啃鸡腿边漫不经心道。

“哦。”马燕心里像被针刺了一下，一麻，差点叫出声来，为了掩饰自己的失态，她装作冷笑一声，问道：“你怎么会知道？”

“我公司一个小弟特别多嘴，每次到饭店送货。都喜欢打听今天饭店有几场婚宴呀，是哪些有头有脸的公子哥儿的婚礼呀，回来作为谈资炫耀，我不是顺带就听到了嘛！”

“我是说，你怎么知道这个林健……就是我前夫。”

“哦，我是做海鲜出口的，跟外贸局打过交道，早就知道……不过之前不知道是你的前夫，就知道有这么个人。”

马燕再也无法掩饰失落的疼痛，脸色黯然。张学东见状，劝道：“你也不要难过，离了婚，你过你的，他过他的，互不干涉，别想太多了。”

马燕泪花一闪，哽噎道：“毕竟我跟他过了这么多年。”

那一刻，张学东心中一动，产生一种特别强烈的冲动，真想把她搂在怀里，一辈子呵护她。

陈幼兰无意中知道门面房被过户给马燕，气得涕泪横流。

女人对于家产的敏感，比男人要多出百倍，这大概是因为女人对家更依恋吧。陈幼兰虽然觉得此事儿子过于软弱，又因为从小宠溺，不忍多加责备，便要找林爱凤讲理去。但被林健死死抱住，道："妈，求你了，你为我考虑考虑，领导已经跟我谈过话了，如果她再去我单位闹，恐怕我就没那么好混了。"陈幼兰收步叹气，道："难道就这样白白便宜她吗？以前我还不相信赔了夫人又折兵这句话，我想什么样的人能做到这般狼狈呢，不可能的，没想到你就是了。"林健分析道："妈，我也是迫不得已，都快被逼疯了。我就把这套房产算是给了饭饭，还有她承诺再也不找我麻烦，这一点是最重要的，有字据为凭，如果她到时候反悔了，还被人指使着来捣乱，到时候再算账！"

林天来倒不多介入房产的事，只是摇头道："光脚的不怕穿鞋的，如果群众的素质都像林爱凤这样，那这个国家真是没法管了。"

陈幼兰道："你现在跟他们家一刀两断了，赶紧再找一个，赶紧生个儿子，气死他们。这回我们要真的抱孙子了。"

林健放眼望去，整个地球上的女人，虽然茫茫一片，现在跟自己最亲的，大概只有侯红了。因为怕事情越闹越大，林健托了关系，迅速把侯红调到开发区的一家茶叶公司。当林健跟她谈起父母希望自己找个女人结婚时，侯红眼巴巴地看着他。没过多久，他们俩便果断走入婚姻殿堂。

对于侯红，林健觉得自己是心里有数的。她其实在感情上有点迷糊，没有太多的小三或者不道德的概念，正因如此，他相信她对自己的喜欢并不含太多功利成分，她总是对比自己大的成熟的男人有感觉。她也有自己年龄相当的男朋友，而且嘻嘻闹闹的那种，也不是很用心，所以当她理解了林健的心思，便迅速断了与男朋友的关系。

在林健心中，马燕和侯红是两个极端。马燕是道德上极其严谨，有了蛛丝马迹便要针锋相对的；而侯红是随性的，也许是因为没有受过正统的教育，她干什么都是随着自己的性子和喜好。这种反差，也使得林健感到一种放松。但对于林家父母来说，这种迅速的二婚，带着一点复仇与示威的性质，就是要让马家看看，你不是要离婚吗？我的儿子分分钟就能找到结婚的人。

林健希望不要大办，但是陈幼兰表示要办得比第一次更隆重，摆了三十几桌。对外都宣称侯红是林健刚认识的，从外地来的女子。只有林健单位的人才恍然大悟，原来盛传的小三事件是确有其事。

老杜发现一个规律，旅行使人胆子变大，什么事都能干得出来；但是回来之后，你就会陷入从前的生活状态。让老杜觉得更要命的是，他觉得生活比以前更加纠结，他比以前更加羞愧，于是他更加着急地进入阴暗的古玩店喝茶，但很快被林爱凤揪了出来。林爱凤道："我现在是你的人了，你要负责的！"老杜惊得叫了声："啊?!"林爱凤教训道："什么啊不啊的，当个有责任心的男人会死吗?!你现在跟我到一个地方,咱们把关系确定一下。”

公交车哐当哐当的,老杜一路上心惊胆战,被林爱凤拉到老马的墓前。林爱凤煞有介事地点了蜡烛,烧了香,举着香,对着空气中老马的灵魂道:“老马呀,现在老杜是我的朋友,那种朋友,你把我托付给他,你就放心吧。老杜人不错,他一定会照顾好我的,你也不要吃醋,不要伤害他,除非他做了对不起我的事,你再找他算账……”

老杜不满地嘀咕道:“这事别在这里说嘛。”

林爱凤道:“你是不是不想承担责任,有什么话就直接对老马说。”

老杜道:“没有没有,我是让你低调点。”

“我已经很低调了,不请客,不张扬,这种两个人的事只要自己知道就好——还有一条你得记住,以后不能再跟吴贵妃有瓜葛了,否则我让老马治你。”

“哎……不要说得这么毛骨悚然。”

“你要是不做亏心事,就不怕半夜鬼敲门。”

从公墓回来的路上,林爱凤似乎刚刚完成自己的婚礼,不但如释重负而且还相当兴奋。她偎依在老杜身边悄悄问:“今天你开心吗?”老杜转头道:“哦?噢,嗯!”林爱凤脖子靠着老杜的一只手,道:“老杜呀,其实我第一次见你,我就喜欢上你了,我觉得老马走后,我这么多年没有白白等待。可是你也知道,我不是随便的女人，我其实很害羞、很内向的……经过一番波折，我终于如愿以偿，今天真的好开心，你也要开心哟。”

老杜的忧郁渐渐被融化，他带着语重心长的甜蜜叹道：“既然如此，我有一个条件，以后呢我也不去跳舞，不去什么公共场合，不跟过多的人打交道，我只喜欢过自己的小日子，安安静静，这点你可得答应我。”

“我理解，你意思是说，有了我，你已经拥有了整个世界了，不需要纷纷扰扰了，是吧？没想到你的浪漫情怀不亚于我呀。”

老杜点点头，心里道：浪漫个头，我只是不想再听到是是非非，能睡个安稳觉。

老曹许久没有见到林爱凤，心里有点慌，有几次打她电话约出来跳舞，林爱凤总以忙为借口推托，这让老曹感觉不爽。他不明白为什么有的女人对你热情的时候，会让你觉得她是世界上对你最亲的人；而对你冷淡的时候，好似从未认识过。老曹精神有点不振，半夜起来小便时，脚底一软，不知怎么地就一跤坐到地上，当时还不知哪里疼，只是爬不起来，只能半睡半醒之间在马桶边闻自己的尿骚味。不知过了多久，老曹的脑子清晰起来，知道如果不自救，很有可能就在马桶边睡死过去。他挪动身子，后腰虽然疼痛，但身子还是能动，他用自己蚂蚁般的气力，拖着大象般的身子，一步步地挪出去，最后伸出手去，抖抖索索地摸到了手机。

在医院做了 X 光检查，脊椎骨有个关节发生错位，大概是四分之一的程度，不需要做牵引，但必须住院卧床。老曹呆呆地望着天花板，心想如果没有手机，自己不知道能不能逃出门来。

林爱凤要和老杜一起去看望老曹。老杜埋怨道："我不是说了嘛，不交际，不走动，你答应过我的。"林爱凤撇撇嘴，道："我就说你这人得好好教育，这不是交际，这是人道主义。"老杜道："那要不我们分头去看？"林爱凤道："你这说什么话，难道跟我在一起给你丢脸了不成。"

老曹看见老杜和林爱凤携手而来，脸上的肌肉似乎也被扭伤了，惊愕得如同得了老年痴呆。林爱凤手里提着一盒张学东给他的银耳饮品，搁在床头柜上，嘘寒问暖地关照了老曹片刻，话题随即转到核心问题上。林爱凤掏出几张照片给老曹看，那是她和老杜在北京的合影。林爱凤道："你看，这是我和老杜去北京度蜜月的照片。老曹，你病好了也该出去走走，外面的世界很精彩的。"老曹是个直肠子，看了半晌，理了理思路，叹道："哎，你俩怎么好上了？实不相瞒呀爱凤妹子，原来我还以为我们俩有戏呢，真是自作多情呀。"林爱凤毫不尴尬，推心置腹道："老曹，我也觉得你是个好人，可是爱情这东西是勉强不来的，我们做永远的好朋友吧。"老曹自我解嘲道："还什么永远，就我这身子骨，没几年了。老杜呀，你可真行，几个月前刚刚喝了你和吴贵妃的喜酒，现在你就换人，真没看出你这个人……"老杜羞得只差没钻进地里去，嘴里像母鸡抱窝一样叫着："这、这、这……"

马燕得知林健的二婚对象是侯红，受到了深深的刺激。原本她已决定在心中忘记林健这个人，不管他幸福与否，都与自己无关。但是自己太不争气，还是会受到各种信息的刺激，她觉得自己做人太失败了，拿不起放不下。张学东便想趁她如此悲痛孤独之际，去俘虏她受伤的心，有一次在车上，张学东强行抱住她，要亲吻她，但是被顽强地拒绝，最后马燕气愤地下了车。行动未遂使得张学东更加确信一个真理：马燕是天底下最好的女人，不，女神。

在张学东貌似不学无术的人生里，自有一套经典的文化精髓。他认为人没有什么搞不定的，钱、色，当然有少数人对这个不感兴趣，倒是一看到古玩字画什么的就动心。张学东有一句名言：物质搞不定的人，可以用感情搞定。张学东近年生意做得风生水起，与这句话不无关系。

林爱凤回来的时候，张学东从路口停着的车里出来，从后备厢提出两盒海鲜递了过来。林爱凤被张学东一身光鲜的打扮吸引住，连连赞叹："你真是个有心人，上去坐坐。"

张学东江湖出身，虽经历练做事也讲究分寸，但总体上还是喜欢单刀直入，寒暄几句后，便提道："阿姨，我和马燕的情况都差不多，离过婚的，现在都单身，我是喜欢马燕的，想听听您的意见。"林爱凤听了，心中一喜，却故作吃惊道："哦，这样呀……马燕也成人了，这事呢肯定是她自己做主，我的只能是参考意见。不过你们都是结过一次婚的了，再婚呢得慎重，是不是合得来呢，要互相考察考察。”张学东嬉笑道：“所以呢，我是先让您考察，我知道马燕是很听您的——阿姨你觉得我这人怎么样。”林爱凤道：“你这人呀，我看浑身上下没有一处缺点。不过日久见人心，心我就看不出来了。”张学东振奋道：“有您这句话，我就安心了，日后您一定能看出我的心的——我喜欢马燕，可不是一天两天，是一二十年啦。”

接着聊到马丁的亲事，张学东热忱道：“我公司有好几个未婚女孩，可以让马丁看看。”林爱凤骄傲道：“那可不行，你公司的女孩终究只是卖鱼的——我不是看不起卖鱼的，我是说，我希望马丁能找个公务员之类，工作稳定的女孩。”张学东并不介意，自告奋勇道：“当官的朋友也有，我明儿打听下他们有没有未婚的下属。”林爱凤点头道：“这有谱。现在要找个合适的女孩真不容易，要广撒网呀！”

林爱凤突然一走神，叫道：“哎呀，今天还有事要出门，就不留你吃饭了。”张学东道：“我正要走。对了，您出门去哪，我正好捎您。”林爱凤道：“那敢情好。”

顺着林爱凤的指点，车子往一中开去，如今学校临街的围墙被拆除，换成了铁栅栏，里面的校园风光一览无余。张学东动情道：“阿姨，你可别说，看到学校的景色，我就心就开始怦怦跳，因为我就是在这里喜欢上马燕的，我都能闻到这里有恋爱的味道。”林爱凤抑不住内心的甜蜜，道：“实不相瞒，我来这里也是谈恋爱。”张学东欣喜道：“哎哟，阿姨，真巧呀！”林爱凤道：“巧什么巧，你还没开始恋爱呢。”张学东道：“是没开始，现在最多是单相思，不过有您鼎力相助，一定能成功。”林爱凤道：“那得看你的行动。不过我告诉你一个心得，恋爱这东西，真神奇，当一个人在你面前的时候，你没觉得怎样，但是有人跟你抢的时候，你就会觉得这人特别有魅力。”说着下了车，像个小姑娘一样一脸灿烂地摆了摆手。张学东摇下车窗，叫道：“阿姨，有什么需要我帮忙的，尽管开口。”

林爱凤的脸上洋溢着幸福，走到老杜的宿舍，掏出钥匙。她觉得钥匙是爱情的见证，强行要老杜给她一把，表示不分彼此。在打开门的一瞬间，她惊呆了。

从北京回来后，老杜一直想把自己封闭起来。因为林爱凤老在到处炫耀他们在北京的合影，以此证明他们已经是事实上的男女朋友。老杜的名声变得很坏，不但是个嫖客，而且是个花心萝卜，这让老杜的一个人民教师的清誉付之东流。这个城市说大很大，街上走的都是陌生人，但说小又小，一点点负面的新闻，瞬间就如春风吹遍整个杭城，你走到哪里都能见到异样的嘲讽的眼光。老杜想把自己关在屋子里，直到死去。但是树欲静而风不止，有一天他收到吴贵妃的短信：“我想找你谈谈。”老杜内心中休眠的那一部分又动了起来，而且动得肝颤了，他心道：你这短信怎么不早发呢，早发了把事情做个了断，现在你找我谈什么呀，谈祸害呀？但是以老杜柔软的心，他不可能对吴贵妃默然不理。老杜犹豫之后回复短信道：“好吧，等回头找你。”

吴贵妃那天在老杜的手机里听到林爱凤的声音，她被事实震惊了，倒在床上简直无力再醒来。情感世界里的无情与冷酷，没有想到在晚年席卷而来，把她卷进生命的低谷。第二天，她开始喝点米粥、喝点蛋汤，才慢慢恢复体力。她尽量想忘记这一场噩梦，忘记老杜曾在她耳边的甜言蜜语。她也尽量少去舞池等那些熟人多的公共场合，以免被人问起那个话题。但是她还是必须经常出去走走，随便什么商场，或者街道，闷在家里绝对是一场灾难。她在商场的镜子里看到自己圆润的脸已经憔悴，发鬓略显凌乱，显示一个情感失败者的失落。在经过某些和老杜曾经一起走过的地方，她突然意识到，被老杜抛弃简直不像现实，因为这些地方唤起了她对老杜深情、诚实的印象，她进一步意识到，自己没有亲口听到老杜的片言只语，自己只是被林爱凤的一番陈述打败。这个想法使她内心不甘的种子发芽，复活，有一刻她突然意识到自己也曾经是个强悍的女人，为什么现在说败就败呢，为什么自己想要的东西不去争取呢？难道真是陷入爱情后使人脆弱吗？使人幽怨命运的不公却看不到自己手上握着命运的绳索。于是，她就在路边给老杜发了短信。发出去之后，她的勇气一下子又泄了，也许老杜根本不屑于回，也许此刻老杜和林爱凤正在一起，看着这条短信开心地嘲笑自己。啊，自己也是自视高贵的女人，何以变得如此下贱。这可恶的爱情，今生再也不沾它了。

突然她的手一抖，不，是手机一抖，是收到短信了。她的心儿又一颤，情绪由低谷又蹿上顶峰。妈呀，能不能别这么玩，这颗萌动的老心脏受不了呀。她在哀求自己的情绪。看到老杜回复的短信，她回了一条："我就在你楼下。"

她上楼见到老杜，熟悉又陌生，就如咀嚼多年没吃的橄榄。她很想扑到老杜怀里，美美地哭上一通，但这只是隐秘的想法而已。毕竟有太多的疑惑未解，她必须矜持。老杜给她泡了杯茶，两人谁也不敢把曾经有过的亲昵表现出来。

"你真的这么快就把我忘了？"吴贵妃低声问道。

"唉，你一个活生生的人，我怎么能说忘就忘呢。"老杜说话还是一副委屈的样子。

"没有忘，你怎么就跟林爱凤好上了，还一起去北京度蜜月？"

"哎呀，这事，说起来我自己都不相信。"老杜便把北京之行的来龙去脉说了一遍，道，"我这人就是不懂怎么拒绝人，这是我致命的缺点呀。"

"这么说来，那你到底是爱我还是爱她？"

"哎呀，这个问题呢，说实在的，从文学的角度来说呢，人非草木孰能无情，也不能绝对地说爱与不爱，是不是，都是好人……"

"我问你到底是爱我还是爱她？"吴贵妃泛着泪花坚定地问道。

"你真是，跟林爱凤一样，问的都是难题，如果一定要回答的话，只能说各有千秋……”

“你就回答我，爱我，还是爱她?”

“从严格的意义上来说，这是没有答案的，因为我是个实诚人，不可能在你面前说爱你，在她面前说爱她，但是如果不这样回答，又会得罪你们俩，你知道我这人是从来不得罪人的……”老杜陷入癫狂的语言状态，回避任何一点可能引起的纠纷。

林爱凤就是此刻意识到自己有特异功能的。她敏锐的磁场捕捉到老杜的踪迹，眼前幻化出他与一个女人模糊的身影，于是她坐着张学东的车，急忙赶来。

三个人怔住了。林爱凤叫道:“好你个老杜……”老杜慌忙站起来，垂手而立。

林爱凤很快发觉，现在不是收拾老杜的时候，便调转枪口，做爽朗状笑道:“我道是谁呢，原来是贵妃姐，今儿怎么有空过来串门呢?”

吴贵妃也反应过来，道:“我有的是时间，你也来串门啦?”

老杜见她们搭上话，趁机道:“你们聊，我去给你们做饭。”快步走进厨房，装模作样地淘米做饭。

林爱凤接茬道:“笑话，我这个如果叫串门，怎么会有钥匙呢。以后你要过来呢，先给我打打电话。”

吴贵妃笑了，道:“哎哟，你真是把自己不当外人了，我和老杜的喜酒你也喝过了吧。”

林爱凤笑得更厉害了，道:“笑死我了，把八百年前一顿酒也当成事，说你没见过世面你肯定不服气，要不我们也请你喝一顿？”

吴贵妃再也笑不起来了，脸色一下子冷下来，道：“林爱凤你是不是太过分了，别忘了，最早还是我把你带到舞池认识老杜的。”

林爱凤笑道：“你作为媒人，这一点我确实是要感谢，不过现在请你不要来打扰我们的生活。”

吴贵妃怒道：“你你你，我没见过你这么不要脸的女人！”

林爱凤反唇相讥道：“看谁不要脸，想吃回头草，告诉你，没门！”

吴贵妃气得结巴，道：“你你你，告诉你我烦你不是一天两天了，你这个阴狠毒辣的女人！”

林爱凤不示弱道：“告诉你，从见你第一面我就觉得你不是好人！”

老杜听到外面如放鞭炮一样噼里啪啦，赶紧把门关上，一边心不在焉地洗米，一边侧耳倾听，显然女人们尖锐的声音还是能清晰地传进厨房，让他不由得胆战心惊。一会儿只听得声嘶力竭的声音道：“老杜，你出来，出来评评理！”老杜装作没听见，把厨房的门反锁上。

这时候听到家具碰撞的响声了，夹着女人的叫骂声：“老杜，你快出来呀，你的家就要被这个坏女人毁了。”这个声音离厨房很近，老杜无法装作听不见。他从冰箱里取出一块肉，放在砧板上，回道："我没空，我要做红烧肉给你们吃呢，你们都歇歇吧。"

老杜倒了热水给猪肉化冻，外面的战斗持续着，夹杂着浓重的喘息声，和歇斯底里的叫骂声，什么粗话都出来了。老杜心道：原来女人也可以这样做，活了大半辈子，总算大开眼界了。等到老杜把肉切完，砰的一声，战斗戛然而止。

听到笃笃笃的敲门声，老杜提着菜刀把门打开一条缝隙，看见林爱凤的脸。老杜探出头，问道："什么情况?"林爱凤宣布道："被我打跑了!"老杜把门全部打开，叹道："哎哟，我还做了三个人的饭呢。"只见客厅里沙发枕头、果盘、茶杯什么的一片狼藉，林爱凤宣布道："再敢来，我再打跑她。"老杜恐惧道："哎哟，什么问题不能和平解决呢。"

老杜想继续回到厨房完成他的任务，但是被林爱凤揪了出来，道："不急着吃饭，把思想问题先搞清楚。"老杜丧气道："哎，你这做派好像又让我回到那个年代。"林爱凤道："什么年代都一样，思想不搞，没法领导。"

老杜也累了，坐到椅子上，双手并放膝上，一副欠揍的样子。林爱凤道："你知道你错在哪里吗?"

老杜诚惶诚恐道："请您指教。"

"我要你自己说出来，这样的认识才深刻!"

"我觉得我的错误很多，不知道讲的是哪一点。"

"你的说法很没有诚意。那就这么着，你说说你最大的错误是哪一点。"

“最大错误就是不该让吴贵妃上来。”老杜像学生面试一样，希望能早早应付过去，重新回到厨房去蹂躏那堆切好的五花肉。

“嗯，你回答得有一点点意思了，但还不到位，太表面。”林爱凤分析道，“你为什么会放她进来呢，那是因为你在思想上没有意识到，现在你是属于我领导，不论在思想还是行动上，必须忠于我，不能做对不起我的事。以前跟她的瓜葛，要一笔勾销，全然忘记，懂不懂，以前是旧社会，现在是新社会，那一页要翻过去了。”

“对，你这么一说，我的认识更加深刻了。”

“以后怎么做知道了吗？”

“知道，绝对服从你的领导。”

“为什么要服从我的领导知道不？”

“这个……您能不能再点拨一下？”

“我的人是你的了，我的心也是你的了，这一点老马可以证明——你以后还能听谁的？告诉你，不要轻易跟别的女人搭讪，除了我，这世界上没有几个女人是好东西。”

“我完全领会了你的思想。”老杜申请道，“我可以去做菜了吗？”

林爱凤点了点头，心满意足道：“老杜你这人一点就通，我就喜欢你这一点。”

第十八章

侯红从浴室里出来后，穿上一件镂空的黑丝情趣内衣，在镜子里照了照，效果比较满意，便躺在床上抱起一本叫《中文系》的小说，靠着台灯有心无心地看着，一边听浴室里的水声。

林健用浴巾揉着头发出来，侯红把书一放，把身上的被单掀开，展露一副诱人状。林健苦笑道："又弄新花样了。"侯红噘起嘴唇道："谁让你结了婚后跟换了个人似的，我不花点心思行吗?!"

侯红发现，当他们的做爱成为合法行为之后，林健就再也没有从前的激情了。主要体现在以下几点：第一，时间变短了，以前时间如白驹过隙，一晃一两个小时就过去了，现在他们整个过程最多在十五分钟以内；第二，以前总是林健主动，现在林健处于被动，甚至到了每次都是自己要求他；第三，以前林健会说最粗俗最肉麻最亲密的话，使得性爱质量陡然提升百分之五十个点以上，现在说的都是彬彬有礼的话，"可以了吗?""快点来吧。""我要结束了。"甚至不礼貌的话，"你快点，我累了。"第四，以前完事之后总是高谈阔论、神游天外，现在急急找周公去了……侯红觉得生活不应该如此翻天覆地。

林健把浴巾丢在椅子上，上床抓住被单盖在身上，道："今天市委领导开会，下达了中央的精神，要求副处以上干部要亲自……"侯红用手堵住他的嘴巴，道："嗯，亲爱的，来嘛……"林健吃惊道："啊，大前天刚刚来过呀。"侯红娇声道："就是嘛，都隔了两天了。"林健道："我真是累了，你有精神的话把这本《中文系》看完，很有意思，看完后你就只想上学不想做爱了。"

"那还不如不看。"侯红故作喘息道，"来嘛，我很想……"

林健突然间严肃起来，像在讲台上做报告一样道："你要是这么热爱这项运动的话，我还真是没法满足你的要求。"

侯红的情绪被他的严肃给搅和了，不满道："以前你总说你是最热爱这项运动，现在怎么变成我热爱了。我觉得你婚后变了很多，我就去网上查原因，有的人说是结婚之后会审美疲劳，我为你去买了这款情趣内衣，网上满意度评分是满分的，你真的看不到一点新意吗？"

"新意是有，可是我现在心思真的不在这里。"

"那你说说你的心思在哪里？"

"哎，你真是头发长见识短。你想想，以前偷拍我们的那个人，想把我搞倒搞臭的那个人，你肯定已经忘了，但他绝对不对忘记我们。现在我们结婚了，名正言顺地过在一起，偷拍这一招已经没用了，他肯定还在想其他的辙整我，懂不？我第六感能够感觉到。你想想，我还哪有心事热衷于床上的事。”

“我不信，当初那人还在跟踪我们时，我们逮着机会偷情，你跟老虎一样勇猛，怎么没见你说妨碍了心情?”

“此一时彼一时嘛，那时候年轻没有经验，疏于防范，现在经历了这么多事，成熟了嘛!”

“借口，你不要以为我喜欢你、宽容你，你就可以把我当傻子。我这人其他方面不行，情商可不低，今天既然谈到这个问题，就索性搞清楚，我问你，是不是我成了你的老婆了，你就没兴趣了?”

“胡说！不过这个问题嘛，倒是值得研究……你说呢?”

“我问你呢，别踢皮球。今天我一定要把这个问题搞清楚。”

“嗯，如果撇开我们两个的情况，从事物的普遍性来看，你提出的这个命题也是不无道理。”林健听说可以不做爱了，精神陡然提了起来，侃侃而谈道，“因为偷情本身就是一项探险运动，具有自身的刺激性，这种刺激性加上性爱本身的愉悦性，产生了化学反应，获得了一加一大于二的特殊效果，极大限度地提升了参与者的兴奋度，比起夫妻之间正常的兴奋度，当然不可同日而语。这个东西，就像旅行，人们常说，旅行就是离开自己待腻了的地方，到别人待腻的地方。既然这是个普遍规律，人们有这样的反应，我们就要尊重这个规律，认同这个规律。”

侯红听了默默无语，良久道：“早知道不嫁给你了。”

林健睁开眼睛，安慰道："我说的是普遍规律，我们之间是不是这样子呢，还需要进一步实践，进一步论证。"

侯红哼了一声道："不用论证了，以前跟我在床上的时候，你根本没工夫说这么文绉绉、掉书袋的话！"

林健觉得被看穿了，不由得翻身抱过她，道："你现在不是小女孩了，要想想正经的事，我们该生个孩子，好好过日子，我爸妈也催着呢。"

"嗤，你想让我生个孩子，然后我带孩子，你再出去找刺激，我重复你前妻的生活，是吗？！"侯红背过身去，不搭理他。

"哎，你怎么能这么说话呢，我刚才说的只是一种普遍的理论，而人是有差异性的，我还不至于重蹈覆辙。"

他从后面抱着侯红，好生安慰，侯红却不为所动。经过这么一番唇枪舌剑，他消失的情绪不知道又从哪里冒出来，形成一股激情，两人在一种纠结的气场中陡然云雨起来。

侯红的特殊之处在于，她把性生活的质量当作爱情是否存在的依据，这可要了林健的老命。其后的日子，他们只能依赖着吵架或者斗气来刺激情欲，甚至用一场瓢泼眼泪来换取一次激情的焕发。有时候他们形成了不吵架就做不了爱的方式，甚至，他们在开吵之初就意识到，这场架是为做爱而吵的，而且吵得必须有新意，如果是重复的内容，情欲是来不了了，做爱也将索然无味。

有一天夜里，他们艰难地完成一次做爱之后，侯红掩着长发进了卫生间,对着镜子服下一颗药丸。这一幕被站在门口的林健逮个正着。林健脸色一下子沉下来,道:“你原来一直在吃药?!”

侯红从瞬间的惊慌中回过神来,强作镇定道:“这好像是我自己的事情。”

“我妈一直在问,为什么还没有怀上,还给你买药调理,你这样做对得起她吗?”

“你妈是好人,但我可不想为你妈活着。”

“撇开我妈,就说我们,现在结了婚,就应该生个孩子,这个起码的要求,有没有错?”

“我并没有拒绝生孩子,只是我现在不想生。我年纪轻轻,需要享受自己的生活,不想拖个孩子,我现在没有那个心理准备,我觉得那样很累。”

“如果你没玩够,为什么又要跟我结婚呢?”

“我爱你,我喜欢你,然后跟你结婚,这有错吗?谁也没有告诉我结了婚就要立马生个孩子。”

这是两人一次原则性的接触战,最终谁也没有说服谁。第一道情感的裂痕活生生地横亘在生活之上。林健第一次意识到,单纯的、没有心计、爱享受生活的侯红,其实也有固执的一面,那就是对生活的选择,谁也不能剥夺她的快乐的原则。他也意识到,不论多么随和的女人,都有一根筋的地方。自己娶的,其实是一个最适合当情人的女人。

马丁坐下来，看了看对方，是一个很干练的女孩。她叫陈奇。

互相介绍过自己的名字后，马丁取出一张表格，递给对方，道："我的情况都在上面，你看看。"

表格上面填了马丁的身高、职业、收入，车房状况，一目了然。

陈奇觉得有点可笑，道："你不会以为是来人才交流会吧。"

"实不相瞒，其实我相亲很多次了，可以说是个专业户。"马丁坦然道，"每次都要回答这些问题，我都讲烦了——这是一个便捷的方法。"

"哦，那么多次，你都没有找到满意的？"

"关键是我不相信这种方法能找到自己的另一半。"

"不相信了，那你怎么还要出来。"

"这个……就像我们有时候觉得这样活着很不对劲，却还要日复一日地活下去。"

"那我看我们就没必要聊下去了。"陈奇大概觉得伤了自尊，站起来道。

"好吧。反正你要了解的全在这张表格上，你要不要带回去？"

"不必了，你留着自己用吧。"陈奇把表格推给马丁，带着勉强的礼貌说声再见，头也不回地走了。

此情此景，马丁总有一种不适的感觉，就像闻到了有毒的气体，现在非常需要一股清新的、不染尘世的气息来冲淡。马丁给陆心情发了条短信："有时间交流下吗？"

交流，就是他们幽会的暗号。

许久，接到陆心情的短信回复："不方便。"

马丁心里有点不爽，这种不爽是因为以往陆心情从来没有拒绝过他，总是欣然接受。即便当时不方便，也会回复"晚上吧"之类的，约好另外的时间。不爽之后，马丁心里隐隐生出不安，他能进一步察觉到陆心情的态度不对。

他继续发了一条："什么时候方便？"

这次等待得更久，让马丁生出大祸降临之感，终于等到一条回复："以后我们还是不要交流了吧。"

马丁像胸部挨了一记闷拳，震得脑袋都嗡嗡叫，整个人摇摇欲坠。以前他在陆心情面前有太多的优越感，自己年轻，有精力，花样百出，陆心情迷恋他，宽容他，每叫必到，这种心理定性，与现在的被拒绝反差太大了，怎么能接受得过来呢！他的心痛就像当年与李峥嵘分手时被刀割一样。但是他的内心不承认还有这种感觉，自己已经被爱煎熬过了，怎么可能还重蹈覆辙呢？自己与陆心情之间不是爱，只是一种肉体需要而已，他在心里这样劝说自己，试图让心痛能减弱。但是，不可避免地，一种夹杂着失望、屈辱、落寞等等的情绪涌了上来，他呕的一声，嘴里吐出一堆污物。

他喘着气，拿出手机拨了陈伏棉的号码："我要死了，你过来收我的尸体。”

晚上，马丁带着一身酒气，迷迷糊糊地回来。林爱凤给他拿来干净地衣裳，道：“叫你去相亲，你却醉醺醺地回来，赶紧洗洗把衣裳换了，跟我汇报情况。”马丁闭着眼睛道：“没什么好汇报的，跟以前差不多。”

“什么叫差不多，真是的，思想上还是没重视起来。”林爱凤把他推进洗手间。

喷头上的水流冲击着马丁头上的神经，他突然忍不住想哭，于是他压着嗓门号叫几声，眼泪混进水流中，不分彼此了。流泪之后，他轻松许多，有个瞬间他突然十分清醒，自言自语道：“我他妈的还会动情？”

林爱凤已经严阵以待，拿了一个笔记本在桌子上，马丁一出来便迫不及待地追问情况。马丁敷衍地回答了几句，林爱凤不满道：“一个一个问题来。你觉得她怎么样？”马丁不得不做认真状，道：“还可以吧，不漂亮，但也不难看。”林爱凤点头道：“这个类型的女孩子最好，最适合当老婆，太漂亮了容易招惹是非，太难看也拿不出手。”

马丁道：“妈，我还是没什么感觉，你别问了。”

林爱凤道：“这孩子，成天谈什么感觉，涂脂抹粉的发廊小姐，你有感觉吗？有感觉有什么用？娶老婆是居家过日子的，要实用。这个陈奇呀，是通过张学东介绍的，家底什么的我都了解清楚了，有实力，又是个公务员，你可要好好珍惜，不能错过了机会。对了，这一次是我给你下达的政治任务，只许成功不许失败。”

“妈，这是两个人的事，哪有一定成功的，说不准人家见了我根本就不感兴趣，现在正在约会下一个呢，小心希望越大失望越大。”

“所以你要表现好一点，一步一步来，我们的条件是配得上她的。只要第一印象还可以呢，下一步的工作就好做了。”

“妈，我可以去睡觉了吧。”

“好吧，我等张学东那边反馈了，我们再商量对策，这次一定要打一场硬仗！”

通过几次接触，林爱凤发觉张学东这个人不错：第一，细心，凡是交代他的事，他肯定记得牢，办得妥帖。就连自己嘀咕一声抽水马桶坏了，他也能记得，随后就叫人来修了；第二，大方，每次来总是带着礼物，冰箱里塞的都是他家的海鲜；第三，嘴甜，说话特别有分寸，尊老爱幼的；第四，人长得精神，打扮光鲜，拿得出手。第五，张学东虽然文化程度不高，但家底颇丰厚，所属公司在本地的业界也是有名字的。这几个方面都是林健有所欠缺的，对比之下，马燕心里没动，林爱凤的心不知不觉早就动了。

林爱凤便趁着中午时间过去探听马燕的口风，问她有没有再婚的想法。马燕道：“妈，我真没有，我现在只想把饭饭带大了再说。”

林爱凤道：“我也不跟你拐弯抹角了，我觉得张学东这个人不错，你虽然离婚了，但年纪还轻，未来还有很长的日子要过，我觉得你该考虑一下他，说白了，是个机会。”

马燕不想跟妈纠缠下去，道：“妈，你让我自己考虑吧！”

“本来就是你自己的事，我只不过给你一个建议。妈吃过的盐巴比你吃过的饭多，知道什么样的人该把握住，你最好听我的。”

马燕点了点头，道：“我知道了。我的事你以后你少操心，你还是管管马丁的事，他确实该结婚了。”

林爱凤接茬道：“马丁的事，现在确实头疼，新房过些日子就可以交房了，结婚前得准备一笔钱装修。结婚呢，彩礼钱也跟一大笔，我正寻思怎么筹呢。”

“妈，这种事你也别一手揽着，让马丁自己考虑考虑，毕竟是他自己的事。”

“那怎么行，现在的孩子，都是要父母亲帮助，要是靠自己那点工资，一辈子打光棍得了。什么啃老族，说得难听，但不啃能行吗？现在的人，怎么着都有些家底让孩子啃，你爸走得早，我们就是没有底子给马丁呀。”显然，林爱凤对此了解颇深。

“让他自己慢慢来吧，刚毕业几年，哪能一步到位，有的人奋斗了一辈子才弄到一套房子呢。”

“可是没有房子怎么结婚呀，这是明摆着的事。不过我倒想了一个法子，可以让马丁踏踏实实地结婚，我说出来，你权且听一听。你那个门面房，现在房价不是涨得挺高的吗？我觉得趁着高峰期把它出手，既能搞笔钱借你弟弟装修、结婚，自己又赚了一笔。”

马燕听见“门面房”三个字，心里就一惊，也许她潜意识中意识到林爱凤会打这个主意。马燕皱眉道：“妈，这门面房是林健给饭饭的，我怎么敢动它。”

“哦，将来这笔钱呢，肯定是归饭饭，只不过暂时借给马丁，以后要还的。再说了，给饭饭不过是个幌子，这房子，从买房，到争取饭饭，我也有一份功劳，这个你不会不承认吧？”

“不管怎么说，卖了，林健肯定不同意，有话说的。”

“他敢，我告诉你，他有把柄在我手里，我保证他一个屁都不敢放。”

“那……还是让我考虑考虑吧。”

“你是该考虑考虑呀，我们娘儿仨，现在是绑在一个绳子上的蚱蜢，得团结一心，互相帮衬，才能不受人欺负。你爸去得早，你做姐姐的，也该为这个家尽一份责任，我这话说得不过分吧？”

“我说考虑考虑嘛。”

“这事你还有犹豫，说明思想上还不够统一，不够彻底。我告诉你，我还得改造你的思想。”

林爱凤留下两个地雷，考验马燕的拆除功能，拂袖而去。马燕忙把林爱凤卖门面房的计划告诉马丁，听听马丁的意见。自尊心使得马丁一蹦三尺高，他坚决不同意这么做，这样的话马家就让林家彻底看不起了，特别是姐弟俩会显得特别卑鄙，靠着母亲的撒泼，侵占财产。姐弟俩得到共识，这件事一定要靠着两个人的力量反抗！

马丁的烦心事也有一大箩筐，但首当其冲的是一团迷雾罩在眼前，使他困惑、羞愧、痛心。他忍不住走进陆心情的办公室，见没有其他人，他质问道："为什么？"

陆心情不是装傻的人，她知道马丁想问什么，她保持着微笑，好像一个姐姐开导弟弟一样，道："没有为什么，就像花开花落，就像一本书，总有结束的那一页。"

"可是，这是本脑残的书，前面挖一个大大的悬疑的坑，到了最后一页谜底也没揭开。"

"我们说过，私事到八小时以外说，好吧？"

"那就下班以后说吧。"

"一定要说吗？"

"是的，除非你是存心想憋死我。"

"好吧，下班后我约你。"

马丁退了出来，深深呼吸了一口气。刚才在陆心情面前，在她矜持的笑容面前，马丁瞬间有一股冲动，想要开口哀求陆心情不要抛弃自己。但是理智还是阻止了情欲，他必须保持与陆心情同样级别的风度，至少在举止上他不能失态。

他在办公室熬到天色渐渐暗淡，心情像天边那抹灰色的云，边上却有彩色的晕。等来的短信却是陆心情临时有重要应酬，改日再谈。马丁觉得自己像一头被牵着的牛，他有一种压抑不住的暴躁，内心似乎快要发病。

他打了林爱凤手机，说自己外边吃饭。他想去找陈伏棉喝酒谈心。没想到林爱凤不容置疑地厉声道："你给我回来！"这是林爱凤少有的举动。他觉得今天一切都不对劲，一切都跟自己对着干。马丁坚持了一下道："妈，我吃了早点回来！"林爱凤道："你成天就想着把自己赚的那俩子儿给花光吗？我生气了，你给我回来。"

马丁沮丧地回到家，桌子上已经备好了菜，林爱凤给他盛了一碗满当当的饭。马丁道："这么多，吃下去恐怕要撑着了。"林爱凤威严道："吃多点，吃饱了我要教训你。"马丁瞬间有一种感动：世界上最爱自己的还是妈妈，即便她多么独裁，多么不近情理，可是要教训自己的时候，还要让自己吃饱一点。别人的爱，说得山盟海誓，可是说翻脸就翻脸，说抛弃就抛弃，不明不白。只有在外头被人敲打，才能意识到家的分外温暖。马丁擦去涌出来的一点点泪花，把一碗米饭用力地塞进胃里，大义凛然道："妈，你教训我吧！"

林爱凤道："饭后百步走，你在屋里给我走一百步，再坐下来。"马丁绕着每个角落数了一百步，端坐在椅子上，道："妈，你快点说，别憋死我。"

林爱凤道："我要说什么事你还不知道？"

"我真的不知道。每个人都给我留下一道谜，让我自己去解，真不知道是不是我看上去像个白痴。"

“哼，张学东过来跟我反馈了，我全知道了，你那叫什么相亲，完全是敷衍，人家还把张学东抱怨了一顿。”

“是她自己不看我简历的。”马丁还击道。

“你还嘴硬，如果有人敢拿着简历在你老妈面前相亲，你老妈会一脚把他踢到茅坑的。这件事的错完全在你，你在思想上根本没有重视起来。”

“那下次我就重视起来，好吗？”

“什么下次，这次还没结束呢，我告诉你，这个女孩我了解过了，我非常满意，你不要丢了西瓜再去捡芝麻了。”

“那怎么办？都已经黄了。”

“我跟张学东商量好了，你得去跟人道歉，然后重新开始。”

“妈，你这不是逼我撞墙吗？这种事我哪能干得来。”

“你干也得干，不干也得干。”

“你就是把我踢到粪坑里我也不会去。对了妈，说起这件事，我又想起另一件事，就是把姐姐的门面房卖掉筹钱给我结婚的事，我死也不会同意，我丢不起这个脸。”

“好呀，你们姐弟都联合起来逆了天了，老马呀，你快醒醒出来看看吧，全都反了！”

老杜坐在幽暗的房间里，面前放着一杯尚有余温的茶。他在冥想，他用自己几十年的积累，来慢慢消化眼前的生活，最后他的脑海里浮现四个字：无为而治。

手机振动了一下，振得桌子像上牙敲打下牙，老杜的心随之咯噔一声，打开手机一看是吴贵妃的短信：“你能上我这儿来吗?”老杜的心中顿时升起一股柔情，上次她被林爱凤打得落荒而逃之后，自己一直没有问候她。他回道：“好的，等我。”

老杜把半杯茶饮尽，走到窗户边环视眺望，然后披了件衣服下楼。他走到公交车站牌，观察了一下人群，然后静静等车。突然手机又响了，他慌张起来：“哎，我就在家，好好好。”他正要往回走，突然想起一件事，忙把手机短信给删了，慌忙之间，他把来信删了，却找不到删除发信箱的指示号码。他对身边一个三十来岁的光头男子央求道：“您能把我这条短信给删掉吗?”光头看了看内容，摁了一下，很快就删掉了，把手机递给老杜，意味深长道：“大叔，你还挺风流的!”

老杜回到家不久，林爱凤就赶来了，把马燕和马丁的事说了一遍，又道：“这事呢，老马知道也开不了口了，所以我还是要找你商量，他们越来越不服管教了。”

老杜继续喝茶，默默无语，林爱凤倒是急了，道：“你倒是说句话呀!”

老杜慢吞吞道：“我是没明白，为什么要非要管教他们呢?”

林爱凤道：“哎，你真是站着说话不腰疼，我能不催着他们、管着他们嘛，他们现在两个人都打着光棍呢，我倒是有了你陪伴，这像什么话。按照他们那架势，指着一辈子打光棍去的，我能不急吗?”

“这倒是。”老杜慢条斯理道，“这说明了目前你在家庭中还不够权威。”

“可是我已经竭尽所能了。”林爱凤点点头道，“怎么才能做到权威呢？”

“这个课题我倒是有所研究，我看历史上塑造的那些权威者，并不在于他有多少真本事，有多能干，而在于他必须不是人。”

“不是人？”

“对，他必须把自己塑造成神，让群众相信他是神，这样的权威，才能说一不二。”

“哎哟，这个要变成神，有什么法子呢？老杜，你看过那么多书，有没有什么办法呢？”

“书上倒是没有说什么。倒是我这两天听说，在康乐中心那边来了个神医，无所不能，医院治不好的病他那儿能治，不但治病，你有什么要求，他都能满足你，特别神，你倒是可以去问问。”

“这种江湖骗子，哪能相信。”

“是呀，每个人都说是江湖骗子，可是去了后都相信了，都出来宣扬。你要这么说，这些人也都是骗子了。”

老杜想看看，到底是神医厉害，还是林爱凤厉害。

林爱凤终于禁不住好奇与诱惑，走进了神医的治疗室。其实就是康乐中心的一间茶室，被装饰成肃穆幽暗的氛围，燃起一圈檀香，气韵神秘。神医是个白须老头，淡定从容，显然见过颇多世面。

“神医你好。”林爱凤端坐在神医前，问好道。

“其实我是个科学家。”神医颔首道，“你有什么问题？”

“医生说我泪腺堵塞，老是见风流泪，医院拿的药水不能治本，这个你有办法吗？”

“这个小意思，用我的药水就可以。还有问题吗？”

“还有一些想法，不属于疾病方面的。”

“你放心，治病只是我研究范畴中一个小部分，我是来解决一切人类能够想象出来的难题的。”

“我的儿子和女儿，最近越来越不听话，俗话说不听老人言吃亏在眼前，我想让他们随时都能听我的，这点可以做到吗？”

“控制别人是很多人的基本需求，这个可以用我最新的研究成果，洗脑眼药水。你的眼里滴进药水，药水中的粒子就会吸收你的意志，在你与对方直视时，你的移植粒子便会进入对方的眼睛，冉入侵大脑，让你的意志改变对方的想法。”

“这么神奇，是不是采用纳米技术？”

“不，纳米技术落后了，我药水里有宇宙中的基本粒子，叫上帝粒子，它本来只能存在数万分之一秒便会消失，但是我用气功让它存在，融入药水中，可以有无所不能的功能。它可以承载人的奇思妙想，更可以穿透任何物质，它是宇宙中无所不能的邮递员。如果你是个意志很强的人，而对方的 DNA 又跟你有亲缘关系，那么它能发挥出你根本预料不到、匪夷所思的效果。你一进来我就觉得你气场很大，意志力非常强大而且专横，有女王风范，所以你非常适合这一款！”

神医从药匣子里取出一小瓶没有商标、没有任何标志的透明药水，递给林爱凤。

“这一款的价格是？”

“现在刚开发，权作友情价，六万。”神医微笑道。

“我觉得六百比较靠谱。”林爱凤砍价道。

“我看你跟这款产品这么般配，打个折，六千得了。”

“神医，我没有叫六十已经非常尊重你了。谁知道这个有没有效果呀，花个六千，那我不如用鞭子抽他们，让他们听我的。”

“好吧，我就权当是做广告的，你用好了可得帮我宣传宣传。”

“有效果那没问题，我这张嘴就是一个大喇叭，比你上央视整点新闻广告还管用。”

一手交钱一手交货之后，林爱凤警告道：“如果没有效果我可要来退货哟！”

“没问题，不但可以退货，而且有售后服务。”

老杜趁着空隙，装作散步出来，在路边叫了一辆摩的，偷偷溜到吴贵妃家。吴贵妃一见他，就眼泪汪汪的，道：“你这个人，都不主动来看我。”

老杜委屈道：“我也不知道你嫌弃我到什么地步，怎么敢来呢，到你家我都怕脏了你的地儿。”

“我有洁癖，确实怕你脏，不过我想再考虑考虑，到底是洁癖重要还是你重要，可是你就……”

“你这考虑也太长了，我以为你甩手了呢……”

“你还爱我吗？”

老杜不语，在吴贵妃的催促下，他只好道：“我是被动的，我从来不敢主动爱别人。”

“你这人，就是太好了，什么都被动，才会被人占便宜。”吴贵妃亲昵地抚摸着老杜，悄声道：“我想看看我的洁癖有没有去掉。”

老杜会意，精神振奋起来，把吴贵妃搬上床。两个女人相比，吴贵妃让他更放松更能发挥。

平静之后，吴贵妃容光焕发，娇声道：“你是爱我还是爱她？”

老杜略显疲惫，道：“我说过，各有千秋嘛。”

吴贵妃不悦道：“那直接说，你是要我还是要她？”

老杜皱眉道：“这个由不得我，还是你们做决定吧。”

“你明明知道我打不过她。”

“哎呀，不要斗争，我这人最怕斗争，用和平的方式来解决。”

“那怎么解决呀，讲理她一肚子歪理，不讲理她就抄家伙，你说我怎么办嘛。老杜，我知道其实你更喜欢我的。”

“哎，你知道就好，我这是人在江湖，身不由己呀。”

“你这样脚踩两只船，你就是流氓，知道吗？”

“那也没办法，这种局面，不当流氓就活不下去呀。”

吴贵妃气得再一次把老杜踢下床。这次老杜心里有底了，穿上衣裳，道：“只要你叫我，我肯定来，我只能保证做到这一点。”

吴贵妃气道：“我再叫你就不是人。”

马丁在经历了一周的心痛之后，终于接受了被抛弃的事实，并让心态趋于平静。与上一次被李峥嵘抛弃相比，这次进步很大。但一团迷雾并未散去，马丁觉得问个明白比被女人抛弃更为重要。

还是在左海公园，雨后，枝叶上还垂下雨滴，大地像个还没哭完的孩子。地面湿漉漉的水迹，是情欲留下的踪迹，也是悲伤过后的残痕。陆心情微笑不语，她的微笑让马丁觉得不羁之情还在继续，实际上陆心情去意已决，相当坚定。

在马丁的催促下，陆心情道：“其实，你没必要知道，任何事物都有结束的一天，不是今天，就是明天，即便是地球、宇宙，最终也要毁灭，何况人呢。”

马丁道：“我不想谈大道理，我只想谈这段感情为何不明不白地结束……也许你怕我会接受不了，我告诉你，我的心态已经调整好了，我现在完全是带着研究的心态来听的，具体地说，我在了解女人，特别是像你这样的女人，是个什么样的物种。”

陆心情抿嘴笑了，道：“好吧，其实很简单，就是我喜欢以前的你,不喜欢现在的你。”

“哦,我自己都意识不到我变化有这么大,愿能详闻。”

“刚认识你那会儿,你身上有一种青涩、懵懂、无所畏惧的气息,特别有朝气,很清新,我想这就是青春的感觉,我太迷恋这种感觉了。当然,也许是随着你的成熟,这种朝气渐渐散去,后来你跟我谈那些相亲经历呀,带着一股大妈的价值观,我开始嗅到了中年的气息,我真是受不了,有想吐的感觉。我谈恋爱不是很随便的,感觉是第一,我跟你说过画家的事,原来我很喜欢他,喜欢他的作品,后来看他满嘴跑火车,充满了中年人的精明世故,我就不喜欢了。这完全是一种生理反应,我想这是我的问题,不是你的问题。”

马丁听了默默无语。他没有想到自己回到这个小城市,发生如此的变化自己竟然浑然不觉,却被陆心情洞悉。

“怎么啦,是不是伤害你了?”陆心情颇为在意马丁的反应。

“谢谢你让我知道这些。”

两人默默地走了一段,显然马丁在慢慢咀嚼、消化,并接受,片刻他问道:“找到新的恋爱伙伴了吗?”

陆心情忐忑道:“你什么意思?”

“就像现任总统,关心下一任总统到位了没有。”

陆心情羞涩地点了点头,道:“恋爱就像我的生命。女人易老,我越来越觉得时不待我,只争朝夕了。”

接着他们聊起一些别的话题。马丁告诉陆心情,妈妈和老杜好像打得火热。陆心情道：“懂得恋爱的老人心还没有老，不过我们同学圈子里现在对杜老师好像评价不高。”

马丁摇摇头道：“我感觉我妈不是在恋爱，是在控制。”

走到门口的时候，细雨无声无息地下起来了。马丁道：“你先回吧，我在这里再走走。”

陆心情疑惑道：“你不会出什么事吧。”

“放心，我只不过不想太早回家而已。”

陆心情走后，马丁顺着公园的小径又走了一圈，雨把他的头发和肩膀一起打湿，而他从未像现在如此平静过。

他想，其实自己在这个世上是可有可无的。

马燕清晨起来，发现卧室的门怎么也打不开。自从离婚后，她晚上睡觉，都要把卧室的门反锁上，让自己多一份安全感。门锁很结实，但毕竟有年头了，显然是门芯坏了，马燕扭了半个多小时，汗都出来了，还是没能打开。更要命的是，她的手机丢在客厅，而卧室里的电话因为饭饭老是要拿来当玩具，也拆了，现在她没有办法通知人来帮助。饭饭也醒了，好奇地看着妈妈忙碌，然后喊着要出去。马燕去窗口看了看，窗户被防盗栏固定住，根本看不到下面有没有人，即便有人，她在六楼，声音传下去别人也看不到呼救的人。问题是窗下是小区中最安静的死角，窗对面也没有房子，根本找不到人。马燕顿时感到一种恐慌，没想到一向温馨的家，一瞬间就变成了关押自己的牢房。

马燕叫了几声，根本无人听见。即便有人听见她的声音，也不会在意。城市里出现一两个叫嚣的疯子，再正常不过了。马燕觉得饿了，而饭饭也在叫着要喝牛奶，马燕突然有一种预感，他们母子俩会饿死在这个房间里的。一种恐惧袭了上来，她觉得太荒诞了，但是确是事实。

由于饭饭在吵闹，她更加想不出办法，手心直冒汗，心力交瘁，像被人扔在荒郊野外。这时似乎听见楼下有桌椅移动的响声，她慌忙敲打地板，但并不奏效，谁会听见敲打地面的声音就上来查看呢？即便上来查看，敲门之后，看看没有反应，谁也不会破门而入。马燕的卧室和房门之间隔着宽阔的大厅，很难传递信息。接着她隐隐听到楼下砰地关门的声音，想来那家人是出门了。饭饭一直在叫饿，马燕心痛又焦急，偶尔她还听到自己手机响的声音，但是无能为力。

张学东这天早上起来，习惯性地吃了早饭，开着自己的车子去上班，突然间觉得很烦躁，觉得去单位会更加无聊。他漫无目的地把车子开到街上，由于方向迟疑不定，差点被另一辆车追尾。与对方发生了几句口角之后，张学东突然有了目标，他把车开到马燕家楼下，决定接马燕母子上班、上学。这是之前从未有过的事。他打了马燕的手机，发现无人听，不甘心，又上去敲门，没有反应。他想，估计已经走了。不过马燕为什么不接电话呢？有两种可能，一种是在骑车，听不见，另一种是反感，想拒绝他。他又想到自己追求马燕这么久，虽然表达了心迹，虽然获得了林爱凤的绝对支持，但依然毫无关键性的进步。但在商场多年养成的心理定势，他觉得一件事只要死磕，就一定有收获。追求马燕这个事情，他觉得进展已经有了一大半，现在最后的一关，他一定要冲到底。

林健在办公室心神不宁。他在和侯红冷战，以前侯红百依百顺，毫无心机，像一个宠物，结婚后发现脾气也多了一大堆，说不想生孩子就不生，商量余地也不给。早知这样，他想，自己真不该这么草率再婚。虽然说再婚这事一大半是父母的主意，但跟自己经验不足、没有主见也有关系。结婚后，以前多么美好的关系、多么新奇的感觉，都在琐碎中消磨殆尽，真的是鱼与熊掌不可兼得。

后来他接到一个电话，是马燕的年级主任打来的，说马燕上午有课却没有来上班，打她电话也不接，想问问是什么情况。以前马燕在学校里留的家属号码是林健的，离婚后也没有改动，虽然他们知道马燕已经离婚，但联系不上她的时候也只能打这个号码。林健心里一震，他了解马燕的性格，她是个特别遵守纪律、遵守时间的人，这种反常对她来说是不寻常的。林健答应替学校查一查情况，本来想打个电话问林爱凤，但是怕又生出什么事端，便把情况跟马丁说了一下，让马丁去问问林爱凤。片刻马丁回复，说林爱凤这边也不知道马燕的去向。林健心里咯噔一声，莫非自己很早就担心的事，现在发生了？

那么，假设不是发生那事，那么马燕会在哪里呢？他捋了一遍各种可能性，脑子很乱，但还是找到一个线索，就是去找下饭饭。他在号码簿里找到幼儿园老师的电话，虽然自己很少接送饭饭，但是很侥幸，他还是记下了老师的号码，他得承认记下这个号码是因为那个老师很漂亮，自己隐隐有点邪念。他很快打听到，饭饭根本没来上学，而且也没有电话打来请假。终于他确定自己担心的事发生了。巨大的后悔涌了上来，他觉得皮肤一阵发冷，他感觉自己要哭了。

他飞奔到马燕家，拍了拍房门，没有反应。再打马燕的手机，能听到手机就在屋里响。他更加确信自己的预判，脚下一软，就瘫倒在地。这是他瞥见墙壁上有疏通管道、开锁的小广告，他迅速打了一个开锁的号码。片刻，随着一辆摩托车的轰鸣声在楼下终止，一个文质彬彬的小伙子上来，问道："你可以证明你是这家房屋的主人吗？"

林健突然咆哮起来："你他妈的快点，我老婆在里面自杀了！"

小伙子吓得一激灵，慌忙打开工具箱，细致地工作起来。只不过片刻，锁洞被他虚虚实实地捅了几下，便有了动静，但他随即道："里面被反锁了，需要把锁拆掉。"

林健铁青着脸，道："你快点拆，就是把门拆了也没关系。"

一种家破人亡的极度悲伤笼罩着林健。在林健和侯红偷情，被马燕电话发觉的那一夜，林健把手机关了，但他总是有一种担心，担心马燕想不开。那一次扛过了，离婚的时候，林健再一次担心，怕马燕受到刺激，但是马燕又扛过了。这次与侯红的结婚，显然是对马燕最大的刺激，林健再一次把心提起来，现在可怕的事情终于发生了。

饭饭哭累了，再次睡过去。马燕知道他是饿着了。她突然有一头撞死在墙上的冲动，生活老是这样捉弄她，到底是为什么?！冷静之后，她好歹找到了饭饭画画的本子和彩笔，她写了一张求救的纸条，从窗口丢出去。这张纸条不知道什么时候会被有心人捡到，也许等到他们渴死饿死的时候。但是她实在没有办法，只好抱着饭饭昏沉沉地睡着，等待奇迹。

终于，她听见卧室的敲门声，一种重生的光芒照进她的脑海，她叫了起来："我被反锁了，快把门打开！"

门打开的一瞬间，林健和她都挂着眼泪，她泣不成声道："你下楼去买点东西给饭饭吃。"

经此一险，马燕让锁匠把几个房间的反锁门芯都去掉了。

林健一天都在这里陪着孩子。吃过晚饭，跟饭饭逗弄一会儿，他对马燕说："那我回去了。"马燕没有应声。饭饭道："爸爸不要走。"林健知道马燕的恐惧还没有消失，这不仅是一把锁带来的恐惧，更是一种对孤单无助的恐惧。他叹了一口气，帮着饭饭洗澡，陪他睡在床上，给他讲故事。饭饭睡着以后，他也因一天的疲惫和精神起伏而睡去。到了半夜醒来，他发现马燕的手搭着自己，像溺水的人下意识地抓住稻秆。他心里一热，把马燕搂住，马燕在半睡半醒之间并不排斥，紧紧抱着他。林健升起一种很复杂的亲昵，在黑暗中和马燕完成了一次默默无语却双方都倍感激情的做爱。

其后林健频繁来看孩子，好像门锁事件把离婚的阴霾清除殆尽。林健出门的时候，有一次让林爱凤撞见了，林爱凤狐疑地看了他一眼，很显然，她的嗅觉越来越敏锐，眼神也越来越好了，她道："你来干什么？马燕现在要有新对象了，你可不能来瞎搅和。"

林健赔笑道："不敢，我是来看饭饭的。"

"有什么好看的，现在来看他碍事，懂吗？你自己有好事了，别碍着马燕的事。"

林健觉得她的眼光特有杀气，慌忙承诺着，屁滚尿流地走了。

林健再次来的时候，便把这般遭遇告诉马燕，问马燕是不是在谈朋友。马燕道："确实有个同学叫张学东，追我好长时间了，我妈也在帮着他说话。"

"是不是做海鲜出口的那个张学东？"

"对呀，你知道？"

"嗯，原来业务上有打过交道，他是一个典型的生意人。你们进展得顺利吗？"

马燕摇了摇头，道："我现在不想这事，没有感觉。"

出门的时候，马燕提醒道："以后来看饭饭，警觉点，提防我妈看见。"林健蓦然生出一种感动，他握了握马燕的手。

他觉得此刻是跟马燕一生中关系最好的时期。

第十八章

一只蚊子在手臂上吸足血，待林爱凤警觉，一巴掌打去，蚊子早已飞起，但因腹中血量丰富，飞得并不快。林爱凤怒目而视，眼力射出一种能量，蚊子身子一震，趺趺撞撞飘落，林爱凤一把揪起它的翅膀，叫道："小样，吸了我的血还想跑。"蚊子抽搐两下，气绝身亡。林爱凤看着蚊子的尸体，惊喜地舒了一口气，喃喃道："终于成了！"

上帝粒子的威力终于显示出来。在试用了神医的药水一段时间后，她发觉不但泪腺疏通了，而且已可以将意念植入粒子，通过眼光放射出来。这一点她自己能感觉到，每日都有进步。如今能够射杀蚊虫，说明杀伤力已经由理论上升到一个实用的层次。一切都按照神医所言进展，这六百块花得真值。

次日清晨，林爱凤去买菜时，突然产生了一个念头。她买了两斤排骨，拿出一张一块的纸币，递给师傅。卖肉师傅接过纸币，有点犹豫，林爱凤用意念反复念道"一百一百"，眼光直视纸币，这回师傅不再犹豫，把一块纸币当成一百丢进筐子，准备找钱。但是一瞬间，他又把那张纸币取出来，道："这分明是一块钱，我怎么看成一百了。"林爱凤道："我刚才是拿一百给你的。"师傅诚恳道："这张一块钱有点特殊，我们都看成一百了，你看我这筐里根本没有一百的。"林爱凤不再勉强，她取出一张一百给他。这个结果林爱凤已经相当满足，她觉得意念已经起了作用了，只是自己的功力还不够，最后一瞬间功亏一篑。假以时日，功力大增之后，林爱凤想要变成多少钱就是多少钱。她心里道，回头我要让整个市场通货膨胀！

有一天她嘴里念叨：小小小。于是地球迅速缩小，最后变成核桃大小，她握在掌心。她到了那时深处宇宙之中，再无人与之匹敌。想到这一幕，她咯咯咯地笑了起来。

"马丁呀、马燕呀，真的，我一心为你们好，一心想马家弄得风光些，让你爸在九泉之下也安心，可是你们老是忤逆我，跟我对着干，这是为什么呢！我现在已经没有耐心给你们上思想课了，你们看着我的眼睛，去体会我的良苦用心。"

马丁和马燕并排坐着，林爱凤站在他们面前，眼光直视。姐弟俩不知道母亲为什么要这样做，把自己当成犯错误的小学生。

奇迹出现了。马丁和马燕的轮廓渐渐发生变化，突然间两人一抖动，在林爱凤面前出现两个颜色鲜艳的狗，一只是金毛，一只是吉娃娃。

林爱凤从自我意念中回过神来，看了一眼，惊呆了。

她意念中并没有让他们变成狗，她只是脑子里默念两个字“驯服、驯服、驯服”。她只想让他们变成两个驯服的听话的孩子，照样一身光鲜，只不过必须听她的驱遣。

难道“驯服的孩子”就是等于“狗”吗？她意识到自己的文化浅薄了些，没有意识到文字中的会意传神。

她抖抖索索地伸手过去摸了摸金毛，问道：“马燕，是你吗？”金毛点了点头。她又摸了摸吉娃娃，道：“马丁，妈妈想要你这么乖，但不想要你变成狗呀。”吉娃娃很乖地摇了摇尾巴。

林爱凤突然垂下眼泪，道：“你们变成这样，现在心里一定在恨妈妈吧。谁让你们不听话呢，只要你们听话，妈妈是不会这样的。”

林爱凤转身站在镜子前看了看自己，自己丝毫没变，苦笑一声，喃喃道：“怎么会这么神奇！”又对两只狗道，“不要出去，我再去请教神医。”

她关上门，默念着“快快快”，飞奔到神医处。神医还没有走，他在这个城市取得了巨大的成功，市长正在考虑颁给他“荣誉市民”的称号。

“为什么当我直视儿子和女儿，他们就变成了狗？”林爱凤咨询道。

神医张大嘴巴，惊叹道：“啊，你的功力已经达到这个地步，当初我就预感，你可能是万中无一的天才，果不其然。”

“我想问的是为什么会变成狗？”

“只有一个答案，你想让他们变成狗。”

“不，不可能，谁想让子女变成狗呢。”

“那是你深藏的意愿，只是你自己没有发觉，你的功力已经匪夷所思了。”

“怎么才能让他们变回来呢？”

“这你不用担心，只要你看不见他们，他们就会恢复成人。”

林爱凤舒了一口气。她想如果马丁和马燕都成了狗的样子，这日子就没法过了。

“既然我的功力已经匪夷所思，那么让一块钱变成一百块为什么就不成？”

“让与自己无关的事物发生变化，这个境界太高了，目前恐怕无法做到。”

“可是，我让一只蚊子掉下来，它就掉下来了。”

“这只蚊子和你肯定有关系。”

“不可能，它既不是我儿子，也不是我亲朋好友，我们素不相识。”

“它咬过你了吗？”

“没咬过我我就不会要它的命了。”

“这就对了，它吸了你的血，所以你很容易发功。”

林爱凤走出房间不久，马燕和马丁变回原形。姐弟俩抱头痛哭，他们变成狗以后，人的意识犹在，只不过也多了几分狗的奴性，不由自主地点头摆尾。恢复之后，他们觉得脑子一冷，被自己刚才的形象吓坏了。

马丁伏在姐姐肩上，好不容易从号啕大哭中回过神来，拖着鼻涕问道："姐，怎么办，这可怎么办？"

"她已经不是妈妈了，我们要离开她。"马燕比较理智，做出了决定。

在变成狗的一瞬间，马燕确实惊慌失措。但很快，她体内生出一种逆反的力量，这种力量让她心里清楚，自己还可以恢复成人。她在等待机会。在恢复人形之后，她已经有了坚定的信心：即便被变成狗，只要挣脱，远离妈妈，就可以恢复人形。

"不，她还是妈妈，我不能没有妈妈。姐姐，我们去求求她，不要把我们变成狗。"马丁又激动地哭道。

"没有用，她的意念不是一天两天形成的，她自己也控制不了。"马燕擦了眼泪，沉声道，"我没想到走江湖的医生有颠倒人兽、颠覆世界的能力，我太低估他们了。现在唯一的办法是躲开他们。"

"你是说再也不见妈妈？"马丁擦着眼泪问道。

"是的，她不是妈妈的，她是神。"

"神就不能当妈妈吗？"

"如果你愿意当狗，你还可以在围她身边。"马燕盯着马丁，等待着弟弟做决定。

马燕毕竟经历过的事儿比马丁多，她见马丁还迟疑不决，便疏导道："听着，离开她，你才有自己的生活，你应该是个大男人了。”

马丁突然号啕大哭起来。

马丁穿了一身庄重的西装，左手拎了两瓶分不清真假的茅台，右手拎了一袋时令珍果，用头皮顶了顶门铃。门开后，马丁没有看清楚开门的是谁，便深深地鞠了一躬，道：“我是来向陈奇道歉的。”

陈奇对马丁的深刻变化表示好奇，带着好奇的她与马丁一番接触后，她发现自己要找的正是这种成熟、稳重、谦卑、礼貌、有新房的、迫切需要婚姻的男人。她理性的脑子里掠过十几个男孩的影子，进行一番综合评比之后，心中有了答案。不过她还是对马丁的前后变化感到不解。马丁解释道：“每个男人都会有成熟的时刻，不过这要归功于我妈妈的良苦用心。”

在双方家长的努力下，马丁与陈奇很快就进入了结婚的殿堂，搬进了新房。结婚的十几万彩礼与新房的装修、家具的配置，用的是马燕卖掉的门面房的钱，一切都相当阔绰，相当有面子。唯一遗憾的是，婚礼现场，林爱凤并不能亲自出席，接受新郎新娘的跪拜感恩。因为她只要一见到马丁，马丁就会变成狗。她佯装得病，躲了起来，一边高兴一边流泪，所有的讯息传递和指挥，都是通过手机来的。婚后，马丁和陈奇在新家住了下来，林爱凤不敢过去。她在家一遍遍地看着他们的结婚录像。苦闷的时候，她就把老杜叫过来，狠狠地臭骂一顿，老杜在她面前不会变成狗，但待遇连狗都不如。

闹钟响起时，马丁的眼皮跟涂了胶水一样，根本睁不开。不过他想到“生活”两个字，便闭着眼睛一个鲤鱼打挺翻身而起。旁边的陈奇翻转一个身，又睡去。陈奇是个瘦瘦的女子，胸部几乎没有发育，也没有任何一处散发出女人的韵味。如果不是有一头齐耳发，马丁根本不认为她是个女的。他们新婚不久，却无情趣可言，一般在床上算计一些收支，探讨一些物价等问题，便坦然睡去。

马丁淘米煮粥。陈奇有早晨吃粥的习惯。马丁推开窗户，看见一轮朝日，不过他有时候也会幻觉那是一枚夕阳。他拿着一把电动剃须刀，把短短的胡渣再清理一遍。他等到时间差不多了，到床边轻轻地叫唤：“小奇，把钱给我，我要去买菜了。”小奇迷迷糊糊地从枕头底下取出一卷纸币，递给他。马丁数了数，道：“昨天菜涨价了，这么多菜钱不够。”小奇半睁开眼睛道：“菜涨价是物价局的责任，你来跟我要补偿，没道理。你自己想办法吧。”马丁喃喃自语道：“哦，那晚上的菜就等下班再买，便宜点。对了，烟钱你还没给我呢？”

陈奇不耐烦道：“你这人记性真差，我昨晚上不是刚跟你说了嘛，从今天起把烟戒掉。既不能填饱肚子，又伤身体，还一天一包，嫌钱太多了花不掉呀？”

“可是我没答应呀！”马丁反驳道。

“哦,这种利国利民的事还要你答应吗？别烦我,我还要睡回笼觉呢。”

“我在这个家里就没有一点权利了?”

“说什么话,没有权利你还能在这家里吃喝拉撒,晚上拉屎还拉半个小时,把马桶都占了。这年头谁家装修不弄两个卫生间呀,就你家抠门,把一个卫生间的位置当衣橱,可是又没钱买衣服,害得我拉屎还要排队。我告诉你,以后拉屎还拉这么长时间,我取消你拉屎的资格。”

“你可以不让我拉屎,我可以去商场拉,去麦当劳拉,去人民公园拉,我也可以像狗一样把屎拉在草地上,这些我都有办法,但是,我必须争取抽烟的权利。”

“好呀,那我们就按照程序来办,投票表决吧,我两票反对,你只有一票,你被否了。”

“为什么你有两票,我只有一票,什么民主?”

“我肚子里不是还有一个嘛,你什么脑子。”

“结婚以来我们只在新婚之夜做过一次,而且你是处女我最后都不知道有没有成功,哪有什么肚子里还有一个？这不是空口说瞎话吗?”马丁逻辑清晰,据理力争。

“两个人在一起睡觉,碰来碰去,迟早会有的,你不能因为现在没有就认为以后没有,你也不能因为儿子迟一点来就取消他投票的资格呀。”

“靠,你怎么说话比我妈还不讲道理。”

“我刚才跟你讲了这么多道理你居然讲我不讲道理，我真是没见过像你这么不讲道理的，大概是你有个不讲道理的妈才生了你这么个不讲道理的儿子吧，如果将来我的儿子也不讲道理，到时候我可就真的跟你不讲道理了！”陈奇的话像炒豆子一样喷出来。

“啊！”马丁脑袋一阵被钻头钻进去般的疼痛，他惨叫一声逃了出来，头疼消失。他去菜市场买菜，对于菜的品种以及价格，他已经很熟了，他也学会了讨价还价，但是贩子们看见这样器宇轩昂的小伙子讨价就打心里瞧不起，所以他讨价难度很大，但这是必须的，他必须完成买菜这个任务。在与菜贩子们唇枪舌剑完之后，他会一阵茫然，很想拉住路边的乞丐或者疯子等看上去有点深度的人来谈一谈青春、理想等人生问题，但是街上的每个人都很忙，没有钱根本拉不住。马丁觉得离上班时间还早，就提着菜沿着河边散了一会儿步。由于自己步伐太快，他觉得跟身边的遛弯的老人很不和谐，于是他放慢步伐，远远看去，他就跟一个老人没有什么区别了。

到家了，他把配早餐的黄豆什么摆上桌。陈奇已经起床，坐在桌子边，道：“稀饭怎么不端上来。”马丁道：“你自己可以动手嘛！”陈奇不悦道：“我自己动手，我可是国家干部哟！”马丁不说话，把稀饭端上。

马丁来到单位，更加沉默寡言，不爱高谈阔论，在电脑面前一坐几个小时。什么也不干，就呆呆地看着屏幕，随着眼皮掉下来，他的鼾声响起。后来一阵内急把他攻醒，他把屁股从椅子挪到马桶上，坐了很长时间，争取把体内排干净，到家里不再动用马桶。出来的时候，一个在卫生间里的同事给了他一支烟，他狂吸几口，精神顿长，把头伸出窗外俯瞰了整个城市。一阵风吹来，他赶紧把头缩进来，把剩下的半根烟掐掉，藏在兜里。

傍晚他提前回来，在菜市场扫了些便宜货，回到家里默默地做菜，必须用心地做。等到陈奇回来，马丁希望她品尝时，能够听到赞美，马丁会讨好地说一句：这可是最便宜的菜，做出来的是最好的味道。马丁也知道陈奇在单位里最爱跟同事夸自己怎么控制老公，把他工资卡没收，每个月只给固定的零花钱，还负责洗衣做饭。陈奇夜里睡不着，马丁必须陪她说话，直到她先睡着。陈奇给马丁打手机，三响之内必须接，诸如此类。他们相当节约，每个月花销不到工资的三分之一，陈奇有时候会把工资卡拿来算了算近段攒下的钱，心里美滋滋的。她对金钱的热爱也会影响到马丁，马丁也觉得攒钱是世界上最令人心醉神迷的事，两个人在床上用方程式计算每一笔钱在未来可能的收益率，算着算着他们就进入了梦乡。

一阵敲门声传来，马丁系着围裙过来，打开门，他一愣，嘴巴就合不拢了。林爱凤一见他就掉了眼泪，道："几个月没见，我实在是想你了。"马丁惊恐不安："妈……"

林爱凤闪身掩门而进，抓住马丁的手，垂泪道："别怪妈……连你结婚妈都没能去参加，一想到你心就痛，我再不来看看你就要疯了……你这日子过得还好吗?”

就在林爱凤想抱抱儿子的时候,马丁已经变成了吉娃娃了。林爱凤只得把狗狗抱在怀里,摸着毛道:“儿子,你怎么会这样呢?不过变成什么都是我的儿子,你知道妈多想你多爱你吗,什么都为你考虑,什么都为你操办了,就是不能跟你享受天伦之乐,我做错了什么,要受这样的惩罚呀?”狗狗也在默默地流泪,乖乖地在林爱凤怀里享受着爱抚,享受难得的静谧。突然间,狗狗的耳朵竖起,冲着林爱凤汪汪叫了起来,似乎有话要告诉林爱凤。林爱凤刚刚止住的眼泪又出来了,道:“你到底想说什么呀,你就不能说几句让妈听懂的话吗?”

说时迟那时快,门锁一响,陈奇下班进门。林爱凤、狗狗和陈奇都惊呆了,结婚之后,林爱凤从未来过新家。陈奇也很奇怪林爱凤为什么这么少过来,马丁只好解释,自己跟母亲合不来,见面就吵架,所以不见面。陈奇更觉得奇怪,马丁性格这么好,不像是个刺头,怎么会和母亲如此水火不容。在她内心,很想瞧瞧母子见面是一个怎样的搏斗场面。

林爱凤如小偷般惊惶站起,狗狗缩在她怀里,似乎想躲起来,无奈还是让陈奇看见了。陈奇看了一眼狗,目光与狗的眼睛相遇,那一瞬间居然有一种熟稔。陈奇问道:“马丁呢?”

林爱凤闪烁其词道:“哦,哦,他刚下去……”

陈奇打量了一下厨房,道:“菜都没做好下去干吗,真是神经。”他把手提包扔在沙发上,又问道,“妈,你什么时候养狗了?”

林爱凤道:“最近,哦,养只狗狗不怕寂寞。那什么,我要走了。”

“吃完饭走吧,马丁应该很快会回来。”

“不不不,我走了,马丁很快就回来。”

林爱凤匆匆下了楼,把狗狗放在小区花园的草丛中,哽咽着道:“马丁,妈妈走了,你好好照顾自己。”

狗狗摇了摇尾巴,等到林爱凤走出小区之后,他浑身一抖,变回人形。他擦了擦泪痕,急忙跑上楼去。

陈奇道:“你干吗去?”

“我……打酱油去了。”

“酱油呢?”

“没打着。”

“看你这神情,跟狗似的,以后我没回家不能出去,懂吗,要在家里迎接我。”

“是。”

“对了,你妈还开始养狗了,有买狗粮的钱还不如给我们买菜呢!”

林爱凤嗅着老杜身上的味儿,冷笑道:“很明显,你身上有其他女人的气味,还想瞒我不成?说,到哪儿鬼混去了?”

老杜急得摇头摆尾道:“这次真没有,要不然天打雷劈不得好死死后进地狱下辈子做牛做马，行了吧？”

“别扯下辈子。”林爱凤颐指气使道，“回到现实呢，你身上有其他女人其他气味——我告诉你我现在有特异功能，你逃不掉的。”

“这个……你跟人跳跳舞或者擦肩而过，就有他人的气味了嘛，瞧你敏感的。这世界上我就爱你一个人，这一点你不可否认吧。”

老杜厚着脸皮说出以上这些话，心里有一个声音在叫道：“这种肉麻的话你也能说得出来呀老杜。”另一个声音委屈道：“不说没法混呀。”

林爱凤点点头，心满意足道：“这才像句人话。对了，以后不能再跟别的女人近距离接触，这个气味我接受不了。”

老杜见危机解除，松了一口气道：“一定一定，以后一定谨记。”

林爱凤深深地痛苦了一段时间：一双儿女在自己眼皮底下变成狗，哪个母亲也接受不了。但深深的思念同样锻造了她钢铁的心肠。有一天，当她发现自己从痛苦中挣脱而出，她发现东方不亮西方亮，自己在对老杜的操控中找到了乐趣。看着老杜在她面前一阵阵胆战心惊，她的心里一阵阵爽歪歪。

林爱凤趁老杜放松的时机，一把抢过他的手机，查看信息，看通话记录。老杜一把回抢来不及，抱怨道：“你这……刚刚说好了，又来，跟土匪似的。”

老杜刚刚放下的心又提了起来。每次进门，他总要把自己的手机查一遍，比以前备课还要认真，他知道一疏忽会成千古恨。看看林爱凤的表情，似乎看不出什么蛛丝马迹，他暗暗舒了一口气，总算功夫不负有心人呀。

“哎呀，根本就没什么嘛！”老杜貌似赌气道。

“没问题，可是你干什么那么紧张，你的表情出卖你了。”林爱凤不依不饶道。

“哎，谁在你面前都会紧张呀。”老杜貌似辩解，实则奉承。

“我可告诉你，你要是敢背叛我的话，我会让你变成狗的。”林爱凤威胁道，“你不要不信，我现在这个神功已经在马燕、马丁身上练成了，下一个就是你，然后是所有的人——这个世界我的权威远远不够。”

老杜听了脸色煞白。他不可能完全相信她的话，但也不可能不相信她的话。

“我已经对你百依百顺了，你还要我变成狗，变了有什么好处，一只狗也不能对你呵长护短吧。”

“反正不听话的人，还不如一只听话的狗。这句话你得给我记住了。”

看见老杜唯唯诺诺，林爱凤颇为满意，道：“我告诉你，要有福利了，周日我请大家去南山温泉泡澡、吃饭，车子接送。”

老杜大吃一惊，这不是林爱凤能干出的事呀。他问道：“你不是开玩笑吧，你请多少人呀？那里洗温泉至少每个人将近一百块呀。”

林爱凤神秘道：“今非昔比了，你不要用老眼光看我，这是我要邀请的名单，你给我一一联系。”

周日，一干退休老人在公园门口被接上大巴，一直开往市郊的南山温泉。林爱凤作为东道主，在车上颇受众人尊重，但是众人要林爱凤说出请客的理由，以及为何有此能耐，林爱凤便抿嘴不语，众人便觉得她更神奇了。大家私底下纷纷猜测，林爱凤莫不是中了彩票发了大财？又想如果是中了彩票，依照她的性格，也不可能如此大手笔请客。又想她是不是傍了大款？这更不可能，谁都知道她现在是跟老杜搭伴。再说了，哪个大款会喜欢一老大妈呢？林爱凤的形象便愈加高大而神秘。

吴贵妃也在被邀请之列，但她不敢来，自从跟林爱凤干了一架后，她已经退居一隅，再不敢和林爱凤碰面。虽然心里窝火，但她已承认处于下风，唯一的报复手段就是，用短信偷偷把老杜叫到她家里。

大家有免费的旅游与温泉，自然开心不已。只是有一个插曲，中午吃饭时，林爱凤看了菜单，突然嫌弃这里的菜不好，说要回市区请大伙吃老字号“老鱼头”。大伙儿都说不必了，一是回城至少要半个小时，大伙儿肚子都饿了，就这里吃吧，况且下午还要在景区游玩呢；第二呢，老鱼头是出名的贵，太奢侈了。林爱凤道：“你们就别跟我争了，有车有钱，想去哪就去哪，听我的就对了。”一声令下，司机马上启动，诸人觉得这实在有点穷奢极欲，但又不得不听从。一路上林爱凤颐指气使，精力充沛。众人都夸她精神头好，林爱凤道："最近都在吃虫草，精神是不错。"众人又吱吱赞叹，更觉得她是人中之神。

吃完午饭，又乘车奔赴南山，老人家们从来没有这么疯狂过，都被林爱凤带动起来了。林爱凤道："同学们，好日子刚刚开始呢，以后有的是疯狂！"大伙齐声鼓掌，林爱凤的威望达到顶峰。

折腾了一天后，晚上回来，屁颠屁颠的老杜给林爱凤敲背。老杜昏昏欲睡，把她从头部敲到脚部，问道："可以了吗？"林爱凤闭着眼睛道："再来一遍。"老杜又打起精神，从头开始。林爱凤道："重一点，像个男人样。"老杜加大力度，把林爱凤的一身肉敲得啪啪响。林爱凤沉沉睡去，迷糊中听到老杜又在问道："可以了吗？"

林爱凤似梦似醒低声道："要绝对服从我……去休息吧。"老杜一头栽倒在床上，打起了呼噜。

第二天一早，老杜去买完菜，并不直接回家，而是在菜市场门口徘徊着，早市来往的人多，老杜不得不探头探脑，似乎在等人。还好他的眼睛算好使，在他脑袋转晕之前，他终于欣喜地叫了起来："马丁！"

马丁奇道："哎，你怎么知道我在这里？"

"常在这儿瞅见你，又见你经常散步，哎，你一个年轻人，怎么过起老年人的生活呀。"

“哦，不，我已经活得够长了，我现在就想着把剩下的日子过完就得了。”

“哎哟，你年轻人怎么能这么想呢，这应该是我的想法呀。”

“人各有志吧……您找我有事吗？”

“哎，我想跟你谈谈我和你妈的事。”

“哦，你和她的事我不管的，只有她管我，不可能我管她，你们老年人的爱情、婚姻也都是自由的。”

“不是这件事。你过来我跟你细细说。”

“可是我得赶紧买菜，陈奇今天要吃野生的草鞋鱼，去迟了恐怕没有了。”

“嗯，对，买菜要紧，我在这里等你。”

老杜在市场门口找到一个水泥桥墩坐了下来，见一只狗嗅着地上的垃圾走过，他长叹一声。不，坚决不能让自己变成一条狗，这是起码的尊严。他在内心这样呼喊道。他靠着石墙在人来人往的马路上睡了过去，喧闹的环境反而给他一种安全感。

后来他被马丁轻轻拍醒了，马丁道：“杜叔叔，回家睡吧。”

老杜揉了揉面部，道：“唉，你也知道我现在跟你妈在一起，做梦都胆战心惊的，睡眠质量很差呀。对了，我来悄悄问你一个事儿，你妈真的能把你变成狗吗？”

马丁愣住了。这是个秘密，除了林爱凤、马燕和自己，其他人一概不知，能否透露给老杜呢？

老杜一见他搪塞不语，便道：“我也不是因为好打听，是你妈要挟我，如果我不听话，就把我变成狗，她说已经有能力把你和马燕变成狗了，我这心里忐忑不安的，才来问你。你说，我一人民教师，把我变成狗，成何体统呀！”

马丁捋了捋思绪，跳过老杜的问题，道：“你放心，据我了解，她的功力还达不到。”

“真的吗？我是相信你的，但是以后呢，她功力能够达到吗？”

“以后……哎，我们能不能先别想以后的事，现在能对付过去就不错了。”

“也是也是，我一大把年纪了，想那么多干什么。不过我可真为你以后着想，你可要想远点，日子还长着呢。”

老杜知道自己暂时不会变成狗，兴高采烈地走了。

马丁像一截木头，坐在办公桌前。新来的主编符马活刚到办公室巡逻一通，他要熟悉这些新的面孔，开始强有力的领导。陆心情因为在报社有些风言风语，自己要求调到文化局，偏居一隅，也乐得逍遥。

符马活道：“马丁，你对改版有什么看法？”

马丁起身道：“我没有看法，完全尊重和执行领导的意见。”

符马活点了点头。他要逐个地问过去，要把那些自以为是、桀骜不驯的家伙开除掉，重新建立一个属于自己的团体。他对马丁这种木偶还是比较满意的。

马丁看到电脑上的QQ唧唧叫了一下,把微微闭着的双眼睁开,心里跳了一下。是李峥嵘,他几乎忘记的、记起来恍如隔世的一个人。

一阵近乎有点生硬的招呼之后,李峥嵘在QQ里告诉马丁,自己心情很难受,情绪十分低落。马丁恢复了一些过往的记忆,忙问究竟。原来李峥嵘跟男友相恋三年,男友出国后不想回来,跟她提出分手,这段无疾而终的爱情让李峥嵘憔悴不堪。

"可以来看看我吗?"李峥嵘在QQ里哀求道,似乎马丁成了一根救命稻草。

"嗯,我倒是想,可是可能来不了。"

"为什么?"

"我……没有路费。"

李峥嵘大吃一惊,不知道马丁混成什么状况。马丁边把自己与陈奇的严谨生活状况说了一遍。李峥嵘估计在那边都张大嘴巴了,她想不到世界上还有这种生活,而且是同龄人的生活。

"你受得了?"

"我习惯了。"

沉默许久,李峥嵘道:"如果你想来看我,我给你订机票吧。"

"嗯,我看看。"

聊罢,马丁心里怦怦跳,体内五味陈杂。李峥嵘的出现,让他一颗衰老的心枯树发芽,真是难以言表。回到家,他抬头看到钟表上熟悉的指针位置，然后淘米做饭。过了大概四十分钟，陈奇开门进来，她看了一眼桌上，冷冷问道："今天你做了什么？"

马丁心里有鬼，不由得内心哆嗦了一下，道："怎……怎么啦？"

"你真的不知道？作为一个丈夫该做什么不该做什么，你心里没有谱？"

马丁大吃一惊，妈妈有特异功能，难道陈奇也有特异功能？难道自己跟李峥嵘商量的事全被她读出来了？

"你能说说吗？提示一下……"

马丁本来还想回来跟她商量商量，自己去北京走一趟，借口呢，当然是报社的公差。不过被陈奇来这么一出，这个心思早就没了。

"你看看今天的日期，你再想一想。"陈奇不耐烦地提示了一句。

马丁看了看手机上的日期，绞尽脑汁，想呀想，他想起了历史课本上诸多的纪念日，都不是，最后他怯生生地问道："是你的生日吗？"

陈奇终于爆发出来了，骂道："你他妈的连这个都忘了，你还有脸活在世界上！我作为你的妻子，在我生日回家，居然连个蛋糕都没见到，你对得起自己的良心对得起国家吗？你今天不要吃饭，不要回来，你给我滚，你给我出去好好反省，今后你应该要怎样对待我这样的一个国家干部！"

马丁被一脚踹到门口。突然间一阵绝望后的豪气生了出来，他想抄起门边的扫把反抗，索性来一次武力，把她彻底制服。但一伸手，自己就胳膊就在瞬时失去了力气，别说一把扫帚，就是一根头发也提不起来，他知道自己已经失去了反抗的能力。陈奇显然看出他的意图，再飞起一脚，把他彻底踹出家门。

马丁走下楼，觉得一阵解脱。不过走到街上，突然间饥肠辘辘，觉得无所适从，茫茫人海之间，找不到一个可以吃饭的地方。他快步朝原来的家里走去，走上熟悉的二楼，敲了敲门。林爱凤打开门，马丁叫道："妈，我饿！"

话音刚落，马丁马上就变成了一只吉娃娃。林爱凤摇了摇头，抱起来，拿起一盒饼干喂它。狗狗大口地吃着，偎依在林爱凤的怀里。林爱凤抚摸着，滴下两滴眼泪，喃喃道："这孩子，准是给媳妇欺负了，妈早就知道，你是离不开妈的。如果跟她合不来，就搬到妈这儿来住算了，你变成一只狗，妈也不嫌弃你，只要你自己能适应就可以了。"

狗狗边舔着饼干边点头，舒适地待在林爱凤的怀里，像从狂风暴雨中回到一个安静的避风港。它甚至闭上眼睛，瞬间他觉得当一只狗挺好，可以避开人间纷纷扰扰的世界，只要有一口狗粮，其他真的可有可无。

这时手机响了，林爱凤一看来电显示，笑着自语道："是张学东这小子，不知道这回有什么好事。"

张学东把车停在崇文巷的拐角处，看见前方一个戴墨镜的家伙已经在徘徊。他摇下车窗，招了招手，墨镜快速过来，把头探到窗边，道："大哥，我等你很久了。"

张学东低声道："进来进来。"

墨镜走到另一侧，猫腰上了副驾驶。张学东掏出一个装着纸币的信封，交给墨镜道："这是尾款，记住，这事不准声张。"

墨镜道："大哥你开玩笑，这是我们起码的职业道德。以后呢，要跟踪、偷拍、监听、调查，再打我电话，我给你打八折。"张学东道："以后不用了，到此为止，我的问题已经解决。"

墨镜笑着从车里出来，道："大哥，什么时候用得着我你也不知道，反正给你打折，长期有效。"张学东用手指指着嘴角"嘘"的一声，墨镜会意，道："放心，绝对保密！"

待墨镜走远后，张学东掏出手机，拨了林爱凤的号码。

"阿姨，是我呀，学东。"

"哦，学东呀，谢谢你，上次给我很大的面子，费了你不少钱吧？"

"哪里，对我们公司来说，这点钱不值一提，只要您玩得高兴就好。"

"哎哟，那可不，那些老头子老太太，见了免费旅游呀、泡温泉呀，那个高兴劲儿，而且关键是，我的威信也建立起来了，以前他们见了我不当回事，现在都相当尊重，低声下气的，只怕我下次不带他们玩，这个真的是谢谢你，现在我说什么他们都得听了。对了,你的电话应该不是跟我闲扯,有正事要说吧?”

“是这样呀,今天呢马燕约我一起吃饭,我想肯定能把事情确定下来,我心里高兴,给你打个电话,提前感谢您所做的工作。”

“是嘛,毕竟是我女儿嘛,我说的话她也不能不听。”

“行,那我赴约了,希望下次见了您不是叫阿姨而是叫妈。”

“嗯,祝你好运!”

张学东把车开到东方大酒店,这里客人很多,车位紧张,张学东费了老大劲儿才把车停进去,手心都冒汗了。他匆匆下车,直接到十八楼旋转餐厅,在预定的座位上等待。他觉得自己好久没有这种紧张夹杂着激动的感觉了。

马燕在家里给饭饭喂饭,有一段时间他已经自己吃饭了,但是这段时间胃口不好,吃两口就丢下,马燕不得不重捡起喂饭的习惯。喂到差不多的时候,响起了敲门声。马燕起身开门,门外站的是林健。

“刚好要喂完饭了,你带他玩一会儿,今天我要出门。”

林健微笑着进门,朝饭饭打了声招呼,饭饭看了一眼,没怎么理他,一边嚼着饭一边看电视。他已经习惯了爸爸经常不在家的生活。

“出门?”林健想了想,道,“是约会吗?”

“算是吧。”马燕逼视着他。

林健沉吟了片刻,道:“你放心去吧,我会带好的。”

“过半个小时后给他喝瓶酸奶，酸奶要拿开水热一下。”马燕说着，换了一套衣服，挎包出门了。

在马燕从电梯里走出来的一瞬间，张学东的心怦的一下，一股热量直冲脑海。他慌忙站了起来，像迎接外宾一样，把马燕迎了过来，搞得马燕很不自然。

落座之后，点了酒菜，两人才自然些。马燕道：“我们也是老同学了，今天就开门见山，也不说那么多客气话了。”

张学东心跳道：“那是，我最喜欢开门见山，猜葫芦里卖什么药多难受。”

“我也明白，你追我这么久了，也花了很多力气，说句实话，我也于心不安……”

“不，这是我应该做的。”

“我想跟你说的是，你的条件那么好，身家万贯，一表人才，其实找一个好女人不是什么难事，完全没必要对我这样一个带着孩子的女人花心思……”

张学东盯着马燕的嘴唇，像盯着一台精密仪器，以判断会不会爆炸。他在迅速运转的脑子里得出一个疑问：马燕会不会先抑后扬？

“不，在我心目中，什么样的女人也比不上你，真的，这个世界上，我想追求的，就是你一个。”

“你要相信，这只是你一时的感觉，是你没有得到我的感觉。”

“请你不要这样说，我的爱没有那么肤浅，从中学开始，对你的美好感觉一直存在我心里，一直没有停止过，或者说，我一直没有停止过想要追求你。”

马燕见张学东如此表白，微微一笑道：“瞧你，跟十几岁男生似的，你这话谁能相信呢。如果不是那一次的邂逅，我们现在还生活在各自的世界。”

“不，邂逅之前其实我便一直关注你，真是，只是没有一个理由与你相聚……”

“这么说来，邂逅是你有意为之？”

“不不不，哦，可以算是吧，一直想找个合适的机会跟你重新联系上，你不会见怪吧？”张学东语无伦次了。

马燕闭上眼睛，捋了捋思绪，道：“那是你的自由。现在我们重回正题，我的意思是，你真的没必要在我身上花心思了，这样与于你于我，都没什么好处。”

“不，马燕，我是真的爱你的，这个世界上再也找不到我这么爱你的人。你在我心目中不仅是女人，而且是个女神，你知道吗？”张学东眼含热泪，动了真情，似乎马燕一旦不从，他将从十八楼跳下去。

马燕见他说话的声音太高，慌忙用手暗示了一下，平缓了他的情绪，然后缓缓道：“好吧，我们就按照你的逻辑谈一谈，我在你心目中是个女神，是因为你喜欢我，但是从未得到过我，世界上最美好的，就是你得不到的那个。所以我请求你，让我在你心里一直做女神好吧?”

“不,我想娶你,放在家里供着,你想要什么我什么都给你。”

“你也不是小孩了,怎么说这么幼稚的话。哪个男人会把老婆当成女神供着呢,不论怎样的女神,娶回家了,就变成絮絮叨叨的让男人厌烦的女人了。”

“我保证不会,我可以给你写保证书。”

马燕摇了摇头,道:“你不要说了,我现在说的话,都是我深思熟虑后的结果。”

一番激动之后,张学东在失望中平静下来,但他以一个商人的不屈不挠继续发问:“难道你不想有个家,难道你不想让饭饭有个完整的家庭?”

“我很想,我这辈子没什么大的追求,就是有个安稳的家,平平淡淡地生活下去。”

“那为什么不考虑我呢,我可以让你拥有这些呀。”

马燕不语。

张学东悲伤道:“你能告诉我原因吗? 我觉得我各方面都做到了,为什么你还不能接受我?”

“你真的想知道原因吗?”

“是的,你至少要给我一个答案,要不然我不会死心的。”

“答案很简单,就是我感觉我们不合适。”

“没有一起相处怎么知道不合适呢,我肯定能让你过得比谁都好。”

“跟那些没关系，我的关键字就三个字，‘不合适’。”

“你能举例吗？”

“比如说，你为了跟我联系上，使了点小心思，我不喜欢这些感觉，我害怕任何有点阴谋感的东西——这些让我觉得不合适。”

“难道你不听你妈的话呀，她非常希望我们在一起。”

“我想试一试，我能不能脱离她的控制。”

“如果是因为这个原因，我不死心，因为这些都是出于我对你的爱，为了爱可以用心思的。”

“还有，我在等，希望有一天，跟我的前夫复婚——我是那种人，宁可住在修修补补的老房子里，也不愿意成天搬新家。”

张学东面对着一桌子谁也没动的菜肴，愣住了。在这一刻，他彻底崩溃了，似乎他这些年的努力毁于一旦。他很想跟林爱凤打个电话，痛哭一通。

而此刻林爱凤确实也坐在沙发上，慈爱地抚摸着吉娃娃，在等待张学东胜利的电话，这个电话一来，她就一统江湖了。她微微笑着，看着窗玻璃上趴着的一只奋力想逃出去的苍蝇，慢慢闭上有些疲倦的眼皮。

2012.9.18 写于池州——宁德——望京

2013.2.18 一改毕宁德

2013.11.19 完稿于宁德